中国历代词名篇鉴赏

付成波　郭素媛　编著

名篇赏读

花山文艺出版社

图书在版编目（CIP）数据

中国历代词名篇鉴赏/付成波，郭素媛编著．—石家庄：花山文艺出版社，2016.8（2020.1重印）

ISBN 978-7-5511-2918-3

Ⅰ.①中… Ⅱ.①付… ②郭… Ⅲ.①词（文学）—鉴赏—中国—古代 Ⅳ.①I207.23

中国版本图书馆CIP数据核字（2016）第165789号

书　　名：中国历代词名篇鉴赏

编　　著：付成波　郭素媛

责任编辑：刘燕军

责任校对：齐　欣

美术编辑：胡彤亮

出版发行：花山文艺出版社（邮政编码：050061）

（河北省石家庄市友谊北大街330号）

销售热线：0311-88643221/29/31/32/26

传　　真：0311-88643225

印　　刷：三河市华东印刷有限公司

经　　销：新华书店

开　　本：710×1000　1/16

印　　张：17.75

字　　数：300千字

版　　次：2019年1月第1版

2020年1月第2次印刷

书　　号：ISBN 978-7-5511-2918-3

定　　价：52.00元

品词

萌发于隋唐、经五代至北宋蔚为大宗的词，是中国古典诗歌中最不符合封建诗教传统而又最富有抒情主体性的一朵奇葩。词，最初名为“曲子词”。顾名思义，它是源于音乐而产生的歌词，是用来演唱的。每首词都有一个调名，称“词牌”，以词配乐，依调填词为“倚声”。词之为体，相比较诗而言，更善于描写深微细腻、幽约怨悱的感情，侧重于展开人的心绪、心态、心曲。

词源自民间，晚清敦煌发现的《云谣集杂曲子》即可为证。“民间曲子词”体式自由灵活，小令、长调并举，语言朴素，内容广泛。“边客游子之呻吟，忠臣义士之壮语，瘾君子之怡情悦志，少年学子之热望与失望，以及佛子之赞颂，医生之歌诀，莫不入调。”（王重民《敦煌曲子词集叙录》）至于摹写男女爱情的艳词，所占比例尚不及半。晚唐五代，词在西蜀、南唐君臣文士的呢喃唱和之下日趋成熟，其代表即《花间集》。“诗客曲子词”体式规范严格，以小令为主，章句、声韵考究，炼字琢句，日趋典雅，内容多为描写男女间的悲欢离合的婉约词。温庭筠、韦庄、冯延巳、李煜等成就较高，影响深远。

词在晚唐五代尚被视为小道，入宋之后逐渐与五七言诗相提并论。词至宋代，体制始备，并在此基础上日益成熟，题材无所不包，风格争奇斗艳，名家辈出，佳作纷呈，达到了词史上无与伦比的巅峰，成为中国诗歌史上唯一堪与唐诗媲美的诗体。柳永、张先、苏轼、晏几道、秦观、贺铸、周邦彦、李清照、朱敦儒、张元幹、张孝祥、辛弃疾、刘过、姜夔、吴文英、王沂孙、蒋捷、张炎等人，都取得了独特的艺术成就。

宋代创造力最强盛、影响最为深远的词人是苏轼和周邦彦。他们各自开辟出不同的创作方向。

周邦彦注重词的协律可歌，情感的抒发有所节制而力避豪迈，对词艺的追求重于对词境的开拓。晏几道、秦观等词作“语工而入律”（叶梦得《避暑录话》），亦属此道。后李清照提出“词别是一家”的主张，从词的本体论出发确立词体独立的文学地位。她作词主张注重词的文字声律和语言运用的文学性，以提高词的品位和艺术表现力。至南宋姜夔、吴文英、王沂孙、张炎等，对声律格式的要求更加严苛，致使词体僵化、形式化，失去生机。

苏轼注重抒情言志的自由，遵守词的音律规范而不为音律所拘，词的可读性胜于可歌性。他“以诗为词”，直接用词来抒写自己的生活经历和人生感慨，改变了过去那种以歌妓口吻作词以便女声演唱的传统，一洗俗艳香泽之态，注入阳刚豪放之气，使词成为独立的抒情诗体，成为文人士大夫抒情写意的诗体。其门生黄庭坚、晁补之等追随其后。至南渡词人辛弃疾，将词体的表现力发挥到最大限度，词不仅可以抒情言志，而且可以同诗文一样议论说理。“以文为词”，空前解放了词体，增强了词的艺术表现力，最终确立了词体与五七言诗歌分庭抗礼的文学地位。张孝祥、陆游、陈亮、刘过等皆属辛派词人。

宋词基本上是沿着这两种方向分别发展的。到后来曲谱散逸，那些严于声律而忽视文辞的作品身价自减，日渐湮没；唯有不完全依赖曲谱以存的歌词，广为传颂。明人张綖曰“词体大略有二：一体婉约，一体豪放”（《诗余图谱》），故后论词者多将词的风格分为“婉约派”和“豪放派”。需要注意的是此为粗线条区分。有宋一代，词的创作始终是以“婉约派”为主流，即使“豪放派”的代表词人苏轼，其现存的362首词中，大多数词的风格仍与传统的婉约柔美之风比较接近。只是后世流传较广且影响较大的多为其豪放词。

自元迄于明清，词之一体虽难臻于宋词，但并未完全衰退，至清代，还呈现中兴之势。清词的各种流派都与宋词有一脉相承的关系，体现了宋词强大的艺术生命力。

词又称“诗余”，实属于广义的诗，为诗之旁枝别流。但作为一种文学体裁，词在文体特性、美学风貌和情感类型等方面又迥异于诗。因此，词的阅读鉴赏自有其法。

首先，要抓住“词别是一家”的特性。“词为艳刻”，最初，词就是供酒筵歌席上演唱用的侧艳之词：“绮筵公子，绣幌佳人，递叶叶之花笺，文抽丽锦；举纤纤之玉指，拍按香檀。不无情绝之词，用助娇娆之态”（欧阳炯《花间集序》）。在当时社会，词体无须讲求修齐治平的大道理，也无须承担沉重的社会责任，更多是抒发词人私生活领域的儿女情长、喜怒哀乐。因此我们在鉴赏时，也需从分析作品主题思想、艺术特色的固有思维定式中走出来，以审美的愉悦展开想象的翅膀体验词作所描绘的场景、体会词作所传递的缠绵情愫和人生哲理。

其次，要注意体会词的声韵之美。词本是随着燕乐的兴起而产生的一种音乐文体，故当时谓之“曲子词”。虽则后世词的唱法失传，但词之声韵美却借字音选择、平仄变化及句法节奏得以部分保留于文本之中。王国维曾云：“词之为体，要眇宜修。能言诗之所不能言，而不能尽言诗之所能言。诗之境阔，词之言长。”词的“要眇宜修”之美、“言长”之美，实际上均可在一吟一咏之中得以彰显。

再次，要感悟词人的生命律动。在词中，我们感受到的是词人如何借动听的声音、优雅的文辞，去感悟生命，沉淀自我。与诗相比，词体所昭示的是一种更为细腻和敏感的生命形态。可以说，放下了“诗言志”的沉重负担，在浅吟低唱中，词更接近了生命的内核。因此，鉴赏词，在“音美以感耳”“形美以感目”（鲁迅语）之外，我们还要走进词人的内心世界，去感悟词人生命的律动，并触动我们的某根心弦，借此回味我们曾经有过的感动或体会我们未曾触及的人生体验，从而触摸到人心最幽微、最柔软的一角。它能让我们在世俗的物质世界中找到精神自我得以放松、休憩、安放的理想家园。也许，这正是词这种文体最宝贵的价值。

面对一首词，在反复吟诵中，在其声韵之美中，借助想象的翅膀，走近词人，体悟词人生命的某种感动，并将此感动化入我们的生命，使我们的生命变得更为充盈和生动。

编者于泉城历下

目录

唐

宋

辽金元

明

清

唐

589年隋文帝统一全国，结束了长达270余年的南北分裂局面。618年，李渊于长安即帝位，改国号为唐。自此，一个政治军事强大、经济文化繁荣的朝代屹然崛起，并开创了一代文学辉煌。

词是唐人发展的一种新的诗歌形式，产生于民间。盛唐、中唐以后，文人逐渐参与创作，如张志和、韦应物、白居易、刘禹锡等人。他们的词作风格朴素自然，洋溢着浓厚的生活气息。晚唐词人温庭筠、皇甫松以及西蜀词人韦庄等是"花间派"的代表，他们以浓艳的色彩、华丽的辞藻、细腻的手法来描绘裙裾脂粉、花柳风月，形成了一种轻柔艳丽的艺术风格。南唐词人以冯延巳、李璟、李煜为代表。特别是南唐后主李煜用词来抒发国破家亡之痛，感人至深，为词的发展开拓了一个新的深沉的艺术境界。

另有民间词——敦煌曲子词使我们看到了早在文人词兴起以前词在民间的盛行情况，看到了初期词在民间的发展和当时词体本身的成熟程度。

李　白

李白（701—762），字太白。出生在唐安西都护府碎叶城（今巴尔喀什湖南、吉尔吉斯共和国境内）。五岁时随父迁居绵州彰明县（今四川省江油市）青莲乡，因号青莲居士。他在蜀中度过了童年和青少年时代。二十五岁时，“仗剑去国，辞亲远游”（《上安州裴长史书》），到长江、黄河中下游各地漫游，希望能实现自己的政治抱负。天宝二年（743 年），在吴筠的推荐下，四十二岁的李白被唐玄宗召入长安，供奉翰林。但因权贵进谗言，次年就被排挤出京。安史之乱的第二年，李白怀着除乱安民的志愿，在镇守江南的永王幕中任职。后来，永王兵败被杀，李白也被流放夜郎。虽途中遇赦，仍在三年后病逝于安徽当涂。

李白的诗歌广泛地反映了盛唐的时代风貌。抒发了他“济苍生”“安黎元”的美好愿望。李白继承并发展了屈原以来我国诗歌的浪漫主义传统，使其达到巅峰。他飘逸豪迈的风格和一泻千里的笔法对后世产生了深远的影响，不愧为我国古典诗歌领域最伟大的诗人。

忆秦娥

箫声咽，秦娥梦断秦楼月。秦楼月，年年柳色，灞陵[1]伤别。　乐游原[2]上清秋节，咸阳古道音尘绝。音尘绝，西风残照，汉家陵阙[3]。

【注释】

[1] 灞陵：在今陕西省西安市东，因汉文帝陵墓在此，故名。附近有灞桥，为送别之所。

[2] 乐游原：在今西安市南，是唐代京城最高处，四望可见全城和周围汉代陵墓。

[3] 汉家陵阙：汉朝皇帝的陵墓都在长安周围。阙，陵墓前的牌楼。

【解读】

此词是唐五代词中的最为脍炙人口的作品之一，相传为伟大诗人李白所作。该词牌名的最早出处就是这首词，因词中有“秦娥梦断秦楼月”句，故名“忆秦娥”。此词描绘了一个女子思念爱人的痛苦心情，读来凄婉动人。古人对它评价很高，把它与相传同为李白所作的《菩萨蛮·平林漠漠烟如织》一起被誉为“百代词曲之祖”。

古代把美女称作“娥”。这是一个居住在唐代长安的女子，长安古属秦地，所以用“秦娥”称呼她，用秦楼称呼她住的楼房。词一开始就把读者引入一个凄凉的境界：箫管吹出低沉而悲凉的曲调，呜呜咽咽如泣如诉。秦娥的爱人离开她很久了，有时她只能在梦里追寻。这天晚上，她正在梦中，忽然被一阵箫声惊醒。她睁眼一望，并无人影，只有一片月光照在楼头。这样的月夜，她已不是第一次经历了。我们读第二个“秦楼月”的时候，仿佛是听见她在那里哀叹，又仿佛是在听呜咽的箫声回环往复，这里产生了一种特别的艺术效果。多少个不眠之夜啊，她不能不回忆起分别的情境，也不能不对离别的时间太长而感叹："年年柳色，灞陵伤别。"灞陵有一座桥，桥边柳树很多，很多送别者在这里折柳赠人，表示留恋。秦娥想到当年送别的时候，正是杨柳依依的春季，而柳色由嫩绿变为枯黄已经多少次了啊，可还不见他回家。作者的艺术概括力很高，上片只用了短短几行，就把伤别的主题写得情景交融了。

下片转入白昼，进一步深入主题。秦娥不仅夜不成眠，连白天出游也不愉快。秦娥趁重阳节出游的机会，登高远望，希望在"咸阳古道"上看到亲人归来。古咸阳在今陕西省咸阳市东二十里，是秦朝的京城。唐人常以咸阳代指长安，"咸阳古道"就是长安道。秦娥的希望落空了，路上无踪无影。下片写到这里把"音尘绝"重复两遍，强烈渲染了秦娥的失望心情。最后这首词以"西风残照，汉家陵阙"结束，给读者留下了广阔的想象余地。"汉家""陵阙"这些事物都作为秦娥活动的背景，为我们展现了一幅发人深思的人生图画：秦娥伫立在秋风中眺望，这时夕阳西下，在苍茫的暮色中仅仅可以辨认出高大的汉代陵阙了。

这首词以秦娥忆写忆秦娥，正如杜甫月夜思家，不说自己如何如何，只说"今夜鄜州月，闺中只独看"（《月夜》），通过想象中的对方思念自己的情景，表达自己的深沉的思念和感伤。只是不知，是呜咽的箫声扰了秦娥的迷梦，还是秦娥梦回之时，刚好有一缕箫声入耳。这箫也，梦也，月也，一切都是那么凄迷。有限的文字，描绘出一种幽远的意境。从上片的"灞陵伤别"，到下片的"汉家陵阙"，作者天衣无缝地把词意从怀念远人过渡到怀古伤今，使词境变得开阔悲壮。正如王国维《人间词话》所说："太白纯以气象胜。'西风残照，汉家陵阙'，寥寥八字，遂关千古登临之口。"

张志和

张志和（732—774？），原名龟龄，字子同，婺州金华（今在浙江）人。曾待诏翰林，授左金吾录事参军。后来隐居江湖，自称“烟波钓徒”。善歌词，能书画、击鼓、吹笛。作品多写隐居时的闲散生活。有《玄真子》。词仅存《渔歌子》五首。

渔歌子

西塞山[1]前白鹭飞，桃花流水鳜鱼[2]肥。青箬笠[3]，绿蓑衣。斜风细雨不须归。

【注释】

[1] 西塞山：一说在湖北。陆游《入蜀记》："大冶县道士矶，一名西塞，即玄真子《渔父》词所云者。"一说在浙江。《西吴记》："湖州磁湖镇道士矶，即张志和所云'西塞山前'也。"明、清以来，都引用《西吴记》。

[2] 鳜鱼：又称桂鱼，口大鳞细，色淡黄而带浅褐。

[3] 箬笠：以竹篾或箬叶编成的斗笠。箬，竹子的一种。

【解读】

这首词的前两句勾勒出一幅江南风景长卷。"西塞山前"点明地点。"白鹭"是闲适的象征，写白鹭自在地飞翔，衬托渔夫的悠闲自得。"桃红"与"流水"相映，显现了暮春西塞山前的湖光山色，渲染了渔夫的生活环境。

末两句描写渔夫捕鱼的情态。与富有诗情画意的大自然完全融合在一起，令人神往。作者虽只是概括地叙述了渔夫捕鱼的生活，但从词的言外之意中，读者不难发现作者对渔夫悠闲自在的生活的向往。

这首词构思巧妙，意境优美，语言生动，格调清新，寄情于景，显现出一种出淤泥而不染的清纯和淡泊，成为一首千古流传、脍炙人口的词作。

刘禹锡

刘禹锡（772—842），字梦得，洛阳（今河南）人。唐贞元间中进士，授监察御史。因加入王叔文集团而被贬为朗州司马，迁连州刺史。后经裴度力荐，任太子宾客，加检校礼部尚书。辑有《刘梦得集》。世称刘宾客。因和柳宗元交谊很深，人称“刘柳”，后与白居易唱和甚多，亦并称“刘白”，他的词通俗清新，善用比兴手法寄托政治内容。

潇湘神

斑竹枝[1]，斑竹枝，泪痕点点寄相思。楚客欲听瑶瑟怨，潇湘深夜月明时[2]。

【注释】

[1] 斑竹枝：斑竹是一种有斑纹的竹子，也称“湘妃竹”“湘竹”。《群芳谱·竹谱一》：“斑竹，即吴地称湘妃竹者，其斑如泪痕。”作者在《泰娘歌》中有“如何将此千行泪，更洒湘江斑竹枝”句。

[2] 此二句是从《楚辞·远游》“使湘灵鼓瑟兮”句化出。楚客，泛指沅湘逐客，包括作者自己。“瑶瑟”，是瑟的美称。湘灵鼓瑟，定是哀怨至极。当明月高照、夜深人静时，“楚客”徘徊于潇湘之滨，欲听从水上传来的声声瑶瑟。这里寄托着作者的忧伤和愤懑。

【解读】

刘禹锡贬官朗州（今湖南常德）后，依当地的迎神曲之声制词，写了两首，创此词调，此为其中的第二首，通过咏湘妃的哀怨而抒发了自己被贬的内心的凄苦。

潇湘，潇水流至湖南零陵县西与湘水合流，世称“潇湘”。潇湘神，即湘妃。指舜帝的两个妃子娥皇、女英。《博物志》记载，舜帝南巡，死于苍梧，葬于九嶷，他的爱妃娥皇、女英闻讯后赶至湘水边，哭泣悲甚，其泪挥洒在湘竹上，留下斑斑泪痕，遂成斑竹，她们也就自投于湘水，成为湘水女神，亦称“湘灵”。刘禹锡这首词，便是题咏湘妃故事的。

“斑竹枝，斑竹枝，泪痕点点寄相思”开头两个叠句，一方面是利用两组相同的音调组成滚珠流水般的节奏，以加强哀怨的气氛；一方面是反复强调斑竹枝这一具体事物，以唤起并加深人们对有关传统故事的印象。词人在这重叠深沉的哀叹中，实际上也融进了自己被贬谪的怨愤痛苦之情，从竹上的斑点，写到人物的泪痕，又从人物的泪痕写到两地相思，层层深入，一气流贯。在词人的笔下，斑竹不再是普通的自然景物，而成为多情相思的象征，是一种隽永幽雅的意象。“楚客欲听瑶瑟怨，潇湘深夜月明时”“楚客”是作者以屈原自喻，将湘妃、屈原和自己的哀怨，联系在一起。在作者的想象中，湘灵鼓瑟必然极为哀怨，所以说“瑶瑟怨”。当夜深人静、明月高照之时，楚客徘徊于潇湘之滨，在伴着潺潺湘水的悠扬琴韵中，细细领略其中滋味。词中创造了一个凄清空漾的境界，更适于传达出词人哀怨深婉的情思，作者和湘灵的怨愤之情融合了，历史传说与现实生活融合了，作者的主观感情与客观景物也融合了，情致悠然不尽，词止而意无穷。

全词虽为祭祀潇湘神而作，但却借古代神话湘妃的故事，抒发自己政治受挫和无辜被贬谪的怨愤。作者运用比兴的艺术手法，描绘了一个真实与虚幻结合的艺术境界，将远古的传说、战国时代逐臣的哀怨和自己被贬湘地的情思交织起来，融化为一体，赋予这首小词以深邃的政治内涵，显示出真与幻的交织和结合，以环境烘托其哀怨之情，虽似随口吟成，但意境幽远，语言流丽，留给读者无穷回味和遐想的余地。

白居易

白居易(772—846),字乐天。太原(今在山西)人。唐德宗贞元年间进士,授秘书省校书郎,迁左拾遗,后得罪权贵,贬为江州司马,历任杭州、苏州刺史。文宗继位,迁刑部侍郎。晚年居洛阳,自称香山居士。曾积极提倡新乐府运动,主张"文章合为时而著,诗歌合为事而作"。与元稹并称"元白",又与刘禹锡齐名,号"刘白",有《白氏长庆集》,词见于《尊前集》。

忆江南[1]

江南好，风景旧曾谙[2]。日出江花[3]红胜火，春来江水绿如蓝[4]。能不忆江南?

江南忆，最忆是杭州；山寺月中寻桂子[5]，郡亭枕上看潮头[6]。何日更重游!

江南忆，其次忆吴宫[7]；吴酒一杯春竹叶[8]，吴娃双舞醉芙蓉[9]。早晚[10]复相逢!

【注释】

[1] 忆江南：既是标题，也是词牌名。

[2] 旧曾谙：从前很熟悉。

[3] 江花：江边的花。

[4] 蓝：指蓝草，叶子青绿，可制染料。

[5]“山寺”一句：作者《东城桂》诗自注说：“旧说杭州天竺寺每岁中秋有月桂子堕。”

[6] 郡亭：疑指杭州城东楼。看潮头：钱塘江入海处，有二山南北对峙如门，水被夹束，势极凶猛，为天下名胜。

[7] 吴宫：指吴王夫差为西施所建的馆娃宫，在苏州西南灵岩山上。

[8] 竹叶：酒名。

[9] 娃：美女。醉芙蓉：形容舞伎之美。

[10] 早晚：何时。

【解读】

白居易曾经担任杭州刺史，在杭州两年，后来又担任苏州刺史，任期也一年有余。在他的青年时期，曾漫游江南，旅居苏杭，他对江南有着相当的了解，故此江南在他的心目中留有深刻印象。当他因病卸任苏州刺史，回到洛阳后十余年，写下了这三首《忆江南》。

第一首词中，作者没有从描写江南惯用的“花”“莺”着手，而是别出心裁地以“江”为中心下笔，又通过“红胜火”和“绿如蓝”，异色相衬，展现了鲜艳夺目的江南春景。白居易用的是异色相衬的描写手法，因而江南的春色，在白居易的笔下，从初日、江花、江水之中获得了色彩，又因烘染、映衬的手法而形成了一幅图画，色彩绚丽耀眼，层次丰富。

这首词写江南春色，首句“江南好”，以一个既浅切又圆活的“好”字，摄尽江南春色的种种佳处，而作者的赞颂之意与向往之情也尽寓其中。同时，唯因“好”之已甚，方能“忆”之不休，因此，此句又已暗逗结句“能不忆江南”，并与之相关阖。次句“风景旧曾谙”，点明江南风景之“好”，并非得之传闻,而是作者出牧杭州时的亲身体验与亲身感受。这就既落实了“好”字，又照应了“忆”字，不失为连通全篇意脉的精彩笔墨。三、四两句对江南之“好”进行形象化的演绎，突出渲染江花、江水红绿相映的明艳色彩，给人以光彩夺目的强烈印象。其中，既有同色间的相互烘托，又有异色间的相互映衬，充分显示了作者善于着色的技巧。篇末，以“能不忆江南”收束全词，既衬托出身在洛阳的作者对江南春色的无限赞叹与怀念，又造成一种悠远而又深长的韵味。

第二首词以“江南忆，最忆是杭州”领起，前三字“江南忆”和第一首词的最后三字“忆江南”勾连，形成词意的连续性。后五字“最忆是杭州”又突出了作者最喜爱的一个江南城市。如果说第一首词像画家从鸟瞰的角度大笔挥洒而成的江南春意图，那么，第二首词便像一幅杭州之秋的画作了。

作者很爱西湖的春天，他在词里偏偏不写杭州之春，这可能是为了避免和第一首词所写的春景重复。他写杭州之秋，一写灵隐寺赏月赏桂，一写高亭之上观钱塘江潮。两句词就写出两种境界。“山寺月中寻桂子”的“山寺”，指的是西湖西边的灵隐寺。这座古刹有许多传说，有的还蒙上一层神话色彩：传说灵隐寺的桂花树是从月宫中掉下来的。作者曾在寺中赏月，中秋节桂花飘香，那境界使他终生难忘。山、寺、月影下，寻桂子，写出了幽美的环境，也写了置身其间的词人的活动。然而，词人回忆杭州还有另一种境界使人难忘。那就是“郡亭枕上看潮头”，钱塘江潮是大自然的奇观，潮头可高达数丈，所以白居易写他躺在他郡衙的亭子里，就能看见那卷云拥雪的潮头了，显得趣意盎然。“郡亭枕上看潮头”，以幽娴的笔墨带出惊涛骇浪的景色，与上句“山寺月中寻桂子”的静谧而朦胧的美的境界形成鲜明的对照，相辅相成，相得益彰。白居易是热爱杭州的，所以他在回到北方以后，又产生了“何日更重游”的愿望。

前两首词虽然也写到人，但主要还是写景。第三首点到吴宫，但主要却是写人，写苏州的歌舞伎和词人自己。从整体上看，意境的变化使连章体词显得变化多姿、丰富多彩。

“吴酒一杯春竹叶”一句，一来，竹叶是为了与下句的芙蓉对偶，二来，“春”在这里是形容词，所谓春竹叶并非一定是指竹叶青酒，而是指能带来春意的酒。白居易在另一首诗里就有“瓮头竹叶经春熟”的说法，唐代有不少名酒以春字命名，文人大多爱酒，白居易应该也不例外，喝着吴酒，观“吴娃双舞”犹如醉酒芙蓉的舞姿。“娃”，即是美女，西施就被称为“娃”，吴王夫差为她建的房子就叫“馆娃宫”。白居易这样写，就是出于对西施这位绝代佳人的联想。作者不是纵情声色的人，他欣赏的是吴娃的歌舞，希望能重睹演出，因而回到洛阳后说“早晚复相逢”。

三首词，从今时忆起往日，最后又回到今天，从洛阳到苏杭，从今日直至十多年前的往事，今、昔，南、北，时间、空间都有极大的跨度。白居易身在洛阳，神驰江南，抚今追昔，无限深情地追忆最难忘的江南往事，使作者自己得到了一定的精神满足。

三首词各自独立而又互为补充，分别描绘江南的景色美、风物美和女性之美，每首都以“江南好”开篇，而以直接深情之句作结，艺术概括力强，意境奇妙。

温庭筠

温庭筠（约812—866），唐代诗人、词人。本名岐，字飞卿，太原祁（今山西省祁县）人。一生不得志，行为放浪，晚年做过方城尉、国子助教这样一些小官。

温庭筠精通音律，诗词兼工。诗与李商隐齐名，时称“温李”。其诗辞藻华丽，浓艳精致。其词艺术成就在晚唐诸词人之上，为“花间派”首要词人，对词的发展影响较大。在词史上，与韦庄并称“温韦”。现存诗三百多首，词七十余首。

菩萨蛮

小山重叠金明灭[1]，鬓云欲度香腮雪[2]。懒起画蛾眉，弄妆[3]梳洗迟。照花前后镜[4]，花面交相映。新贴绣罗襦[5]，双双金鹧鸪。

【注释】

[1] 小山：指画的眼眉像远处的山。重叠：唐代妇女流行在额上画黄色梅花图案来装饰，叫“额黄”，然后画眉，所以说重叠。金明灭：额黄有明有暗，已不匀净了。

[2] 鬓云：像云一样的发鬓。欲度：发鬓蓬乱的样子。香腮雪：形容颊腮雪白。

[3] 弄妆：磨磨蹭蹭摆弄着梳妆。

[4] “照花”一句：对照花动作的叙写，说那女子为观察鬓侧与脑后的花是否戴好，前后用两面镜子照着瞧。

[5] 新贴绣罗襦：新的绣花丝罗短袄。新贴：新绣制的。

【解读】

此词写一个歌女起床梳洗时的娇慵姿态，以及妆成后的情态，暗示了人物孤独寂寞的心境。全词把妇女的容貌写得很美丽，服饰写得很华贵，体态也写得十分娇柔，仿佛描绘了一幅唐代仕女图。

作者首先描写女子起床后脸上的妆已残缺不全。画好的眉眼已如同远处的山，额黄也明暗不匀了，鬓发散乱欲飞，披散开来。即使如此，她也没有心情去梳洗打扮。“懒起画蛾眉，弄妆梳洗迟”，身为歌女，或许她明白自己的命运是多么不可预料，或许她有什么其他的烦心事，总之她心情抑郁，于是便懒得化妆了。作者先对她进行静态的描写，然后再写她晨起后慵懒的动作，使人感受到她内心是多么沉闷。虽然心情不好，但总归还得化妆。她是多么美丽啊。“照花前后镜，花面交相映”，给人以无限的美好想象。如此美丽的女子为什么不开心呢？“新贴绣罗襦，双双金鹧鸪”最后一句似乎道破了天机。她在自己新绣的短袄上，精心地绣上了成双成对的金鹧鸪鸟儿——鹧鸪成双，而她是孤单的，至此，我们就可以理解为什么她晨起懒梳妆了。女为悦己者容，可她呢？作为歌女的她，能有这样的人吗？至此，词人对歌女的同情也就委婉地显现出来了。

词中委婉含蓄地揭示了人物的内心世界，并成功地运用反衬手法。鹧鸪双双，反衬人物的孤独；容貌服饰的描写，反衬人物内心的寂寞空虚。这首诗色调艳丽却笔法含蓄，感情婉约，体现了温庭筠词的特色。

菩萨蛮

玉楼[1]明月长相忆，柳丝袅娜春无力[2]。门外草萋萋[3]，送君闻马嘶。画罗金翡翠[4]，香烛销成泪[5]。花落子规[6]啼，绿窗残梦迷。

【注释】

[1] 玉楼：楼的美称。

[2] 袅娜：细长柔美貌。春无力：即春风无力，用以形容春风柔软。

[3] 萋萋：草茂盛貌。

[4] 画罗：有图案的丝织品，或指灯罩。金翡翠：即画罗上金色的翡翠鸟。

[5] 香烛：加有香料的烛，亦是对烛的美称。销成泪：蜡烛燃烧后垂下的蜡滴比作眼泪。

[6] 子规：即杜鹃鸟，常夜鸣，声音似“不如归去”。

【解读】

这是温庭筠组词《菩萨蛮》十四首的第六首，表现思妇在玉楼苦于思忆而梦魂颠倒的情景。纵观全词，起两句为入梦，结两句为梦醒，“门外”两句为梦中幻景，“画罗”两句为梦时衬景，从室外写到室内，由梦前写到梦后，层次分明，脉络清晰，兼有幽深、精绝之美。

“玉楼明月长相忆，柳丝袅娜春无力”首两句点明时间、地点和诗歌主人公的身份。一句“玉楼明月长相忆”，即将全词笼罩在一片离情别绪的氛围之中。柳丝袅娜，正是暮春时节，闺楼中的思妇，在明月之夜，正在苦苦地思忆着远方的离人。楼如白玉，楼外垂柳摇曳，并且在明月朗照之下，景象非常清幽。春风沉醉，这应是春情生发的大好辰光，此景是思妇所见，却让她顿生悔恨之情。“春无力”三字描写春柳柔媚，反衬了主人公相思之久且深，暗示思妇的痛苦不堪、心神恍惚而无可奈何的情态。

“门外草萋萋，送君闻马嘶”三四句进一步叙述当日送行场面，萋萋的芳草、嘶嘶的马鸣，是声色的结合，加重了离别的氛围。这应是思妇长久思忆而神魂飘荡中出现的梦境，是思忆当初送别情节在梦境中的再现，此种依依惜别的刹那情景，最是离人梦绕魂牵、永不会忘却的。

“画罗金翡翠，香烛销成泪”写眼前事，从室外移至室内，写玉楼中的长夜思念：罗帐上绣有一对金色的翡翠鸟，芳香的蜡烛化为滴滴的蜡泪。这是一个环境幽美、陈设富丽的地方，可“泪”字却已暗示出了女主人公生活中的不幸，而一个“销”字尤见漫漫长夜思妇难眠之孤寂。

“花落子规啼，绿窗残梦迷”最后一句转写梦，似乎矛盾，然而矛盾中自有道理。或许在空楼相忆时的词中人本已入梦，并梦见了当时送别的情景，这样更能体现相忆之久。以景铺叙，窗外残红飘落、子规啼血，窗内残梦凄迷、哀思绵绵，此句以“花落子规啼”的凄迷景色，映衬人在梦中的痛苦情怀。

全词描绘了远离人的悠悠行远，闺中人的脉脉多情，无论是“玉楼明月”的幽寂，“柳丝袅娜”的清柔，“画罗金翡翠”的凄迷，还是“花落子规啼”的哀艳，皆是闲闲流转，景真情真，一派自然，读来意味深长。

更漏子

柳丝长，春雨细，花外漏声迢递[1]。惊塞雁，起城乌，画屏[2]金鹧鸪。香雾[3]薄，透帘幕，惆怅谢家[4]池阁。红烛背[5]，绣帘垂，梦长君不知[6]。

【注释】

[1] 迢递：远远传来。

[2] 画屏：有画的屏风。

[3] 香雾：香炉里喷出来的烟雾。

[4] 谢家：西晋谢安的家族。泛指仕宦人家。

[5] 红烛背：指烛光熄灭。

[6] 梦长君不知：又作“梦君君不知”。

【解读】

这首词表现了一个思妇在春雨之夜的孤寂境遇和愁苦思念。

上片写室外之景。首三句描写春雨绵绵洒在柳丝上，洒在花木丛中的情形。独处空闺的人是敏感的。外界的事物很容易触动其心绪，何况是在万籁俱寂的春夜。因此，当她听到从花木上掉下来的雨滴之声，误以为是远方传来的计时漏声。可以想象，思妇由于对远人的眷念时刻萦系在心，无法释然。故而心绪不宁，度日如年。那雨滴之声就像是放大了的漏声，对她来讲就格外刺耳。柳丝、春雨等本是浓丽之景。但在这里只是用来暗示思妇凄凉的心境，增强对比的效果。“惊塞雁”三句则进一步渲染思妇的这种心理感觉。人忍受不了这夜雨之声的侵扰，那么物又如何呢？在思妇的想象中，即使征塞之大雁，宿城之乌鸦，甚至是画屏上之鹧鸪也必定会闻声而惊起，不安地抖动其翅翼。这几句是移情于物的写法，以惊飞的鸟来暗示思妇不安的心情。“画屏金鹧鸪”乍一看似突兀由室外移至室内，由听觉变成了视觉。其实，描写静止的鹧鸪慢慢变得灵动起来，这种错觉正好衬出思妇胸中难言之痛苦。

下片描写思妇所居之室内情形。在兰室之内，炉香即将燃尽，香雾渐渐消散，但依然能透过层层的帷帐。在这样精致雅洁的环境里，思妇的心态却只能以“惆怅”两字来概括，可见其凄苦。这里“谢家池阁”泛指思妇居处。由于这些华堂美室曾经是思妇与离人共同欢乐的地方。现今独自居住，物是人非，故其心理感觉就迥然不同。“红烛背”三句则进一步描绘了在这孤寐无伴的夜晚。百无聊赖的环境下思妇之情状。如何才能排遣心中绵绵不绝的离情，如何才能寻觅离人的踪影。只有吹熄红烛，放下帷帐，努力排除外界的干扰，进入梦乡。然而“梦长君不知”，这又是一种多么可悲可叹的情景。

全词用暗示的手法，造成含蓄的效果，思妇寂寞凄凉的心理状态，深沉细腻的感情世界，几乎都是从具体的物象中反映出来的。

梦江南

梳洗罢，独倚望江楼。过尽千帆皆不是，斜晖脉脉水悠悠[1]，肠断白苹洲[2]。

【注释】

[1] 脉脉：含情欲吐、默默相视的样子。悠悠：娴静的样子。

[2] 肠断：喻伤心至极。白苹洲：古诗词中常用来代指分手的地方。

【解读】

这是一首写闺怨的小令，又名《望江南》《忆江南》。此词以江水、远帆、斜阳为背景，截取倚楼颙望这一场景，塑造了一个望夫盼归、凝愁含恨的思妇形象，表现了女主人公从希望到失望以致最后“肠断”的感情。

起句“梳洗罢”，看似平平，“语不惊人”。但这三个字内容丰富，给读者留了许多想象的余地。这不是一般人早晨起来的洗脸梳头，而是特定的人物（思妇），在特定条件（准备迎接久别的爱人归来）下，一种特定情绪（喜悦和激动）的反映。离别的痛苦，相思的寂寞，孤独的日子似乎就要过去，于是，临镜梳妆，顾影自怜，着意修饰一番。结果是热烈的希望遇到冰冷的现实，带来了深一层的失望和更大的精神痛苦。这三个字，把这个女子独居的环境，深藏内心的感情变化和对美好生活的向往，生动地表现出来。

接着，出现了一幅广阔、多彩的艺术画面：“独倚望江楼”。江为背景，楼为主体，焦点是独倚的人。这时的女子，感情是复杂的；随着时间的推移，情绪是变化的。初登楼时的兴奋喜悦，久等不至的焦急，还有对往日的深沉追怀……这里，一个“独”字用得很传神。透过这无语独倚的画面，反映了人物的精神世界。一幅美人凭栏远眺图，把人、景、情联系起来，画面上就有了盛妆女子和美丽江景调和在一起的斑斓色彩，有了人物感情变化和江水流动的交融。

“过尽千帆皆不是”，是全词感情上的大转折。船尽江空，人何以堪！希望落空，幻想破灭，这时映入她眼帘的是“斜晖脉脉水悠悠”，落日流水本是没有生命的无情物，但在此时此地的思妇眼里，成了多愁善感的有情者。这是她的痛苦心境移情于自然物而产生的一种联想类比。斜阳欲落未落，对失望女子含情脉脉，不忍离去，悄悄收着余晖；不尽江水似乎也懂得她的心情，悠悠无语流去。至此，景物的描绘，感情的抒发，气氛的烘托，都已成熟，最后弹出了全曲的最强音：“肠断白苹洲”。

这首小令，像一幅清丽的山水小轴，画面上的江水没有奔腾不息的波涛，发出的只是一种无可奈何的叹息，连落日的余晖，也盘旋着一股无名的愁闷和难以排遣的怨恨。还有那临江的楼头，点点的船帆，悠悠的流水，远远的小洲，都惹人遐想和耐人寻味，有着一种美的情趣，一种情景交融的意境。这首小令，看似不动声色，轻描淡写中酝酿着炽热的感情，而且宛转起伏，顿挫有致，于不用力处看出“重笔”。

思妇题材写的人很多，可说是个“热门题材”，但这首小令，不落俗套，很有特色。这也是个软题材，但这首小令不是软绵绵的，情调积极、健康、朴素。在有着绮靡侧艳“花间”气的温词中，这首小令可说是情真意切，清丽自然，别具一格的精品。

冯延巳

冯延巳（903—960），一名延嗣，字正中。五代南唐广陵（今在江苏扬州）人。李璟时，官至宰相。长于诗。他的词思想深邃，言辞华丽，韵逸调新，格调哀美。今流传《阳春集》，凡一百二十首，其间混有其他人词作。

鹊踏枝

谁道闲情抛弃久？每到春来，惆怅还依旧。日日花前常病酒[1]，不辞镜里朱颜瘦。　河畔青芜[2]堤上柳，为问新愁，何事年年有？独立小桥风满袖，平林新月人归后。

【注释】

[1] 病酒：饮酒过量引起身体不适。

[2] 青芜：青草。

【解读】

这是一首表达孤寂惆怅的言情词，作者以细腻、敏锐的笔触，描写闲情的苦恼不能解脱，语言清丽流转，感情深致含蓄，写尽了一个“愁”字，是冯延巳最为著名的词作。全词所写的乃是心中一种常存永在的惆怅、忧愁，而且充满了独自一人承担的孤寂、凄冷之感，不仅传达了一种感情的意境，而且表现出强烈而鲜明的个性，意蕴深远，感发幽微。

上片开门见山，首句用反问的句式把这种既欲抛弃却又不得忘记的“闲情”提了出来，虽然仅只七个字，然而却写得千回百转，表现了在感情方面欲抛不得的一种盘旋郁结的挣扎的痛苦。词人在此一句词的开端先用了“谁道”两个字，“谁道”者，原以为可以做到，谁知竟未能做到，故以反问之语气出之，有此二字，于是下面的“闲情抛弃久”五字所表现的挣扎努力就全属于徒然落空了。此后“每”“还”“依旧”连用，足可见此“惆怅”之永在长存。而“每到春来”者，春季乃万物萌生之时，正是生命与感情觉醒的季节，词人于春心觉醒之时，所写的却并非如一般人属于现实的相思离别之情，而只是含蓄地用了“惆怅”二字。“惆怅”者，是内心恍如有所失落又恍如有所追寻的一种迷惘的情意，不像相思离别拘于某人某事，而是较之相思离别更为寂寞、更为无奈的一种情绪。既然有此无奈的惆怅，而且经过抛弃的挣扎努力之后而依然永在长存，于是下面两句冯氏遂径以殉身无悔的口气，说出了“日日花前常病酒，不辞镜里朱颜瘦”两句决心一意承担负荷的话来。

下片进一步抒发这种与时常新的闲情愁绪。以“河畔青芜堤上柳”一句为开端，在这首词中只有这七个字是完全写景的句子，但又并不是真正只写景物的句子，只是以景物为感情衬托而已。虽写春来之景色，却并不写繁枝嫩蕊的万紫千红，只说“青芜”，只说“柳”。这“芜”这“柳”又并非今年才有，可谓年年与之无尽无穷。所以下面接下去就说了“为问新愁，何事年年有”二句，正是从年年的芜青柳绿，写到“年年有”的“新愁”。上面用了“为问”二字，下面又用了“何事”二字，造成了一种强烈的疑问语气，从其尝试抛弃之徒劳的挣扎，到问其新愁之何以年年常有，有如此之挣扎与反省而依然不能自解。在此强烈的追问之后，词人却忽然荡开笔墨，更不做任何回答，而只写下了“独立小桥风满袖，平林新月人归后”两句身外的景物情事，把惆怅之情写得极深。

采桑子

花前失却游春侣，独自寻芳。满目悲凉。纵[1]有笙歌亦断肠。　　林间戏蝶帘间燕，各自双双。忍[2]更思量。绿树青苔半夕阳。

【注释】

[1] 纵：即使。

[2] 忍：作“怎忍”解。

【解读】

这首词写失去情侣之后的孤寂与彷徨。

上片写“失却游春侣”“独自寻芳”之悲。“花前月下”，原为游春男女的聚会之地；而偏偏在这游乐之处，失却了游春之侣；花前诚然可乐，但独自一人，徘徊觅侣，则触景生情，适足添愁，甚而至于举目四顾，一片凄凉，大好春光，亦黯然失色。“纵有笙亦断肠”，笙歌在游乐时最受欢迎，但无人相伴，则笙歌之声，适足令人生悲。“纵有”两字，从反面衬托失去之痛：笙歌散尽，固然使人因孤寂而断肠，但他却感到即使笙歌满耳，也仍然是愁肠欲断。

下片写因见蝶燕双双，兴起孤独之感。自己失却游春之侣而影单形只，但闲步四望，只见彩蝶双双，飞舞林间；燕儿对对，出入帘幕。彩蝶、燕儿都成双成对，使他怎能再耐得住自己的孤独之感！只有那“绿树青苔半夕阳”才稍稍安慰一些。这里，“绿树青苔半夕阳”句以景结情，夕阳斜照在绿树青苔之上的静景，正与上片的“满目悲凉”之句相拍合。

词作娴熟运用比喻、起兴的手法，通过描写蝶燕双飞之乐，表达自身孑然无侣的孤独之感。

谒金门

风乍[1]起，吹皱一池春水。闲引[2]鸳鸯香径里，手挼[3]红杏蕊。　斗鸭[4]阑干独倚，碧玉搔头[5]斜坠。终日望君君不至，举头闻鹊喜[6]。

【注释】

[1] 乍：刚。

[2] 闲引：无聊地逗引。

[3] 挼（ruó）：搓揉。

[4] 斗鸭：古代有斗鸭取乐的风俗。

[5] 搔头：发簪。

[6] 闻鹊喜：古人以闻鹊声为喜兆，故称灵鹊报喜。

【解读】

这首词描绘一个贵族女子寂寞无聊，一会儿逗引鸳鸯，一会儿观看斗鸭。她表面如此闲适，内心却在想念远人，盼望着他归来。女子的心情恰如池中被风吹皱的春水，很不平静。

一开头写景：风忽地吹起，把满池塘的春水都吹皱了。这景物本身就含有象征意味：春风荡漾，吹皱了池水，也吹动了妇女们的心。用一个“皱”字，就把这种心情确切地形容出来。因为是春风，不是狂风，所以才把池水吹皱，而还不至于吹翻。女主人公的心情也只是像池水一样，引起了波动不安的感觉。面对着明媚的春光，她的心上人不在身边，消磨这良辰美景颇费心思。她只好在芳香的花间小路上，手挼着红杏花蕊，逗着鸳鸯消遣。可是成双成对的鸳鸯，难免要触起女主人公更深的愁苦和相思，甚至挑起她微微的妒意，觉得自己的命运比禽鸟尚不如。她漫不经心地摘下含苞欲放的红杏花，放在掌心里轻轻地把它揉碎。通过这样一个细节，深刻表现出女主人公内心无比复杂的感情。它意味着：尽管她也像红杏花一般美丽、芬芳，却被另一双无情的手把心揉碎了。这写得多么细致，蕴藏着多么深沉的感情，简直是写进人物的下意识领域中去了。

下片写她怀着这样愁苦的心情，一切景物都引不起她的兴致。哪怕她把斗鸭栏杆处处都倚“遍”，仍然没精打采。这个“遍”字，把她这种难挨的心情精细地刻画出来。她心事重重地垂着头。由于头垂得太久，以致头上的碧玉搔头也斜斜地下倾。这说明她已挨过很长的一段时间。她整天思念心上人，却一直不见他来。忽然，她听到喜鹊的叫声。“喜鹊叫，喜事到”，或许心上人真的要来了。她猛然抬起头，愁苦的脸上初次出现了喜悦的表情。作者写到这里，便结束了全词。在一种淡淡的欢乐中闭起幕，像给女主人公留下一线新的希望。但喜鹊报喜难说有多大的可靠性。恐怕接连而来的，将是女主人公更大的失望和悲哀。尽管作者把帷幕拉上了，但读者透过这重帷幕，还可以想象出无穷无尽的后景。

这首词的思想内容，跟花间派词人的大多数作品差不多。可能作者另有寄托，但也不外乎个人的恩怨而已。这些都无多大价值。但它那细致、委婉而又简练、生动的描写手法，值得我们借鉴。

“风乍起，吹皱一池春水”和李璟《摊破浣溪沙》里的“小楼吹砌玉笙寒”，都是传诵千古的名句。马令《南唐书》卷二十一记载，南唐中主李璟曾和冯延巳开玩笑说：“‘吹皱一池春水’，干卿何事？”冯延巳回答说：“未如陛下‘小楼吹彻玉笙寒’！”由此可见，“风乍起，吹皱一池春水”是当时广为传诵的名句。

李　璟

李璟（916—961），初名景通，字伯玉，徐州（今属江苏）人。烈祖时封齐王，保大元年嗣位称帝，为南唐中主，在位19年，庙号元宗。登基之初他曾有经营四方之志，后来为奸臣所蒙蔽，国家日渐衰落，最终被迫向周称臣，迁都洪州（今江西南昌），抑郁而死。他多才多艺，诗、书皆佳。今存词四首，与李煜之作收录于《南唐二主词》中。

浣溪沙

手卷珠帘[1]上玉钩。依前春恨锁重楼。风里落花谁是主？思悠悠。青鸟[2]不传云外信，丁香空结[3]雨中愁。回首绿波三楚暮，接天流。

【注释】

[1] 珠帘：用珍珠串成的帘子。

[2] 青鸟：相传西王母以青鸟为信使和侍从。

[3] 丁香空结：丁香花蕾称丁香结，诗词多以之喻愁思聚集。

【解读】

这是一首伤春词，借抒写男女之间的怅恨来表达作者的愁恨与感慨。上片写重楼春恨，落花无主。下片进一层写愁肠百结，固不可解。有人认为这首词非一般的对景抒情之作，可能是在南唐受后周严重威胁的情况下，李璟借小词寄托其彷徨无措的心情。

上片前两句委婉、细腻，卷起珠帘本想观看楼前的景物，借以抒发胸怀，可是卷起珠帘之后，发觉依旧春愁浩荡，春愁就像那锁住重楼的浓雾一样铺天盖地。可见，“锁”是一种无所不在的心灵桎梏，使人欲消愁而不可得。而“春恨”并不是抽象的，眼前的落花得以体现这种无边无际弥漫着的春愁。“风里落花谁是主”，风不仅吹落花朵，更将凋零的残红吹得四处飞扬，那么，谁是落花的主人呢？何处是落花的归宿呢？在这里，可以看出人的身世飘零，孤独无依。结句“思悠悠”，正是因此而思绪飘忽，悠然神往。

下片“青鸟不传云外信，丁香空结雨中愁”两句，点出了“春恨”绵绵的缘由所在。青鸟是古代传说中传递信息的信使。青鸟不传信，想得到所思念的人的音信而不得，于是有“丁香空结雨中愁”的叹息，至此，词的感情已经十分浓郁、饱满。当“手卷珠帘上玉钩”的时刻，已经春恨绵绵；风里落花无主，青鸟不传信，丁香空结，则徒然的向往已经成为无望，这已是无可逃避的结局。最后以景语作结：“回首绿波三楚暮，接天流”。楚天日暮，长江接天，这样的背景暗示着愁思的深广。“接天流”三个字让人想起李煜“问君能有几多愁，恰似一江春水向东流”。就这一意境而言，李璟、李煜父子是一脉相承的。

另外，从整首词来看，末句的境界突然拓展，词中的一腔愁怀置于一个与其身世密切相关的历史地理环境中，与心灵的起伏波动也是密切相合的。

山花子

菡萏[1]香销翠叶残。西风愁起绿波间。还与韶光[2]共憔悴[3]，不堪[4]看。

细雨梦回鸡塞[5]远。小楼吹彻玉笙寒。多少泪珠无限恨，倚阑干。

【注释】

[1] 菡萏（hàn dàn）：即荷花。

[2] 韶光：美好的时光。

[3] 憔悴：萎靡不振的样子。

[4] 堪：经得起。

[5] 鸡塞：鸡鹿塞。在今内蒙古境内，此处指边塞。

【解读】

本词词牌名又名《摊破浣溪沙》《添字浣溪沙》等，有些版本题名《秋思》。

词的上片着重写景。开头两句写荷花落尽，香气消散，荷叶凋零，深秋的西风从绿波中起来，使人发愁。两句中已含有无穷悲秋之感。接下来写人物触景伤情：“韶光”“憔悴”，既是美好的时节景物的凋残，也是美好的人生年华的消逝。与韶光一同憔悴的人，自然不忍去看这满眼萧瑟的景象。

下片重在写人抒情，交代了“愁”的原因并具体描写思妇念远之情。“细雨梦回鸡塞远，小楼吹彻玉笙寒”，写在睡梦中梦到远赴边关去寻找所思念的人。思妇醒来时，正值细雨迷蒙、寒意袭人，梦中鸡塞似近在咫尺，而醒后回味却远在天涯。唯有独自在小楼里吹笙，以排遣愁闷。然而风雨楼高，吹笙非但不能减轻相思愁闷，反而更添怀念之情，她依然泪流不止。随后词人写到怨恨的无穷无尽，却不再作情语，而是以“倚阑干”三字作结，含蓄不尽。一个有无穷幽怨含泪倚栏的主人公形象跃然纸上。秋雨绵绵、梦境邈远、玉笙呜咽，构成悲凉凄清的意境，使全词惆怅伤感的气氛愈发浓烈。

这首极富感染力的词作，历来为评家所推崇。近代学者王国维在《人间词话》中最推崇“菡萏”一句，认为“大有众芳芜秽、美人迟暮之感”。之所以如此评价，是读出了这首词中的寄托之意。作者李璟是南唐的第二代国君，在思妇的对景伤情、感叹青春易逝中，渗透了自己不堪迟暮的感伤心情；而词句意境的众芳芜秽、美人迟暮，又象征着南唐的没落，寄托了作者的家国之痛，也极易引起后世读者的感触。

李 煜

李煜（937—978）精书法、工绘画、通音律，诗文均有一定造诣，尤以词的成就最高。李煜的词，继承了晚唐以来温庭筠、韦庄等花间派词人的传统，又受李璟、冯延巳等的影响，语言明快、形象生动、用情真挚，风格鲜明，其亡国后词作更是题材广阔，含意深沉，在晚唐五代词中别树一帜，对后世词坛影响深远。

玉楼春[1]

晓妆初了明肌雪[2]，春殿嫔娥鱼贯列[3]。
笙箫吹断水云间[4]，重按霓裳歌遍彻[5]。
临春谁更飘香屑[6]？醉拍阑干情味切[7]。
归时休放烛光红[8]，待踏马蹄清夜月[9]。

【注释】

[1] 此词调《木兰花》，《全唐诗》注曰："一名《玉楼春》，一名《春晓曲》，一名《惜春容》。"《草堂诗余》《古今词统》《古今诗余醉》等本中有题作"宫词"。

[2] 晓妆：一作"晚妆"。《全唐诗》中作"晓妆"。晓妆初了，晓妆刚结束。初了，刚刚结束。明肌雪：形容肌肤明洁细腻，洁白如雪。

[3] 春殿：即御殿。以其豪华、盛大而称"春殿"。李白《越中览古》诗有"宫女如花满春殿"之句。嫔（pín）娥：这里泛指宫中女子。鱼贯列：像游鱼一样一个挨一个地依次排列，这里指嫔娥依次排列成行的样子。

[4] 笙箫：《词综》《历代诗余》《古今词统》《全唐诗》等本作"凤箫"。《花草粹编》作"笙歌"。笙箫，笙和箫，泛指管乐器。吹断：吹尽。水云间：《全唐诗》《花草粹编》《古今词统》《词综》等本中均作"水云闲"；《松隐文集》作"水云中"。水云间即水和云相接之处，谓极远。

[5] 重按：一再按奏。按：弹奏。霓裳：《霓裳羽衣曲》的简称。唐代宫廷著名法曲，传为唐开元年间河西节度使杨敬忠所献。初名《婆罗门曲》，后经唐玄宗润色并配制歌词，后改用此名。唐白居易《琵琶行》中有句："轻拢慢捻抹复挑，初为《霓裳》后《绿腰》。"歌遍彻：唱完大遍中的最后一曲，说明其歌曲长、久，音调高亢急促。遍，大遍，又称大曲，即整套的舞曲。大曲有排遍、正遍、遍、延遍诸曲，其长者可有数遍之多。彻，《宋元戏曲史》

中云："彻者，入破之末一遍也"，六一词《玉楼春》有"重头歌韵响铮琮，入破舞腰红乱旋"之句，可见曲至入破以后则高亢而急促。

[6] 临春:《词综》《历代诗余》《古今词统》《全唐诗》等本中均作"临风"。郑骞《词选》中云："临春，南唐宫中阁名，然作'临风'则与'飘'字有呼应，似可并存。"香屑：香粉。飘香屑：相传后主宫中的主香宫女，拿着香粉的粉屑散布于各处。

[7] 醉：心醉、陶醉。拍：拍打，这里兼有为乐曲击出拍节之意。阑干：即栏杆。情味:《花草粹编》《词谱》《全唐诗》《词林纪事》等本中均作"情未"。切：恳切，真挚而迫切的心情。

[8] 归：回。休放：《词综》《词谱》《历代诗余》《全唐诗》等本中同此。《词林纪事》《类编草堂诗余》等本中均作"休照"。烛光:《花草粹编》《词综》《词谱》《全唐诗》等本中均作"烛花"。烛光红：指明亮的烛光。

[9] 待踏：《词综》《历代诗余》《词谱》《全唐诗》等本中同此。《类编草堂诗余》等本中均作"待放"。踏马蹄:策马缓慢而行,有踏月之意。亦有作"放马蹄"，意为让马随意而行。

【解读】

此词是李煜于南唐全盛时期所创作的一首代表作。

词的上片主要写宴乐的盛大场面。首句突出描绘"晓妆初了"的嫔娥们的盛妆和美艳，由此写出作者对这些明艳丽人的一片飞扬的意兴，同时从开篇即渲染出夜宴的奢华豪丽。继之两句宴乐开始，歌舞登场，作者极写音乐的悠扬和器物的华美。比如，笙箫二字可以给人一种精美、奢丽的感觉，与词中所描写的奢靡之享乐生活、情调恰相吻合。而"吹"作"吹断"，"按"作"重按"，不但字字可见作者的放任与耽于奢逸，而且十分传神地赋予音乐以强烈的感情色彩。据马令《南唐书》载："唐之盛时，《霓裳羽衣》最为大典，罹乱，瞽师旷职，其音遂绝。后主独得其谱，乐工曹生亦善琵琶，按谱粗得其声，而未尽善也。（大周）后辄变易讹谬，颇去哇淫，繁手新音，清越可听。"李煜与大周后都精通音律，二人情爱又笃深，更何况《霓裳羽衣》本为唐玄宗时的著名大曲，先失后得，再经过李煜和周后的发现和亲自整理，此时于宫中演奏起来，自然欢愉无比。

所以不仅要“重按”，而且要“歌遍彻”，由此也可想见作者之耽享纵逸之情。

词的下片是描写曲终人散、踏月醉归的情景。“临春”一句明是写香，暗是写风，暗香随风飘散，词人兴致阑珊，由“谁更”二字而出，更显得活泼有致。“醉拍”二字直白而出，写醉态，写尽兴尽欢妥帖至极。到这里，作者有目见的欣赏，有耳听的享受，有闻香的回味，加上醉饮的意态，正是集色、声、香、味之娱于一处，心旷神驰，兴奋不已，因此才“情味切”，沉溺其中无法自拔。结尾二句，写酒阑歌罢却写得意味盎然，余兴未尽，所以向来为人所称誉。《弇州山人词评》中赞其为“致语也”。今人叶嘉莹曾详评此句：“后主真是一个最懂得生活之情趣的人。而且‘踏马蹄’三字写得极为传神，一则，‘踏’字无论在声音或意义上都可以使人联想到马蹄嘚嘚的声音；再则，不曰‘马蹄踏’而曰‘踏马蹄’，则可以予读者以双重之感受，是不仅用马蹄去踏，而且踏在马蹄之下的乃是如此清夜的一片月色，且恍闻有嘚嘚之声入耳矣。这种纯真任纵的抒写，带给了读者极其真切的感受。”读此二句，既可感作者的痴醉心情，也可视清静朗洁的月夜美景，更可见作者身上充盈着的文人骚客的雅致逸兴。

全词笔法自然奔放，意兴流畅挥洒，语言明丽直快，情境描绘动人。作者从个人宫廷生活场面出发，虽然带有较为浓郁的富贵脂粉气，未能表现出深刻的思想内容，但短短一篇就把一次盛大欢宴的情形淋漓尽致地表现出来，艺术描绘生动逼真，情景刻画细腻动人，由喻象中见情思，于浅白处见悠远，充分显示了作者高妙的艺术功力，是“写得极为俊逸神飞的一首小词”。

虞美人

春花秋月何时了[1]，往事知多少。小楼昨夜又东风，故国不堪回首月明中。

雕栏玉砌[2]应犹在，只是朱颜改。问君[3]能有几多愁，恰似一江春水向东流。

【注释】

[1] 了：完结。

[2] 雕栏玉砌：这里指远在金陵的南唐故宫。

[3] 君：作者自称。

【解读】

这首词流露了李煜的故国之思，据说这是促使宋太宗下令毒死李煜的原因之一。

全词以问起，由问天、问人而到自问，使作者沛然莫御的愁思贯穿始终，形成沁人心脾的美感效应。诚然，李煜的故国之思也许并不值得同情，他所眷念的往事离不开“雕栏玉砌”的帝王生活和朝暮私情的宫闱秘事。但这首脍炙人口的名作，在艺术上确有独到的地方。“春花秋月”多么美好，但作者却企盼它早日了却，小楼“东风”带来春天的信息，却反而引起作者“不堪回首”的嗟叹，因为它们都勾发了作者物是人非的感触，衬托出他的囚居异邦之愁，用以描写由珠围翠绕、烹金馔玉的江南国主一变而为长歌当哭的阶下囚的作者的心境，是真切而又深刻的。结句“一江春水向东流”，是以水喻愁的名句，含蓄地显示出愁思的长流不断、无穷无尽。

全词以明净、凝练、优美、清新的语言，运用比喻、比拟、对比、设问等多种修辞手法，高度地概括和淋漓尽致地表达了词人的真情实感。

相见欢

其一

林花谢了春红[1]，太匆匆[2]。无奈朝来寒雨晚来风。　胭脂泪[3]，留人醉[4]，几时重[5]。自是[6]人生长恨水长东。

【注释】

[1] 林花：满林花树。谢：凋谢。春红：春天的花朵。

[2] 匆匆：一作忽忽。

[3] 胭脂泪：原指女子的眼泪，女子脸上搽有胭脂，泪水流经脸颊时沾上胭脂的红色，故云。在这里，胭脂是指林花着雨的鲜艳颜色，指代美好的花。

[4] 留人醉：一作“相留醉”，意为令人陶醉。留，遗留，给以。醉，心醉。

[5] 几时重（chóng）：何时再度相会。

[6] 自是：自然是，必然是。

【解读】

南唐灭亡，李煜被俘北上，留居汴京（今河南开封）两年多，此词即写于作者身为阶下囚时期。此词是即景抒情的典范之作，它将人生失意的无限怅恨寄寓在对暮春残景的描绘中，表面上是伤春咏别，实质上是抒写“人生长恨水长东”的深切悲慨。

词的上片写景，通过风雨摧花花凋零的景象描写，寄寓作者的感伤和无奈情怀。起句“林花谢了春红”，明白如话，平直而入，但却意在笔先，一笔见情。“春红”本是春未尽之景，但却偏偏“谢了”，暗有惜恋之情。如果说此句尚是暗点，而“太匆匆”句出，则语意见明。一个“太”字，无限惋惜，无限依恋，直是一声浩叹，一笔千钧。花开花谢本是自然，为什么作者以“太匆匆”议之？第三句“无奈朝来寒雨晚来风”直叙其因，铺排其事。句中“朝”“晚”当是复指，指风雨摧残之盛。这既是自然的景象，也是作者境遇、心情的写照，尤其“无奈”一词用于此，太多感慨，太多感恨，无以言表，其中蕴含了作者多少的苦痛和愤懑！正所谓“质具千钧，情同一恸矣！”此三句虽是写景，其实抒情，是以景色渲染情思，点破词题。

词的下片写情，抒写作者哀往痛今的愁怨怅恨。“胭脂泪”取杜甫“林花著雨胭脂湿”句化用之，以“泪”代“湿”，以人情代花意，别具特色而哀艳异常。“留人醉，几时重”，有叙有问，叙的是相惜相别之难堪，问的是相聚再见之难得，人生离恨难过于此，于是作者禁不住一声长叹：“自是人生长恨水长东。”上片尾句破题，此句于此结题，一气呵成，去势难收。李煜把自己的怅恨与人生的思索联系起来，把个人的悲苦与生命的无奈统一起来，所以使他的词有了更多的哲理性、更大的概括力和更强的感染力。

全词笔直意径，平白上口，自然流畅，清新爽冽。词中写景，晓白如画，历历在目；词中写意，一波三折，幽婉动人。用情深则笔愈直，其意切则句愈白，写景写情，写人写恨，虽是天成随性，但却高妙无比。所以这首词向来被视为精品。

其二

无言独上西楼，月如钩。寂寞梧桐深院锁清秋。　　剪不断，理还乱，是离愁。别是[1]一番滋味在心头。

【注释】

[1] 别是：另是。

【解读】

此词同样作于李煜被俘之后，抒写了他作为国主一朝被俘、离乡去国的锥心怆痛。上片选取典型的景物为感情的抒发渲染铺垫，下片借用形象的比喻委婉含蓄地抒发真挚的感情。

首句“无言独上西楼”将人物引入画面。“无言”二字活画出词人的愁苦神态，“独上”二字勾勒出作者孤身登楼的身影，孤独的词人默默无语，独自登上西楼。神态与动作的描写，揭示了词人内心深处隐喻的很多不能倾诉的孤寂与凄婉。“月如钩，寂寞梧桐深院锁清秋”，寥寥十二个字，形象地描绘出了词人登楼所见之景：仰视天空，缺月如钩。“如钩”不仅写出月形，表明时令，而且意味深长：那如钩的残月经历了无数次的阴晴圆缺，见证了人世间无数的悲欢离合，如今又勾起了词人的离愁别恨。俯视庭院，茂密的梧桐叶已被无情的秋风扫荡殆尽，只剩下光秃秃的树干和几片残叶在秋风中瑟缩，词人不禁“寂寞”情生。然而，“寂寞”的不只是梧桐，即使是凄惨秋色，也要被“锁”于这高墙深院之中。而“锁”住的也不只是这满院秋色，落魄的人，孤寂的心，思乡的情，亡国的恨，都被这高墙深院禁锢起来，此景此情，用一个愁字是说不完的。

“剪不断，理还乱，是离愁”用丝喻愁，新颖而别致。丝长可以剪断，丝乱可以整理，而那千丝万缕的“离愁”却是“剪不断，理还乱”。这位昔日的南唐后主心中所涌动的离愁别绪，是追忆往日荣华富贵，是思恋故国家园，是悔失帝王江山？时过境迁，如今的李煜已是亡国奴、阶下囚，荣华富贵已成过眼烟云，故国家园亦是不堪回首，帝王江山毁于一旦。阅历了人间冷暖、世态炎凉，经受了国破家亡的痛苦折磨，这诸多的愁苦悲恨哽咽于词人的心头难以排遣。作者尝尽了愁的滋味，而这滋味，是难以言喻、难以说完的。

末句“别是一番滋味在心头”，紧承上句写出了李煜对愁的体验与感受。以滋味喻愁，而味在酸甜之外，它根植于人的内心深处，是一种独特而真切的感受。“别是”二字极佳，昔日唯我独尊的天子，如今成了阶下囚徒，备受屈辱，遍历愁苦，心头郁积的是思、是苦、是悔、还是恨……

运用声韵变化，做到声情合一。下片两个仄声韵（“断”“乱”）插在平声韵中间，加强了顿挫的语气，似断似续；同时在三个短句之后接以九言长句，铿锵有力，富有韵律美，也恰当地表现了词人悲痛沉郁的感情。全词情景交融，感情沉郁。

清平乐

别来春半，触目愁肠断。砌[1]下落梅如雪乱，拂了一身还满。　　雁来音信无凭，路遥归梦难成。离恨恰如春草，更行更远还生。

【注释】

[1] 砌：石阶。

【解读】

971年秋，李煜派弟弟李从善去宋朝进贡，被扣留在汴京。974年，李煜请求宋太祖让从善回国，未获允许。李煜非常想念他，常常痛哭。这首词当为李从善入宋后，李煜因思念他而作的，表现了在恼人的春色中，触景生情，思念离家在外的亲人的情景。

词的上片，开篇即直抒胸臆、毫无遮拦地道出抑郁于心的离愁别恨。一个“别”字，是起意，也是点题，单刀直入，紧扣人心。李煜前期作品中因各种原因，这种开篇直抒胸臆的不多，但中、后期作品中不少，想必是生活际遇之大变，作者的感情已如洪水注池、不泄不行。“春半”有人释为春已过半，有理，但如释为相别半春，亦有据，两义并取也无不可。接下两句承“触目”来，“砌下落梅如雪乱”突出一个“乱”字，既写出了主人公独立无语却又心乱如麻，也写出了触景伤情景如人意的独特感受，用生动的比喻把愁情说得明白如见。“拂了一身还满”，前有“拂”字，显见有主人公克制定念的想法，但一个“满”字，却把主人公那种无奈之苦、企盼之情、思念之深刻画得至真至实。上片的画面是情景交融、虚实相生而又动静结合的，直抒胸臆中见委婉含蓄，活泼喻象中透深沉凝重。

他之所以久久地站在花下，是因为在思念远方的亲人。“雁来”两句把思念具体化，写出作者盼信，并希望能在梦中见到亲人。古代有大雁传书的故事，所以作者说，他看到大雁横空飞过，为它没有给自己带来书信而感到失望。他又设想，和亲人在梦中相会，但“路遥归梦难成”，距离实在是太遥远了，恐怕他的亲人在梦中也难以回来。古人认为人们在梦境中往往是相通的。对方做不成“归梦”，自己也就梦不到对方了。梦中一见都不可能，思念万分之情溢于言表，从而更强烈地表现了作者的思念之切。他怀着这种心情，向远处望去，望着那遍地滋生的春草，突然发现，“离恨却如春草，更行更远还生”。“更行更远”是说无论走得多么远，自己心中的“离恨”就像那无边无际、滋生不已的春草。无论人走到哪里，它们都在眼前，使人无法摆脱。这个结句，比喻浅显生动，而且形象地给人以离恨无穷无尽、有增无减的感觉，使这首词读起来意味深长。

全词以离愁别恨为中心，线索明晰而内蕴，上下两片浑然一体而又层层递进，感情的抒发和情绪的渲染都十分到位。手法自然，笔力透彻，尤其在喻象上独到而别致，使这首词具备了不同凡品的艺术魅力。

浪淘沙

帘外雨潺潺[1]，春意阑珊[2]。罗衾[3]不耐五更寒。梦里不知身是客，一晌[4]贪欢。　　独自莫凭栏，无限江山。别时容易见时难。流水落花春去也，天上人间。

【注释】

[1] 潺潺（chán chán）：雨水声。

[2] 阑珊：将尽。

[3] 衾：被子。

[4] 一晌（shǎng）：霎时，片刻。

【解读】

这首词是李煜降宋后被掳到汴京软禁时所作，表达了对故国、家园和往日美好生活的无限追思，反映出词人从一国之君沦为阶下之囚的凄凉心境。

上片两句采用了倒叙的手法。梦里暂时忘却了俘虏的身份，贪恋着片刻的欢愉。但美梦易醒，帘外潺潺春雨、阵阵春寒惊醒了美梦，使词人重又回到了真实人生的凄凉境况中来。梦里梦外的巨大反差其实也是今昔两种生活的对比，是作为一国之君和阶下之囚的对比。写梦中之“欢”，谁知梦中越欢，梦醒越苦；不着悲、愁等字眼，但悲苦之情可以想见。李清照在《声声慢》中这样写“雨”：“梧桐更兼细雨，到黄昏、点点滴滴。这次第，怎一个愁字了得！”愁情毕现。“帘外雨潺潺”，这雨似乎更是词人心间下起的泪雨；“春意阑珊”，春光无限好，可是已经衰残了，就像美好的“往事”一去难返；“罗衾不耐五更寒”，禁不住的寒意，不仅来自自然界，更来自凄凉孤冷的内心世界。李煜《菩萨蛮》词有句：“故国梦重归，觉来双泪垂。”所写情事与此相似，但此处表达情感更显委婉含蓄。

“独自莫凭栏，无限江山”，“莫”一作“暮”。“莫凭栏”是说不要凭栏，因为凭栏而望故国江山，会引起无限伤感，令人无以面对；“暮凭栏”意谓暮色苍茫中凭栏远眺，想起江山易主、无限往事，“暮”也暗指词人人生之暮。两说都可通。李商隐曾在《无题》诗中写下“相见时难别亦难”，表达了人们普遍的情感。降宋后被掳到汴京，告别旧都金陵是多么难舍难离，《破阵子·四十年来家国》中“最是仓皇辞庙日”一句表达的正是这种情感。这里却说“别时容易”，可见“容易”是为了突出一别之后再见之难；“见时难”似也包含着好景难再、韶华已逝的感慨。“流水落花春去也，天上人间。”就像水自长流、花自飘落，春天自要归去，人生的春天也已完结，一“去”字包含了多少留恋、惋惜、哀痛和沧桑。昔日人上君的地位和今日阶下囚的遭遇就像一个天上、一个人间般遥不可及。“天上人间”暗指今昔两种截然不同的人生际遇。一说“天上人间”是个偏正短语，语出白居易《长恨歌》：“但教心似金钿坚，天上人间会相见。”意谓天上的人间，用在这里暗指自己来日无多，“天上人间”便是最后的归宿。

这首词表达惨痛欲绝的国破家亡的情感，真可谓“语语沉痛，字字泪珠，以歌当哭，千古哀音”。

破阵子

四十年[1]来家国，三千里地山河。凤阁[2]龙楼连霄汉，玉树琼枝作烟萝[3]，几曾识干戈[4]？　　一旦归为臣虏，沈腰潘鬓[5]消磨。最是仓皇辞庙日，教坊犹奏[6]别离歌，垂泪[7]对宫娥。

【注释】

[1] 四十年：南唐自建国至李煜作此词，为三十八年。

[2] 凤阁：指帝王居所。

[3] 玉树琼枝：形容树的美好。烟萝：形容树枝叶繁茂，如同笼罩着雾气。

[4] 识干戈：经历战争。识，一作“惯”。干戈：武器，指战争。

[5] 沈腰潘鬓：沈指沈约，曾有“革带常应移孔……以此推算，岂能支久”，指代人日渐消瘦。潘指潘岳，曾有诗云“余春秋三十二，始见二毛”，后以潘鬓指代中年白发。

[6] 犹奏：一作“独奏”。

[7] 垂泪：一作“挥泪”。

【解读】

此词作于李煜降宋之后的几年，即作者生命的最后几年。金陵被宋军攻破后，李煜率领亲属、随员等四十五人，“肉袒出降”，告别了烙印着无数美好回忆的江南。这次永别，李煜以这一首《破阵子》记录了当时的情景和感受。

此词上片写南唐曾有的繁华，建国四十年，国土三千里地，居住的楼阁高耸入云霄，庭内花繁树茂。这片繁荣的土地，几曾经历过战乱的侵扰？几句话，看似只是平平无奇的写实，但却饱含了多少对故国的自豪与留恋。“几曾识干戈”，更抒发了多少自责与悔恨。

下片写国破。“一旦”两字承上片“几曾”之句意，笔锋一叠，而悔恨之意更甚。终有一天国破家亡，人不由得消瘦苍老，尤其是拜别祖先的那天，匆忙之中，偏偏又听到教坊里演奏别离的曲子，又增伤感，不禁面对宫女恸哭垂泪。“沈腰”暗喻自己像沈约一样，腰瘦得使皮革腰带常常移孔，而潘鬓则暗喻词人自己像潘岳一样，年纪不到四十就出现了鬓边的白发。连着这两个典故，描写词人内心的愁苦凄楚，人憔悴消瘦，鬓边也开始变白，从外貌变化写出了内心的极度痛苦。古人说忧能伤人，亡国之痛，臣虏之辱，使得这个本来就多愁善感的国君身心俱惫。李煜被俘之后，日夕以泪洗面，过着含悲饮恨的生活。这两个典故即是他被掳到汴京后的辛酸写照。

词上片写繁华下片写亡国，由建国写到亡国，极盛转而极衰，极喜而后极悲。中间用“几曾”“一旦”两词贯穿转折，转得不露痕迹，却有千钧之力，悔恨之情溢于言表。作者以阶下囚的身份对亡国往事作痛定思痛之想，自然不胜感慨系之。

徐昌图

徐昌图（965年前后在世），福建莆田市城厢区延寿人，一说莆阳人。生卒年、字号均不详，约宋太祖乾德年中前后在世。徐寅曾孙，与兄徐昌嗣并有才名。五代末以明经及第，初仕闽陈洪进（仙游人，时任清源军节度使）归宋，陈遣其奉《纳地表》入宋进贡。太祖留之汴京，命为国子博士，迁殿中丞。徐昌图好作词，风格隽美，为五代词坛有数名手，启北宋一代词风。遗词仅存三首，收入《全唐诗》中，亦曾收入《尊前集》。

临江仙

饮散离亭西去，浮生长恨飘蓬[1]。回头烟柳渐重重。淡云孤雁远，寒日暮天红。　　今夜画船何处？潮平淮月朦胧。酒醒人静奈愁浓。残灯孤枕梦，轻浪五更风。

【注释】

[1] 浮生：一生。古人谓“人生世上，虚浮无定”，故曰“浮生”。飘蓬：飘浮无定之意。

【解读】

这是一首写旅愁的小令。

上片开头是“饮散离亭西去，浮生长恨飘蓬”。词人饮罢饯行酒，与亲故辞别西去，感慨万分，怨恨自己一生像飞蓬那样到处漂泊。离亭，送别的驿亭。“浮生”一词，出自《庄子·刻意》“其生若浮，其死若休”。庄子认为人生在世虚浮不定，后世相沿称人生为浮生。这里，词人感慨自己的身世，如今踏上旅途，从此开始了“飘蓬”一般的生活，遥遥水路，漠漠苍天，词人内心极度凄凉，羁旅之恨油然而生。而这恨又是“长恨”，这就道出了“饮散”“西去”对词人来说并非第一次了，每重演一次，就会增加一分身世飘零之恨。一个“长”字，使恨的情感深化了。

词人生活在唐宋之交的动乱时代，这首词，可能就是徐昌图由闽入宋前的作品，它不仅反映了词人凄清的身世，也包容了唐末宋初离乱社会的影子。这次词人西去，是乘船而行的。他别情依依，禁不住频频回首：“回头烟柳渐重重”。送行的人已不见了，只有那岸上的杨柳像是笼罩着一重重的烟雾。“烟柳重重”既是状景也是写情。这是由于当词人看到烟柳迷茫而看不到人时，必然增添其内心的苦闷。因为柳色是最容易引起人的离情别意的，所以，写“烟柳重重”，实际上也就是“离情重重”，是把抽象、无形的愁情寄托在具体形象的烟柳中来表现而已。

接下去，词人转过头来，顺眼一望，却是“淡云孤雁远，寒日暮天红”。辽远的天际飘浮着几丝淡云，并不时地传来孤雁的鸣声，傍晚的落日照得满天通红。此时此景，又不免使人感到：“浮云游子意，落日故人情”（李白诗）。词人像浮云一样漂流无依，像孤雁一样孑然影单，而寒日西沉，晚霞映天，却又唤起词人念乡思亲的凄伤之情，这一切既是词人眼前之景，也是他今后“飘蓬”生活的形象概括。这是由当前情景过渡到以后情景的写法，也是融情入景，即景抒情的写法，所以这两句可看作是词人特定心态下摄取的一组画面，既是实景，也是虚景，虚实互用，使画面极富表现力，它给读者的感受就不仅是自然景观了，更深刻的是这种景观中所隐含的离情别恨，它连绵不断，广阔深远。

下片写词人途中的孤寂心情。“今夜画船何处？潮平淮月朦胧”。词人辞别亲故，纵一叶孤舟西去，水路迢迢，暮色苍苍，想到归宿，词人不禁自问，愁绪充塞。夜深了，当词人从船舱里探出头来时，只见船已行在平波万顷的淮水上，空茫迷蒙，孤月映水，朦胧凄清。“淮月”，照临淮水上空的月亮。词人通过气氛的渲染和景物的烘托，使内心的感伤之情与外在的空冷之景交融为一，传达出词人此时此地的冷寂情怀。这时候，词人愁绪难以排遣，只有借酒消愁了。然而，醉酒只能求得一时的解脱，“酒醒人静奈愁浓”，一旦酒醒，回到现实，只能更增愁情，不是三杯两盏淡酒就冲刷得掉的。一个“奈”字，突出了词人万般无奈的苦闷心情。结句“残灯孤枕梦，轻浪五更风”又进一步写他的这种感情。一个人躺在船里，辗转反侧，愁绪万千。一直熬到夜尽灯残之时，才对着残弱的烛光，勉强伏枕而眠，可惜好景不长，恍惚朦胧中波动船摇，词人梦断，原来是水面上起了风波。“五更风”，指黎明前的寒风，萧瑟凄寒。好一个“晓风残月”，令人难以忍受，可谓悲痛至极。

俞陛云《唐五代两宋词选释》曾评徐昌图的《临江仙》一词，曰：“状水窗风景宛然，千载后犹想见客中情味也。”其所以如此，就在于词人巧妙地融情与景为一体，写离愁却很少直接抒情，而是借助于外在的景物来表现词人内心的离愁别恨。词人沿情布景，景物的转承和变换、环境气氛的渲染和烘托，处处反衬出词人的内心世界。离愁难耐，感人至深。

韦　庄

韦庄（约836—910），字端己，长安（今属陕西西安）人。唐昭宗乾宁元年（894年）中进士，任西蜀王建掌书记。唐朝灭亡，其劝王建称帝，建立前蜀，为吏部侍郎同平章事。韦庄是唐末重要诗人，而其词成就更大，与温庭筠齐名，是花间词派的代表。作品有《浣花集》。

菩萨蛮

人人尽说江南好，游人只合[1]江南老。春水碧于天[2]，画船听雨眠。垆边[3]人似月，皓腕凝霜雪[4]。未老莫还乡，还乡须[5]断肠。

【注释】

[1] 只合：只应。

[2] 碧于天：一片碧绿，胜过天色。

[3] 垆边：指酒家。垆，旧时酒店用土砌成、安放酒瓮卖酒的地方。

[4] 皓腕凝霜雪：形容双臂洁白如雪。凝霜雪，像霜雪凝聚那样洁白。

[5] 须：必定，肯定。

【解读】

这是唐代词人韦庄的一首脍炙人口的小令。此词描写了江南水乡的人美景美生活美，表现了诗人对江南水乡的依恋之情，也抒发了诗人漂泊难归的愁苦之感，写得情真意切，具有较强的艺术感染力。

“人人尽说江南好”，其间所隐藏的意思是自己并未曾认为江南好，只是大家都说江南好而已。下面的“游人只合江南老”，也是别人的劝说之辞，远游的人就应该在江南终老。这两句词，似直而纡，把怀念故乡欲归不得的感情都委婉地蕴藏在这表面看来非常直率的话中了。什么人敢这样大胆地对韦庄说他就该留在江南终老呢？在江南他是一个游人过客，而却劝他在江南终老，那一定是他的故乡有什么让他不能回去的苦衷，所以才有人敢劝他在江南终老。因为韦庄是在中原一片战乱中去江南的，在这种情况下，江南人才敢这样劝他留下来。下面则是对江南好的细写，说江南确实是好的，“春水碧于天”是江南风景之美，江南水的碧绿，比天色的碧蓝更美。

“画船听雨眠”是江南生活之美，在碧于天的江水上，卧在画船之中听那潇潇雨声，这种生活和中原的战乱比较起来，是何等的闲适自在。更进一步，江南又何尝只是风景美、生活美，江南的人物也美，“垆边人似月，皓腕凝霜雪”，江南酒垆卖酒的女子光彩照人，卖酒时攘袖举酒，露出的手腕白如霜雪。这几层写风景、生活、人物之美，不能用庸俗的眼光只看它表面所写的情事，而要看到更深的一层，他下面的“未老莫还乡”，这么平易的五个字却有多少转折，说“莫还乡”实则正由于想到了还乡，他没有用“不”字，用的是有叮嘱口吻的“莫”字，表现出了一种极深婉而沉痛的情意。说“莫还乡”是叮咛嘱咐的话，是他想还乡，却有不能还乡的苦衷，“还乡”是一层意思，“莫”是第二层意思，又加上“未老”二字是第三层意思，因为人没有老，在外漂泊几年也没有关系，人到年老会特别思念故土。五个字有三层意义的转折，表面上写得很旷达，说他没有老所以不用还乡，而其中却是对故乡欲归不得的盘旋郁结的感情。后面他说“还乡须断肠”，这正是别人之所以敢跟他说“游人只合江南老”的理由，因为他回到那弥漫着战乱烽火的故乡，只会有断肠的悲哀。

在谋篇布局上，词上片开首两句与结拍两句抒情，中间四句写景、写人。全词纯用白描写法，清新明丽，真切可感；起结四句虽直抒胸臆，却又婉转含蓄，饶有韵致。

薛昭蕴

薛昭蕴，字澄州，河中宝鼎（今山西荣河县）人，唐末或五代词人。薛昭蕴现存词19首，8首为《浣溪沙》，内容多写闺情宫怨、友情离思以及女道士清冷生涯，文人及第得意情景。其词较少艳情缛文，风格比较清丽委婉，接近韦庄。其词收于《花间集》。

谒金门

春满院，叠损[1]罗衣[2]金线。睡觉[3]水精帘[4]未卷，檐前双语燕。斜掩金铺[5]一扇，满地落花千片。早是相思肠欲断，忍交[6]频梦见！

【注释】

[1] 叠损：折叠得乱七八糟。

[2] 罗衣：轻软丝织品制成的衣服。

[3] 睡觉（jué）：睡醒。

[4] 水精帘：即水晶帘。

[5] 金铺：金做的铺首。铺首是含有驱邪意义的汉族传统建筑门饰，用以衔门环，常是龟蛇兽形。这里用来代指门。

[6] 交：即“教”。

【解读】

本词选自《花间集》。《花间集》收薛词十九首，这是最后一首。在花间词人中，薛昭蕴词风雅近温（庭筠）、韦（庄），以婉丽软媚名世，这首词当然也不例外。全词写金闺相思之苦，然而作者只在结句点明题旨，余则全写美人睡前睡后的情态。这情态又被融入双燕呢喃、落花千片的春色之中，活似一幅美人春睡图。

作者这样写的原因，是选取美人春睡乍起一瞬间的所见所闻及其心理感受，容易将相思之苦写到十分，是背面敷粉。词的开头先点明时与地：春光明媚的深闺小院。然而它的主人却似乎辜负了这大好时光，在蒙头睡觉。睡前的情态作者没有直接去写，却写她睡醒之后发现绮罗衣裳折叠得乱七八糟的，以至于将刺绣上的金线也折损了，皱巴巴的一点儿也不挺，并由此可知她是和衣而睡的。这实际上写出了睡前的慵懒情态，比直接写还要形象生动。

这么慵懒的原因作者也没有明说，却来了句“睡觉水精帘未卷”，还是一幅慵懒样儿。大约女主人公还未及睁开惺忪之眼，檐前燕语就闯入了她的耳膜。这燕语还不是孤燕独吟，而是双燕呢喃，当然是甜腻腻的。孤燕令人怜，双燕令人恨，这正是深闺思妇的独特感情。然而这些作者全都没有说，留给读者去想象了。白描手法之妙，由此可见。

“双语燕”完全将主人公的慵懒情态解释清楚了，而作者却还在继续写她的慵懒。她睡前连门也懒得去关，是虚掩的，而且一扇闭着，另一扇半开半闭，这说明是昼眠，而不是夜寝。正是在这白日睡醒尚惺忪的一瞬间，主人公还未下床，就通过半掩的门缝，看见了千片落花红满地。落红是值得同情的，然而相思难解的女主人公也是像落红一样值得同情的。销魂当此地，她不由得自言自语了：“早就为你害相思害得肝肠寸断了，怎么能忍心只教我在梦中与你频频相见呀！”“相思”——“肠断”——“梦见”，这就是女主人公长期经受的感情历程，而作者却把它分作两层写，先说“相思肠欲断”，再说“频梦见”，且加上了“忍交”二字，是爱，是恨，也是怨。爱、恨、怨已经搅和在一起，分不清，理还乱，而她如此慵懒也就理所当然了。

李　珣

李珣（855—930），五代词人。字德润，梓州（今四川三台）人，著有《琼瑶集》，已逸，《花间集》收录37首，《全唐诗》收录54首。词风清新俊雅，朴素中见明丽，颇似韦庄词风。

定风波

雁过秋空夜未央，隔窗烟月锁莲塘。往事岂堪容易想，惆怅。故人迢递在潇湘[1]。　纵有回文重叠意[2]，谁寄？解鬟临镜泣残妆。沉水香消金鸭冷，愁永。候虫声接杵声长。

【注释】

[1] 潇湘：两条水名。《山海经》记载："潇水，源出九嶷山，湘水，源出海阳山。至零陵合流而于洞庭也。"也指潇湘水流域一带。

[2] 回文重叠：用苏蕙织《回文璇玑图》的典故。《太平御览》卷五二〇引崔鸿《前秦录》："秦州刺史窦滔妻，彭城令苏道质之女，有才学，织锦制回文诗以赎夫罪。"

【解读】

这首词一开始提供了这样一幅画面：秋夜，一位女子正倚窗而立，凝望着河汉星空。一队大雁悠然南飞而过，之后，浩瀚的星空又显寂寥。只见荷塘月色蒙着一层淡淡的烟雾。表面上看去，这些似乎是客观的描绘，但仔细吟味，发现词人所描绘的景并非是"无我之景"。一个"锁"字，道出了那女子的心情。她原来有一段往事不堪回首。下面不说"往事"内容如何，只写"故人迢递在潇湘"而使她深感"惆怅"。由此一笔，则所谓"往事"虽不写，也已写了，词笔之含蓄如此。"潇湘"不必实指，表明远行之意。南朝梁柳恽《江南曲》："洞庭有归客，潇湘逢故人。故人何不返，春华复应晚。"应是"故人"一句所本。

词的下片，作者进一步描写了女子的心理活动。她本想给远行的"故人"写信寄思念之意，又愁无可托付之人。词用十六国前秦女诗人苏蕙作《回文璇玑图》的典故，表明这"故人"就是她的丈夫而非情人。词情至此又进一步明朗化。过片两句写心理曲折层深，文字也婉转多姿。有“意”而以“回文重叠”形容之，说明她情思蓄积之深。武则天《璇玑图序》说苏蕙的织锦回文“五彩相宣，莹心耀目。纵横八寸，题诗二百余首，计八百余言，纵横反复，皆成章句”。“回文重叠”四字，抵得过许多相思之苦、望归之切的辞藻刻画。“意”字是相对于“笔”字而言的。前加“纵有”，后缀“谁寄”，“意”仍是意，终未笔之于书。未写的原因是无人寄。信未写成，百无聊赖，女子只能含泪卸妆就寝。夜深人静，此恨绵绵，自然是不能安睡。床前焚的香早已灭尽了，就是那香炉也变得冷冰冰的了。夜漫长，耳边不断传来秋虫的悲鸣和远处的捣衣声。“愁水”二字，合主观情绪之自愁与客观事物之令人愁为一体，字平、句短而意丰。“杵声”和“候虫声”反衬周围的寂静，寂静的夜又反衬了女子内心的思潮汹涌，辗转反侧，可谓传神。

这首词刻意描写人物的心理活动。用“雁”“候虫声”“杵声”紧扣住秋夜，用短句“惆怅”“愁永”来贯穿全篇，整首词始终处在低沉的调子之中，烘托了主题。全词无论是景色描写还是意境塑造方面，都与当时盛行的“花间派”创作手法不同，给人以“清疏”之感。

毛文锡

毛文锡，唐末五代时人，字平珪，高阳（今属河北人），一作南阳（今属河南）人。年十四，登进士第。已而入蜀，从王建，官翰林学士承旨，进文思殿大学士，拜司徒，蜀亡，随王衍降唐。未几，复事孟氏，与欧阳炯等五人以小词为孟昶所赏。《花间集》称毛司徒，著有《前蜀纪事》《茶谱》，词存三十二首，今有王国维辑《毛司徒词》一卷。

更漏子

春夜阑[1]，春恨切[2]，花外子规[3]啼月。人不见，梦难凭[4]，红纱一点灯。偏怨别，是芳节[5]，庭下丁香千结[6]。宵雾散[7]，晓霞晖[8]，梁间双燕飞。

【注释】

[1] 春夜阑：春夜将尽。阑，尽。

[2] 春恨：春日的思愁。切：急切，这里有绵绵不绝之意。

[3] 子规：杜鹃鸟，又称布谷鸟，相传其啼声哀婉凄切。

[4] 难凭：无所依托。

[5] 芳节：百花盛开时节，犹言春天时节。

[6] 丁香千结：此处谓固结不开，犹人之愁固结不解。千，一作“半”。

[7] 宵雾：夜雾。

[8] 晖：光辉灿烂，一作“辉”。

【解读】

毛文锡擅写闺情，词语艳丽，这首词是一首艺术性较高的闺思之作。

闺中少妇，思念远别的亲人，通宵不寐，直待天明。以其爱之甚切，故恨之亦切；以其思之甚深，故怨之亦深。这一怀思绪，主要通过环境气氛的描写来烘托和表现。词中的景物，不仅是作为春天一般景物用以渲染春天的气氛，同时还作为一种意象，借以表达离情别绪和春思春愁。

“花外子规啼月”，思妇在静夜里听到鸟声，本来就容易勾起孤寂之感。以鸟声烘托岑寂，是以动写静。而这鸟声又是子规的啼叫声，便包含着更深一层的意思。子规的叫声近似“不如归去”。杜牧诗云：“蜀客春城闻蜀鸟，思归声引未归心。”这首词里所写花外子规，也具有思归的意象，但不是用以表示游子思归，而是用以表现思妇切盼情人归来。

“红纱一点灯”，思妇独守空闺，孤寂之中，对着红纱笼罩的孤灯凝思，此景此情，都带点凄凉之感。“孤灯”在这里是烘托思妇孤寂的一种意象。思妇夜里思念情人，不能入寐，梦也难成，空对着一点儿寒灯。在寒灯的映照下，益显出思妇心情的孤寂。

“庭下丁香千结”，写室外之景。丁香结蕾，唐宋诗人多用以比喻愁思固结不解。如李商隐《代赠》：“芭蕉不展丁香结，同向春风各自愁。”这首词描写庭下丁香花蕾千结，同样暗寓思妇愁肠千结，表现了思妇的离愁和春愁。

“梁间双燕飞”，双燕飞于梁间，最容易引起思妇的春思和春愁。本来成双成对的燕子绕梁而飞，是一种很和谐的景物，可以唤起欢愉的情绪，然而当对着这景物的主人公心境十分孤寂的时候，这一和谐景物与孤寂的心境恰恰形成鲜明的对比。所以当词中的思妇彻夜不眠，送走宵雾，迎来晓霞，看到双燕在晨曦中绕梁而飞的时候，不是解除了夜间相思之苦，而是更增添了一种孤寂之感，更无法排遣心中的春情和春思、春愁和春恨。

词中子规、纱灯、丁香、双燕这四种景象，是实景，又不是单纯的实景，可以说是“实中有虚”，也就是说既具体又抽象，因为它们已经成了引发愁情的触媒，甚至切合这无形无质的情思的表象。这首词对于这些意象的运用是很成功的。

《敦煌曲子词》

清光绪二十六年（1900年），在甘肃敦煌莫高窟藏经洞发现大批唐人的写卷，从中收集出不少曲子歌词，世称敦煌曲子词。其写作时间，大抵是盛唐到五代。大多为无名氏所作。内容丰富翔实，语言通俗易懂，抒情坦率自然，格调清新爽朗。用方言叶韵，多衬字，不受格律束缚，保持着早期民歌的特色。今人把其编辑为《敦煌曲子词集》。

虞美人[1]

东风吹绽海棠开，香榭满楼台[2]。香和红艳一堆堆，又被美人和枝折，坠金钗[3]。　　金钗钗上缀芳菲，海棠花一枝[4]。刚被蝴蝶绕人飞，拂下深深红蕊落，污奴衣[5]。

【注释】

[1] 虞美人：词调名。取名于项羽宠姬虞美人。法国巴黎国家图书馆所藏的《虞美人·东风吹绽海棠开》墨迹中，标题为“鱼美人”。

[2] 东风:即春风。古代把春、夏、秋、冬四季同东、南、西、北四方相配，春属东，故称春风为东风。或言春天的风多自东向西吹来，因称。“香榭满楼台”即“香满榭楼台”的倒文。榭:临水建筑的亭子。或校“榭”为“麝”，香麝，即麝香的香味。

[3] 香和红艳:红花夹带着香味。红艳，即红花。和，夹带，和着。和枝折:连着枝叶一起折下。

[4] 金钗钗:即金钗。或校作“金雀钗”，形似雀鸟的金钗。而之所以叫“金钗钗”，是模拟小女子的声口使然。

[5] 刚被：即“偏教”，白居易《惜花诗》：“可怜妖艳正当时，刚被狂风一夜吹。”深深：或校作“纷纷”，众多貌，络绎貌。奴：古代妇女自称。

【解读】

此词歌咏美人折海棠花时的趣事。上片，描写和枝折花的情景；下片，描写“污奴衣”的经过。

上片中“东风吹绽海棠开，香榭满楼台”写海棠花，首句“绽”与“开”并不重复，“绽”指裂开一道缝，如王禹偁《腊月》诗云：“日照野塘梅欲绽。”所以此句言东风吹裂了蓓蕾，吹开了海棠，“绽”后连着“开”，表现海棠花开放的过程。

次句，榭与楼台是两种不同的古建筑，榭是建在高土台上的敞屋，多为木结构，又称为台榭，《书·秦誓上》云："唯宫室台榭。"孔传："土高曰台，有木曰榭。"因此台榭是指建在高土台上的木榭，而楼台是指建在高土台上的楼宇。例如，在莫高窟217窟中，民间画匠所绘的西方净土变壁画上，就有台榭与楼台两种不同的建筑。"香榭满楼台"是"香满榭楼台"两字的颠倒，求其语气的舒顺，展开自由的咏唱，表现出民间词不刻板的特性。这两句明是写花，实则刻画美人生活的环境，台榭楼宇、花园院落，分明是民间百姓向往的理想的境界，用环境美来烘托少女之美。

三句，继续写海棠花。海棠花素以浓艳著称，"香和红艳一堆堆"，"红艳"是唐代形容花色艳丽的词语，也是诗人常选用的形容词，如杜牧诗云："晚花红艳尽，高树绿荫初。"沈佺期诗云："园桃绽红艳。"说明海棠花的香，花的艳，"一堆堆"，是民间俗词，即一簇簇，又说明春意浓厚，此句又烘托出美人生活的环境春意盎然。前三句写出花的香艳、生活环境的香艳和春意浓郁，也暗喻即将呼之欲出的美人的香艳和她美妙的青春。下句转入写美人，先写美人连枝折花，陡然一转，爆出三个绝妙的字：坠金钗，就此刹住。这是传神之笔。因美人连枝折花，需要用力，不觉掉落了头髻上的金钗，这一细节带动了整个上片词，增添了无限的春意，使折花人的青春和神情体态都跃然纸上，这偶然的趣事增添了诗的兴味，使人觉得金钗非坠不可，不坠便不足以调动上片词中的美景。诗有诗眼，词也有词眼。此三字就是词眼，有此三字，全词皆活。抓住这种生活中偶然的传神的细节是不易的，需要有敏锐的事物洞察力和深厚的艺术功力。

过片颇为艺术，紧承金钗，使词衔接贯穿，可见写词作的民间词家谙熟词艺。

下片，"金钗钗上缀芳菲，海棠花一枝"也是传神之细节，神情体态和前面大为不同，一句写出了多种动作——和枝折了花，坠了金钗又拾起金钗，然后又把金钗插在髻上，最后再把海棠戴在钗上，写得精彩。"缀芳菲"的"缀"字十分考究，缀者，点缀，装饰，芳菲指海棠花，言金钗插在髻上以后，才来"钗上缀芳菲"之意，所谓"缀"者，是把海棠侧缀于钗头上，也就是脸部的侧上方，这一系列动作，都在前面两句词中表现出来，写得委婉曲折，细腻生动。“刚被蝴蝶绕人飞”句，使全词导入了戏剧性的高潮，也写得精彩，前一词“刚被”，采取了民间俗词，即“偏被”之意。刚被即作偏被解，俗词体现了此词的乡土味的浓郁和它的民间本色，这两字也道出了少女娇柔的嗔，真是声情并茂。折花人如果没有蝴蝶，便显不出花香人娇，而蝴蝶如果脱离了折花人，也就显不出春意的浓和青春的气息。妙就妙在蝴蝶翻飞，却悄悄落在美人的钗花上，美人微微的一嗔、轻轻地一拂，呈现了整个春天的生气和精髓。接着以“拂下深深红蕊落，污奴衣”收句，一句有一句的精彩处。“红蕊”，指未开的花，即花苞。收句的意思是：美人折花插在钗上，海棠却引蝴蝶绕人飞，美人便去扑蝶，花粉拂落到彩衣上，“污奴衣”又是一嗔。轻轻三字，娇嗔的神态毕露，使层层曲折的词意，以美人特别的嗔声结束，艺术构思新奇独到，起到了曲终花不见、庭前数声莺的作用。

统观全词，曲折多变，颠扑迷离，纵横捭阖，笔调自如，仿佛大河，顺流而下，仿佛舒气，一气呵成，笔力雄厚，句句禁得住推敲，显示了作词者深厚的艺术功力，诚佳作也。

宋

960 年，赵匡胤发动陈桥兵变，建立了宋王朝。宋代重视发展经济，实行崇文抑武基本国策，重视文治教化，主张“文以载道”。宋代文学因而能承前启后，全面开花，而词则在宋代得到发展完善，成为堪与唐诗媲美的词之巅峰。

宋词与唐诗并称双绝，代表了一代文学之胜。宋词发展之盛首先表现在流派众多、名家辈出：婉约派的代表词人有柳永、李清照、秦观、晏殊、晏几道、周邦彦、姜夔等；豪放派的代表词人有辛弃疾、苏轼、岳飞、陈亮、陆游、欧阳修等。其次，表现在词体建设上艺术手段的日益成熟：词的过片、句读、字声以及声律、章法、句法在宋代都建立了严格的规范，具有五七言诗难以达到的艺术魅力。再次，表现在题材的开阔和风格的多样化：宋词突破了“词为艳科”的局限，咏物、咏史、田园、爱情、赠答、送别、谐谑，几乎所有题材都可入词；艺术风格上争奇斗艳，婉约与豪放并存，清新与秾丽相竞。

宋代立国之初，词坛一片寂寥。直到宋真宗、宋仁宗时期，柳永、范仲淹、张先、晏殊、欧阳修、王安石等人登上词坛，宋词才焕发生机进入迅速发展的轨道。这一时期的词坛既有对晚唐五代词风的因袭，又有开拓创新。其中，欧阳修在继承五代词风的同时又有所革新，扩大了词的抒情功能，趋向通俗化，改变了词的审美趣味。范仲淹和张先对词境的开拓做出了贡献，尤其是张先，他向日常生活取材，缘题赋词，加强了词的纪实性和现实感。王安石则使词具有了一定的历史感和现实感。柳永作为北宋第一个专心作词的词人，对宋词进行了全面革新，对后来的词人影响甚大。

柳永之后，继之而起的是以苏轼、黄庭坚、晏几道、秦观、贺铸、晁补之、周邦彦等为代表的元祐词人。这些词人先后分别以苏轼和周邦彦为领袖，形成了两大词人群。苏轼对词体进行了全面改革，大大提高了词的文学地位，改变了词史的发展方向。追随苏轼的苏门词人群有黄庭坚、秦观、晁补之、李之仪等，晏几道和贺铸也与苏门词人过从甚密。周邦彦追求词作的艺术规范性，注重词的章法、句法、炼字、音律等方面的法度、规范，被称为“词中老杜”。以周邦彦为主帅的大晟词人群有曹组、万俟咏、田为、徐伸、江汉等人。

继元祐词人而登上词坛的是以李清照、朱敦儒、张元幹、叶梦得、李纲、陈与义等为代表的南渡词人。他们生逢国破家亡的时代剧变，人生和创作都明显分为两个阶段。他们在靖康之难之后的词作更加贴近战乱中的社会现实，民族苦难和个人的苦闷压抑成为词的主要表现对象，加强了词的时代感和现实感。其中以巾帼词人李清照最为夺目。

南宋词坛，辛弃疾、陆游、张孝祥、陈亮、刘过、姜夔等为代表的“中兴”词人把词的创作推向高峰。辛弃疾的“稼轩体”真正达到了无意不可入，无语不可用，合乎规范而又极尽自由的艺术境界。张孝祥、陆游、陈亮、刘过等辛派词人远承东坡而近学稼轩，进一步巩固并扩大了豪放词派。与辛弃疾同时的另一位词坛领袖姜夔则对传统的婉约词进行改造，使其趋向雅化。姜夔的词作被奉为雅词典范，在辛弃疾之外别立一宗，自成一派。其追随者有史达祖、高观国等人。

宋末词坛有以刘克庄、吴文英为代表的江湖词人群和以刘辰翁、陈允平、文天祥为代表的遗民词人群，他们分别以辛弃疾和姜夔为宗，形成了两大创作阵营。

寇　准

寇准（961—1023），字平仲，宋华州下邽（guī）县人。太平兴国五年进士，授大理评事，知归州巴东、大名府成安县。累迁殿中丞、通判郓州。召试学士院，授右正言、直史馆，为三司度支推官，转盐铁判官。天禧元年，改山南东道节度使，再起为相（中书侍郎兼吏部尚书、同平章事、景灵宫使）。寇准善诗能文，七绝尤有韵味，今传《寇忠愍诗集》三卷。

踏莎行

春色将阑[1]，莺声渐老。红英落尽青梅小。画堂人静雨蒙蒙，屏山半掩余香袅[2]。　密约沉沉[3]，离情杳杳[4]。菱花[5]尘满慵将照。倚楼无语欲销魂，长空黯淡连芳草。

【注释】

[1] 阑：晚，尽。这里是说春光即将逝去。

[2] 屏山：屏风。袅：指炉烟缭绕上升。

[3] 沉沉：这里意为长久。谓二人约会遥遥无期。

[4] 杳杳：幽远。指别后缠绵不断的相思情意。

[5] 菱花：指镜子。

【解读】

这首小令以细腻而优美的笔触刻画暮色景物的衰残、画堂风光的孤寂，进而透露人物内心的惆怅和迷惘，外在与内在交汇，情怀与物象相通，激荡回旋，错综交织，谱写成一首伤春念远的闺怨心曲，委婉有致，真切动人，活画出这位独守空闺的女性对于羁旅天涯、久客不归的心上人的无限思念和一片深情，显示出婉约词派高度的艺术技巧。

上片着力所在其实是伤春自怜的孤寂心境。

时值暮春，美好的春景很快就要残尽，黄莺的啼声日渐老涩，再也不是“莺初学啭尚羞簧”那么稚嫩清脆、悦耳动听。先前斗艳争妍、缤纷烂漫的红花，纷纷辞谢枝头，飘零殆尽。绿叶成荫的梅树上竟已悄悄结出了小小的青果。这是十分精彩的景物描写。“莺声”“红英”“青梅”，仅仅三项事物，由于极富春的特征，足以将无边春色展示具体。“色”与“声”，“青”与“红”，“老”与“小”，对照映衬，生动鲜明，炼字工巧，耐人寻味。

“将阑”“渐老”“落尽”而“小”，更是次第分明，动感强烈，春事阑珊的衰残变化，足以惊心动魄。妙在虽不言情而情自见：春光易逝，无可奈何，物犹如此，人何以堪，“唯草木之零落兮，恐美人之迟暮！”（《离骚》）一旦有此感触，自然也应该是“春色恼人眠不得”了。

户外如此触景生感，华美的厅堂里一片冷静，更无伊人相伴，只有迷茫密布的春雨下个不停，催促春光更快地消逝。画着山水图案的精美屏风，半开半掩，可谁还有心情去理睬它，香炉里燃了许久，即将燃尽的一缕余香，轻轻飘散，摇荡着，缭绕着，弥散在冷寂的画堂里，仿佛幽远的思绪一样连绵不绝。“半掩”“蒙蒙”“袅”“静”，用词精当，刻画入微，生动地展现出一个华丽精美然而冷落空虚的画堂环境，巧妙地折射出闺中独守、百无聊赖的郁郁情怀、沉沉幽怨，完美地构成了环境与心境的和谐统一。

下片着力所在分明是伤别怀远的深沉离恨。

闺中愈是孤寂，愈加怀念伊人。想当年，花前月下，海誓山盟，依依惜别，密约归期，千般叮咛，万般嘱咐，情意何等深沉。可谁知到如今望不到伊人的音信，盼不见伊人归来的身影。“沉沉”“杳杳”，巧用叠字，突出离别情思的幽暗深远与辽阔无际。既然如此，谁还有心情去对镜梳妆？“菱花尘满”，细节突出。“自伯之东，首如飞蓬。岂无膏沐，谁适为容？”所以听凭菱花宝镜积满了灰尘，也懒心无肠地不去拂拭它了。思念伊人，情不能已，还是再到楼头去看看罢，说不定能盼望到伊人意外归来的行旌哩！可是事实无情，依然只有失望，沮丧之余，哑然无语。但见万里长空，一片阴沉，恰似闺中的心境；唯有芳草连天接地，一直延伸到伊人所在的远方。借景抒情，造句自然；芳草怀远，巧于用典。“春草年年绿，王孙归不归？”“离恨恰如春草，更行更远还生。”“黯然销魂者，唯别而已矣。”当离情别恨使人伤感至极时，真好像魂魄离体而去一般。凄婉之情，溢于言表；不尽之意，更在言外。

总之，全词上片写景，情由景生，景中有情；下片写情，寄情于景，以景结情。于是情经景纬，织成天机云锦。

钱惟演

钱惟演（977—1034），北宋大臣，西昆体骨干诗人。字希圣，钱塘（今浙江杭州）人。吴越忠懿王钱俶第十四子，刘娥之兄刘美的妻舅。从俶归宋，历右神武将军、太仆少卿、命直秘阁，预修《册府元龟》，累迁工部尚书，拜枢密使，官终崇信军节度使，博学能文，所著今存《家王故事》《金坡遗事》。

玉楼春

城上风光莺语[1]乱，城下烟波春拍岸[2]。绿杨芳草几时休，泪眼愁肠先已断。　情怀渐觉成衰晚，鸾镜朱颜[3]惊暗换，昔年多病厌芳尊[4]，今日芳尊惟恐浅。

【注释】

[1] 莺语：黄莺婉转鸣叫好似低语。

[2] 拍岸：拍打堤岸。

[3] 鸾镜：镜子。古有“鸾睹镜中影则悲”的说法，以后常把照人的镜子称为“鸾镜”。朱颜：这里指年轻的时候。

[4] 芳尊：盛满美酒的酒杯，也指美酒。

【解读】

此词写得“词极凄婉”，处处流露出一种垂暮之感。

词在上片前两句写景，意思只是说，城头上莺语唧唧，风光无限；城脚下烟波浩渺，春水拍岸，是一派春景。作者在这里是借景抒情，而不是因景生情，因此用粗线条勾勒春景，对于后面的遣怀抒情反而有好处，因为它避免了可能造成的喧宾夺主的毛病。另外，作者对景物描写这样处理，仍有一番匠心在。首先，这两句是从城上和城下两处着墨描绘春景，这就给人以动的感觉。其次，又斟酌字句，使两句中的听觉与视觉形成对比，看的是风光、烟波之类，显得抽象朦胧；听的是莺语、涛声，显得具体真切。这样的描写，正能体现出作者此时此刻的心情：并非着意赏春，而是一片春声在侵扰着他，使他无计避春，从而更触发了满怀愁绪。况周颐在《惠风词话》中有一段颇有见地的话：“词过经意，其蔽也斧琢；过不经意，其蔽也褦襶。不经意而经意，易；经意而不经意，难。”钱惟演的这两句正是进入了“经意而不经意”的境界。

下面两句开始抒情，绿杨芳草年年生发，而我则已是眼泪流尽，愁肠先断，愁惨之气溢于言表。用芳草来比喻忧愁的词作很多，如“芳草年年与恨长”（冯延巳《南乡子》），“离恨恰如春草，更行更远还生”（李煜《清平乐》），这些句子都比钱惟演的来得深婉，但同时又都没有他来得凄婉。从表现手法上讲，用绿杨芳草来渲染泪眼愁肠，也就达到了情景相生的效果。这两句是由上面两句对春色的描写直接引发的，由景入情，并且突作“变徵之声”，把词推向高潮，中间的过渡是很自然的。

下片的前两句仍是抒情，这比上片更为细腻，“情怀渐觉成衰晚”，并不是虚写，而是有着充实的内容。钱惟演宦海沉浮几十年，能够“官兼将相，阶、勋、品皆第一”（见欧阳修《归田录》），靠的就是刘太后，因此，刘太后的死，对钱惟演确实是致命的一击。一贬汉东，永无出头之日，这对于一生“雅意柄用”的钱惟演来说，是一种无法忍受的痛苦，当时的情怀可想而知。“鸾镜朱颜惊暗换”，亦徐干《室思》诗“郁结令人老”之意，承上句而来。人不能自见其面，说是镜里面而始惊，亦颇入情。这两句从精神与形体两方面来感叹老之已至，充满了无可奈何的伤感之情。

最后两句是全词的精粹，收得极有分量，使整首词境界全出。用酒浇愁是一个用滥了的主题，但这里运用得却颇出新意，原因正在于作者捕捉到对“芳尊”态度的前后变化，形成强烈对照，写得直率。以全篇结构来看，这也是最精彩的一笔，使得整首词由景入情，由粗及细，层层推进，最后“点睛”，形成所谓“警策句”，使整首词表达了一个完整的意境。有人曾经把这两句同宋祁的“为君持酒劝斜阳，且向花间留晚照”加以比较，认为宋祁的两句更为委婉（见杨慎《词品》）。这固然有些道理，但同时也要看到，这两首词所表达的意境是不相同的。宋祁是着意在赏春，尽管也流露出一点“人生易老”的感伤情绪，但整首词的基调还是明快的。而钱惟演则是在因春伤情，整首词所抒发的是一个政治失意者的绝望心情。从这点说，两者各得其妙。

其实，词写得委婉也好，直露也好，关键在于一个“真”字。“真字是词骨。情真，景真，所作必佳。”（《蕙风词话》卷一）这是极有见地的议论。

这首遣怀之作，在遣词造句上却未脱尽粉气，芳草、泪眼、鸾镜、朱颜等等，颇有几分像“妇人之语”，实际上它只是抒写作者的政治失意的感伤而已，反映出宋初纤丽词风的一般特征。

林　逋

林逋（967—1028），字君复，后世人称他为“和靖先生”，钱塘（今杭州）人。他一生不做官，能诗善画，一生都不曾娶妻，长期隐居在西湖孤山上种梅养鹤，二十年不进城市，也由此被人称为“梅妻鹤子林和靖”，是我国历史上著名的隐士。他的诗歌清新淡雅，深得隐幽之趣。

长相思

吴山青，越山[1]青。两岸青山相送迎。谁知离别情？　　君泪盈，妾泪盈。罗带[2]同心结[3]未成。江头潮已平。

【注释】

[1] 吴山、越山：指杭州的山。古时吴、越以钱塘江为界。

[2] 罗带：香罗带。

[3] 同心结：一种结名，表示相爱永不变心。

【解读】

该词以一女子的口吻，抒写她因婚姻不幸，以及与情人诀别的悲怀。

开头用民歌传统的起兴手法，“吴山青，越山青”，叠下两个“青”字，色彩鲜明地描画出一片江南特有的青山胜景。吴越自古山明水秀，风光宜人，却也阅尽了人间的悲欢。“谁知别离情？”歇拍处用拟人手法，向亘古如斯的青山发出嗔怨，借自然的无情反衬人生有恨，使感情色彩由轻盈转向深沉，巧妙地托出了送别的主旨。

“君泪盈，妾泪盈”，过片承前，由写景转入抒情。临别之际，泪眼相对，哽咽无语。“罗带同心结未成”，含蓄道出了他们悲苦难言的底蕴。古代男女定情时，往往用丝绸带打成一个心形的结，叫作“同心结”。“结未成”，喻示他们爱情生活横遭不幸。不知是什么强暴的力量，使他们心心相印而难成眷属，只能各自带着心头的累累创伤，来此洒泪而别。“江头潮已平”，船儿就要起航了。“结未成”“潮已平”，益转益悲，一江恨水，延绵无尽。

这首词艺术上的显著特点是反复咏叹，情深韵美，具有浓郁的民歌风味。词采用了民歌中常用的复沓形式，在节奏上产生一种回环往复、一唱三咏的艺术效果。词还句句押韵，连声切响，前后相应，显出女主人公柔情似水，略无间阻，一往情深。林逋沿袭《长相思》调写男女情爱，以声助情，用清新流美的语言，唱出了吴越青山绿水间的地方风情，创造出一个隽永空茫、余味无穷的意境。

范仲淹

范仲淹（989—1052），字希文，文学家、政治家。苏州吴县（今属江苏）人。宋真宗大中祥符八年（1015年）进士。官至参知政事，是“庆历新政”的主要主持者。辑有《范文正公集》，词仅存五首。

苏幕遮

碧云天，黄叶地。秋色连波，波上寒烟翠[1]。山映斜阳天接水。芳草无情，更在斜阳外。　黯乡魂[2]，追旅思[3]。夜夜除非，好梦留人睡。明月楼高休独倚。酒入愁肠，化作相思泪。

【注释】

[1] 寒烟翠：秋天的水面上有着较为浓重的雾气，所以称“寒烟”，之所以用“翠”，是因为倒影是翠绿色的。

[2] 黯：形容心情忧郁。黯乡魂：思念家乡，心情颓丧。

[3] 追：追随，可引申为纠缠。旅思：羁旅之思。

【解读】

这首《苏幕遮》，《全宋词》题为《怀旧》，可以窥见词的命意。

这首词的主要特点在于能以沉郁雄健之笔力抒写低回婉转的愁思，声情并茂，意境宏深，与一般婉约派的词风确乎有所不同。王实甫《西厢记·长亭送别》一折，直接使用这首词的起首两句，衍为曲子，竟成千古绝唱。

上片描写秋景：湛湛蓝天，嵌缀朵朵湛青的碧云；茫茫大地，铺满片片枯萎的黄叶。无边的秋色绵延伸展，融进流动不已的江水；浩渺波光的江面，笼罩着寒意凄清的烟雾，一片空蒙，一派青翠。山峰，映照着落日的余晖；天宇，连接着大江的流水。无情的芳草啊，无边无际，绵延伸展，直到那连落日余晖都照射不到的遥遥无际的远方。

这幅巨景，物象典型，境界宏大，空灵气象，画笔难描，因而不同凡响。更妙在内蕴个性，中藏巧用。“景无情不发，情无景不生”（范晞文《对床夜语》）。眼前的秋景触发心中的忧思，于是“物皆动我之情怀”；同时，心中的忧思情化眼前的秋景，于是，“物皆着我之色彩”。如此内外交感，始能物我相谐。秋景之凄清衰飒，与忧思的寥落悲怆完全合拍；秋景之寥廓苍茫，则与忧思的惆怅无际若合符节；而秋景之绵延不绝，又与忧思之悠悠无穷息息相通。所以“丹诚入秀句，万物无遁情”（宋邵雍《诗画吟》）。这里，明明从天、地、江、山层层铺写，暗暗为思乡怀旧步步垫底，直到把“芳草无情”推向极顶高峰，形成情感聚焦之点。芳草怀远，兴寄离愁，本已司空见惯，但本词凭词人内在的“丹诚”，借“无情”衬出有情，“化景物为情思”，因而“别有一番滋味”。

下片直抒离愁：望家乡，渺不可见；怀故旧，黯然神伤；羁旅愁思，追逐而来，离乡愈久，乡思愈深。除非每天晚上，做着回乡好梦，才可以得到安慰，睡得安稳。但这却不可能，愁思难解，企盼更切，从夕阳西下一直望到明月当空，望来望去，依然形单影只，莫要再倚楼眺望。忧从中来，更增惆怅，“何以解忧，唯有杜康”。然而“举杯消愁愁更愁”，愁情之浓岂是杜康所能排解。“酒入愁肠，化作相思泪”，意新语工，设想奇特，比“愁更愁”更为形象生动。

如此抒情，妙在跳掷腾挪，跌宕多变。望而思，思而梦，梦无寐，寐而倚，倚而独，独而愁，愁而酒，酒而泪。一步一个转折，一转一次深化；虽然多方自慰，终于无法排解。愁思之浓，跃然纸上。其连绵不绝、充盈天地之状，与景物描写融洽无间，构成深邃沉挚、完美融彻的艺术境界。

渔家傲

塞下[1]秋来风景异，衡阳雁去[2]无留意。四面边声[3]连角起。千嶂[4]里，长烟落日孤城闭。　　浊酒一杯家万里，燕然未勒[5]归无计。羌管[6]悠悠霜满地，人不寐，将军白发征夫泪。

【注释】

[1] 塞下：边地。此指西北边疆。

[2] 衡阳雁去：“雁去衡阳”的倒装说法。衡阳，今湖南省市名，旧城南

有回雁峰，相传雁至此不再南飞。

[3] 边声：边地的胡笳声、牧马声等交织成的悲凉之声。

[4] 嶂（zhàng）：像屏障一样的山峰。

[5] 燕（yān）然未勒：《后汉书》载窦宪追击北单于，登上燕然山刻石记功。这里指没有建立破敌大功。勒，刻。

[6] 羌管：笛子出自羌中，故称羌管。

【解读】

1040年（宋康定元年）至1043年（庆历三年）间，范仲淹任陕西经略副使兼延州知州。据史载，在他镇守西北边疆期间，既号令严明又爱抚士兵，并招徕诸将推心接纳，深为西夏所惮服，称他“腹中有数万甲兵”。这首《渔家傲》就是他身处军中的感怀之作。

词上片起句“塞下秋来风景异”，“塞下”点明了延州的所在区域。它处在层层山岭的环抱之中；下句牵挽到对西夏的军事斗争。“长烟落日”，颇得王维名句“大漠孤烟直，长河落日圆”之神韵，写出了塞外的壮阔风光。而在“长烟落日”之后，紧缀以“孤城闭”三字，把所见所闻诸现象连缀起来，展现在人们眼前的是一幅充满肃杀之气的战地风光画面，隐隐地透露宋朝不利的军事形势。上片一个“异”字，统领全部景物的特点：秋来早往南飞的大雁，风吼马啸夹杂着号角的边声，崇山峻岭里升起的长烟，西沉落日中闭门的孤城……作者用近乎白描的手法，描摹出一幅寥廓荒僻、萧瑟悲凉的边塞鸟瞰图。边塞，虽然经过了历史长河的淘洗，但在古诗人的笔触下，却依然留着相同的印迹。

下片起句“浊酒一杯家万里”，是词人的自抒怀抱。他身负重任，防守危城，天长日久，难免起乡关之思。这“一杯”与“万里”数字之间形成了悬殊的对比，也就是说，一杯浊酒，消不了浓重的乡愁，造句雄浑有力。乡愁皆因“燕然未勒归无计”而产生。“羌管悠悠霜满地”，写夜景，在时间上是“长烟落日”的延续。“人不寐”，补叙上句，表明自己彻夜未眠，徘徊于庭。“将军白发征夫泪”，由自己而及征夫总收全词。总之下片抒情，将直抒胸臆和借景抒情相结合，抒发的是作者壮志难酬的感慨和忧国的情怀。

这首边塞词既表现将军的英雄气概及征夫的艰苦生活，也暗寓对宋王朝重内轻外政策的不满，爱国激情，浓重乡思，兼而有之，构成了将军与征夫思乡却渴望建功立业的复杂而又矛盾的情绪。这种情绪主要是通过全词景物的描写，气氛的渲染，婉曲地传达出来。综观全词，意境开阔苍凉，形象生动鲜明，反映出作者耳闻目睹、亲身经历的场景，表达了作者自己和戍边将士们的内心感情，读起来真切感人。

柳　永

柳永（约984—约1053），原名三变，字耆卿，崇安（今福建省武夷山市）人，只做过屯田员外郎的小官，在仕途上很不得意。他精通音律，毕生致力于词的创作，成功地运用铺叙的手法，把写景、抒情、叙事融合在一起，为词的长调开辟了道路。他的词分雅、俚两类，一些“雅词”写得很好，苏东坡称它们“不减唐人妙处”，而其“俚词”吸收了民间生动丰富的语言，受到广泛欢迎。

雨霖铃

寒蝉凄切，对长亭[1]晚，骤雨初歇。都门[2]帐饮无绪，留恋处，兰舟催发。执手相看泪眼，竟无语凝噎。念去去[3]，千里烟波，暮霭沉沉楚天[4]阔。　　多情自古伤离别，更那堪[5]，冷落清秋节！今宵酒醒何处？杨柳岸，晓风残月。此去经年[6]，应是良辰好景虚设。便纵有千种风情，更与何人说？

【注释】

[1] 长亭：古时给行人歇脚的亭子，送行在这里分手。

[2] 都门：京城。

[3] 去去：表行程之远。

[4] 沉沉：浓厚的样子。楚天：古人泛称南方的天空为楚天。

[5] 那堪：忍受得了。“那”古通“哪”。

[6] 经年：经过一年或一年以上，即年复一年。

【解读】

这是一首送别词，是柳永的名篇。柳永离乡背井，长期浪迹江湖，体尝到了生活中的种种苦况；又因此常常不得不与所恋的人离别，故所作多怨苦凄悲之词。《雨霖铃》便是他这方面的代表作。

柳永是一个长期浪迹江湖的游子，对生活有着独特的体验，因而他写一对恋人的离别，就不同于传统的送别词那种红楼深院、春花秋月的狭小境界，而表现出一种烟波浩荡、楚天开阔的气象。

上片写临别时恋恋不舍的情绪。“寒蝉凄切，对长亭晚，骤雨初歇”这三句说，在深秋时节的一个黄昏，阵雨刚停，一对恋人到长亭告别。这里不仅交代了时间、地点，而且就所闻所见烘托出一种浓重的凄凉气氛。耳边是秋蝉凄切的鸣叫，眼前是令人黯然伤神的暮雨黄昏。这里所写的景象中已暗含了词人的感情，而又同时为下片“冷落清秋节”的概括先伏一笔。“骤雨初歇”四个字意味着马上就要起行，自然地引出下面对临别时矛盾复杂心情的描写：“都门帐饮无绪，留恋处，兰舟催发。”“都门帐饮”，是指在京都的城门外设帐置酒送别。从这句看，这首词很可能是作者离开汴京南去，跟恋人话别时所写。依恋不舍却又不得不分离，因而也没有了心绪；可这时候，兰舟无情，正在催人出发。“执手相看泪眼，竟无语凝噎”这两句描写握手告别时的情状，感情深挚，出语凄苦。临别之际，一对恋人该有千言万语要倾诉、叮嘱，可是手拉着手，泪眼蒙眬，你看着我，我看着你，却连一句话也说不出来。无言胜过有言，正因为气结声阻，就更能见出内心的悲伤。“念去去，千里烟波，暮霭沉沉楚天阔”这三句以景写情，寓情于景。一个“念”字领起，说明下面所写的景象只是一种想象，而不是眼前的实景。但虚中见实，由推想的情景中更能表现出一对离人此刻的思绪和心境。重复“去”字，表明行程很远。“念”字的主语是谁？词里没有交代。从感情来看，应该包括远行者和送行者两个方面。分别以后，前去便是楚天辽阔，烟波无际，行人就要消失在烟笼雾罩、广漠空旷的尽处了。上片写离别时的情景，经历了一个时间发展过程，景象是由小到大，由近及远，而离人的思想感情则越来越强烈，到最后三句发展到高潮，因而既收束上片，又引出下片。

下片写离别之后的孤寂伤感。“多情自古伤离别，更那堪，冷落清秋节”这三句，由个人的离别之苦而推及于一般离人的思想感情，俯仰古今，在难言的凄哀中去深沉地思索人们普遍的感情体验。可是跟苏轼在著名的中秋词中“人有悲欢离合，月有阴晴圆缺，此事古难全”的超旷态度不同，词人越是把个人悲苦的离情放到历史发展的广阔时空中来咀嚼，就越加陷入深沉的感伤之中，并让读者越发感受到那沉重感情的分量。“冷落清秋节”，照应到上头三句，使得情景交融，增强了艺术感染力。“今宵酒醒何处？杨柳岸，晓风残月”这三句是为人传诵的名句，被称为“古今俊语”。“酒醒”二字和上片“都门帐饮无绪”遥相呼应，使人将酒醒后的情景同前面送别时的情景自然地联系起来。妙在词人不写情而写景，寓情于景中。他不直接说自己酒醒之后如何寂寞孤凄，只是拈出在漂流的孤舟中所见所感的三种物象：岸边的杨柳，黎明时的冷风，空中的残月，心中那种凄哀悲苦的感情便充分地表现出来了。“此去经年，应是良辰好景虚设”这两句更推开去，愈想愈远，愈远愈悲。和心爱的人长期分离，再好的时光，再美的景色，也没有心思去欣赏领受了。“便纵有千种风情，更与何人说”这两句照应到上片“执手相看”两句，离别时是千言万语说不出，离别后是千种风情无处说，这就在眼前与将来、现实与推想的对比中，把真挚深沉的情爱和凄苦难言的相思，表现得更加充分，在感情发展的高潮中收束全词。

这首词以秋景写离情，情景交融；在表现上，以时间发展为序，虚实相生，层层递进，一气呵成；语言自然明畅，不尚雕琢，以白描取胜。

蝶恋花

伫倚危楼[1]风细细，望极[2]春愁，黯黯生天际。草色烟光残照里，无言谁会[3]凭阑意？　拟把疏狂[4]图一醉，对酒当歌[5]，强乐还无味。衣带渐宽[6]终不悔，为伊消得[7]人憔悴。

【注释】

[1] 伫倚危楼：伫，久立。危楼，高楼。

[2] 望极：极目远望。

[3] 会：理解。

[4] 疏狂：狂放，不拘形迹。

[5] 对酒当歌：语出曹操《短歌行》“对酒当歌，人生几何”，古人常指失意之人及时行乐、借酒浇愁。

[6] 衣带渐宽：出自《古诗十九首》“相去日已远，衣带日已缓”。指因愁苦思念而日渐消瘦。

[7] 消得：值得。

【解读】

这是一首怀人之作，写得很含蓄。作者把漂泊之苦与相思之情结在一起，抒发了对恋人的深沉思念和对爱情忠贞不渝的情怀。

词人从登楼所见写起：在微风中，他久立高楼，极目远望，春草萋萋向远方延伸着，一股无法遏止的愁绪伴着无边的暮色弥漫开来。“风细细”给沉重的画面注入了一丝动意，使起句平直而不呆滞，静里有动，无形的“春愁”变得鲜活可感了。天际何物引起词人愁怀，“草色烟光残照里”。原来，“春愁”从一片凄景中来。作者在此借用春草来表达自己对于羁旅孤栖的厌倦。“残照”二字平添了一种消极感伤的色彩，自然引发“无言谁会凭阑意”的慨叹。登高望远，夕照与青草已引起悲伤，且又无人领会凭栏之意，其情其苦何堪？词至此已把词人的愁思描写得淋漓尽致。

下片笔锋一转，写词人把杯问盏，酒中求乐，以此来反衬愁思的深重和无可排遣，实质是愁极之语。“拟把”三句正印证了“举杯消愁愁更愁”，形象生动地揭示词人“春愁”的缠绵悱恻、欲罢不能的程度，但词人“衣带渐宽终不悔”，他被折磨得憔悴了、消瘦了，却绝不后悔。原来是自己心甘情愿的，词人的愁情原是一片痴情。“终不悔”似岩浆炽烈，道出词人心中浓郁的挚情。究竟是什么使他如此痴心，如此钟情？“为伊消得人憔悴”原来是为她！这两句倍受评家称赞，它是词人心底的挚词，词人把自己对爱情的坚贞、专一和对心上人的钟情思念全都蕴含其中了。

少年游

参差烟树霸陵桥[1]，风物尽前朝[2]。衰杨古柳，几经攀折，憔悴楚宫腰[3]。
夕阳闲淡秋光老，离思满蘅皋[4]。一曲《阳关》[5]，断肠声尽，独自凭兰桡[6]。

【注释】

[1] 霸陵桥：即灞桥，在长安东。古人送客出长安，常于此地折柳赠别，故灞桥又称销魂桥。

[2] 风物：风光，景物。前朝：以前的朝代。

[3] 楚宫腰：《韩非子 · 二柄》有“楚灵王好细腰，而国中多饿人”。后世遂以“楚腰”称细腰，代指女子清瘦轻盈之体态。这里以憔悴之“楚腰”

代指衰残之柳枝。

[4] 蘅皋：长满杜衡的水边高地。蘅：即杜衡，香草名，俗称马蹄香。

[5]《阳关》：唐代诗人王维《送元二使安西》诗中有“劝君更尽一杯酒，西出阳关无故人”之句，唐人遂据此制成送别之《阳关曲》，甚为流行。而后“阳关”就成了送别曲的代名词。

[6] 兰桡（ráo）：划船的桨，这里代指船。“兰”形容其质地之好。

【解读】

这是柳永漫游长安时所作的一首怀古伤今之词。

上片写词人乘舟离别长安时之所见。“参差”二句，点明所咏对象，以引起伤别之情。回首遥望长安、灞桥一带，参差的柳树笼罩在迷蒙的烟雾里。风光和景物还和汉、唐时代一样。词人触景生情，思接百代。“衰杨”三句，进一步写灞桥风物的沧桑之变，既“古”且“衰”的杨柳，几经攀折，那婀娜多姿的细腰早已憔悴不堪了。时值霜秋，没有暖意融融的春风，杨柳已经不堪忍受，况复“几经攀折”，唯有憔悴而已矣！拟人化修辞手法的运用，不仅形象生动，而且也增强了表达效果。上片通过描绘眼中景、心中事、事中情的顿挫，写出了词人伤别中的怀古及怀古心中的伤今。

下片写离长安时置身舟中的感触。“夕阳”句，点明离别之时正值暮秋的傍晚，一抹淡淡的夕阳，映照着古城烟柳。连用三个形容词“闲”“淡”“老”，集中描写“夕阳”的凋残，“秋光”更是“老”而不振，清冷孤寂的环境，令人颓丧、怅惘的景物与词人自已愁怨的心情交织在一起，使他愈增离恨。“离思”句，极写离思之多、之密，如长满杜衡的郊野。然后以“阳关曲”和“断肠声”相呼应，烘托出清越苍凉的气氛。结句“独自凭兰桡”，以词人独自倚在画船船舷上的画面为全篇画上句号，透露出一种孤寂难耐的情怀。

本词紧扣富有深意的景物，以繁华兴起，又陡转萧瑟，有咏古之思和历史变迁之叹，但未触及历史事实，不加议论，只是通过描写富有韵味的景物和抒发离情别绪来突出感情的波澜起伏，虚实互应，情景相生，笔力遒劲，境界高远。

望海潮

东南形胜[1]，三吴都会[2]，钱塘自古繁华。烟柳画桥，风帘翠幕，参差[3]十万人家。云树绕堤沙。怒涛卷霜雪[4]，天堑无涯[5]。市列珠玑，户盈罗绮，竞豪奢。　　重湖叠巘清嘉[6]，有三秋桂子，十里荷花。羌管弄晴，菱歌泛夜，嬉嬉钓叟莲娃[7]。千骑拥高牙[8]，乘醉听箫鼓，吟赏烟霞。异日图将好景，归去凤池[9]夸。

【注释】

[1] 形胜：形势险要。

[2] 三吴都会：钱塘古属吴郡，又是三吴（吴兴郡、吴郡、会稽郡）等地的重要都市，故云。

[3] 参差（cēn cī）：高低不齐。

[4] 霜雪：白色的浪花。

[5] 天堑（qiàn）：天然屏障。堑，坑。

[6] 重湖叠巘清嘉：宋时，西湖有外湖、里湖之分，故称重湖。叠巘（yǎn），重叠的山峰。清嘉，秀美。

[7] 莲娃：采莲姑娘。

[8] 千骑：指随从。高牙：军前大旗，借指高级将领。

[9] 凤池：凤凰池。唐宋时代多用以指中书省（最高行政机构），这里借指朝廷。

【解读】

这首词是柳永写给当时任两浙转运使孙何的（见宋人罗大经《鹤林玉露》卷一），虽为赠献之作，有一定的奉承成分，但比较真实地描绘了北宋时期杭州的景象，反映了当时一定的社会现实。

词的上片描写杭州的自然风光和都市的繁华。

一上来首先把杭州的情况做了概括性的介绍——“东南形胜”，是从地理条件、自然条件着笔写的。杭州地处东南，地理位置很重要，风景很优美，故曰“形胜”。“三吴都会”，是从社会条件着笔写的。它是三吴地区的重要都市，那里人才荟萃，财货聚集，故曰“都会”。“钱塘自古繁华”，是对前两句的总结，因为杭州具有这些特殊条件，所以“自古繁华”。但又另有新意。如果说前两句是从横的方面来写，写杭州的现状的话，那第三句则是从纵的方面来写，交代出它“自古繁华”的历史。下面，就对“形胜”“都会”和“繁华”这三个方面进行铺叙。

“烟柳画桥，风帘翠幕，参差十万人家”，是就“三吴都会”一句进行铺展的描写。“十万”，乃约略之词，只言人口之多，并不是确切的人口统计。“参差”二字，写出了楼阁房舍远远近近、高高低低的景象；“风帘翠幕”，把“人家”具体化了，家家悬挂风帘，户户张设翠幕，一派宁静安详的气氛；而这大大小小的楼阁、张帘挂幕的人家，错落在“烟柳画桥”之中，这就不仅使我们看到了户户人家的具体景象，也看到了整个城市的风貌。

“云树绕堤沙，怒涛卷霜雪，天堑无涯”，是对“东南形胜”一句做铺展的描写。这里只选择了钱塘江岸和江潮两种景物来写。钱塘江岸，绿树如云，写出了郁郁葱葱的景象；钱塘江水是“怒涛卷霜雪，天堑无涯”。杭州位于钱塘江畔，钱塘潮的壮观景象是很有名的。“怒涛”，写江潮来势之猛，犹如鏖战的貔虎，不就是“震撼激射”的景象吗？“卷霜雪”，写“怒涛”的具体形象，也就是“玉城雪岭”的景象。“霜雪”，不仅写出了怒涛如雪的白色，也写出了江潮带来的森森寒气。“天堑无涯”，写出了江面的宽阔，也暗示出江潮的气势。

“市列珠玑，户盈罗绮，竞豪奢”，则是就“繁华”二字进一步铺展，写杭州的繁华。作者描写了两个方面：一是商业贸易情况——“市列珠玑”，只用市场上的珍宝，代表了商品的丰富、繁荣；二是衣着情况——“户盈罗绮”，家家披罗着锦。“竞豪奢”，又总括杭州的种种繁华景象，一个“竞”字，写出了杭州富民比豪华、斗阔气的情景，在诗人的笔下，杭州真是民殷财阜，繁华得不得了。

词的下片，写杭州人民和平宁静的生活景象。

“重湖叠巘清嘉，有三秋桂子，十里荷花”，写杭州西湖的湖山之美。这既是进一步描写“东南形胜”，同时又是杭州人游乐的背景。“重湖”，写湖本身，西湖有里湖外湖；“叠”，写湖岸，山峰重叠。西湖水碧山青，秀美异常，所以说“清嘉”。“三秋桂子”照应“叠”二字，写山中桂花。杭州的桂花历来有名，是让人向往的。“十里荷花”，照应“重湖”二字，写水里荷花。红花绿叶，莲芰清香，也是很能体现西湖特点的景物。“三秋”，从时间着眼；“十里”，从空间着眼。桂为秋季开花，莲为夏季开花，写出了西湖不同季节的美景。下面便开始描述杭人游乐的情景。

先写杭州人民的游乐：“羌管弄晴，菱歌泛夜，嬉嬉钓叟莲娃”。“羌管弄晴”，写白天，写笛声。“弄晴”二字，写出了吹笛人悠然自得的愉快心情。“菱歌泛夜”，写夜晚，写歌声。“泛夜”二字，写出了采菱女的歌声，在宁静的夜晚，在水面上轻轻飘荡的情景。“嬉嬉钓叟莲娃”是就前面二句总而言之，说明这是杭州百姓在游湖，是民之乐。

“千骑拥高牙”以下，写杭州官员的游乐。“千骑拥高牙”，写出了人物的身份，写了出游时随从的众多，表现出官员的威势。下面从两个方面写官员的乐趣。“乘醉听箫鼓”，写宴酣之乐。统治阶级经常携带酒宴游湖。开怀畅饮，酩酊大醉，已经写出了饮宴的欢乐，醉后还要听音乐，把饮宴之乐推向了极点。“吟赏烟霞”，写山水之乐。前面写了山，写了水，这里以“烟霞”二字来表现景物之美，体现出山川灵秀的一面。不仅欣赏湖山之美，情不可遏还要随之吟咏。这既表现出官员的儒雅风流，更衬托出了山水的美丽。词的最后两句是对官员的祝愿，说日后把杭州美好的景色描画下来，等到去朝廷任职的时候，就可以向同僚们夸耀一番了。

这首词歌颂了杭州山水的美丽景色，赞美了杭州人民和平安定的欢乐生活，反映了北宋结束五代分裂割据局面以后，经过真宗、仁宗两朝的休养生息，所呈现的繁荣太平景象。据说“此词流播，金主亮闻歌，欣然有慕于‘三秋桂子，十里荷花’，遂起投鞭渡江之志。近时谢处厚诗云：‘谁把杭州曲子讴？荷花十里桂三秋。哪知卉木无情物，牵动长江万里愁！’”（《鹤林玉露》）当然，这只是一种传说，并不准确。不过，从这个传说中却可以说明，《望海潮》的写作是很成功的，读了这首词，不由得会使人对杭州心向往之。

八声甘州[1]

对潇潇[2]暮雨洒江天，一番洗清秋。渐霜风凄紧，关河[3]冷落，残照当楼。是处红衰翠减[4]，苒苒物华[5]休。唯有长江水，无语东流。　　不忍登高临远，望故乡渺邈[6]，归思难收。叹年来踪迹，何事苦淹留[7]？想佳人，妆楼颙望[8]，误几回，天际识归舟。争知[9]我，倚阑干处，正恁[10]凝愁。

【注释】

[1] 八声甘州：词牌名。

[2] 潇潇：雨势急骤的样子。

[3] 关河：山河。

[4] 是处：处处。红衰翠减：花木凋零。

[5] 苒苒：形容时光消逝。物华：美好的景物。

[6] 渺邈：远的样子。

[7] 淹留：久留。

[8] 颙（yóng）望：凝望。

[9] 争知：怎知。

[10] 恁（nèn）：这样。

【解读】

柳永惯写“艳词”，但这首写得气势雄浑、格调高雅，是他“雅词”的代表作之一。描绘了壮阔的秋景、抒发了游子思归的情感。

上片用苍劲的笔触描绘了一场骤急秋雨后的山河景象。全词开头用一个“对”字领起，写作者登高眺望听到见到的壮阔之景，接下来一个“渐”字一脉贯穿，由雨后凄冷的霜风引出冷落的山河，日落西山的残阳，这一切都尽收于“当楼”的游子眼中。苍茫寥落的自然景物带着一种悲壮凄凉的色彩，情感很是凝重。上片末写秋天花草树木枯萎凋谢的衰败景象，美好景物的消失同长江流水的恒在形成鲜明的对比，暗暗流露出一种时光永恒、人生无常的悲哀，为下面感叹自己身世飘零、怀念故乡做了情绪上的铺垫。

下片层层深入地抒发游子情思。“不忍登高”偏已登楼远眺，怀乡之情不能自已；感叹身世飘零，不能归去却又不知为什么事久久滞留，一种虚无之感油然而生，该回家的念头越来越强烈。“想佳人，妆楼颙望，误几回，天际识归舟”，从写自己的思念故乡转到写家人盼望自己，最后转到自己的感情：我知道她在望我，可她又知不知道我在想她？“争知我，正恁凝愁！”着眼点屡屡转换，转一次，感情便加深一层，手法之巧妙让人叹为观止。

全词一层深一层，一步接一步，以铺张扬厉的手段，曲折委婉地表现了登楼凭栏，望乡思亲的羁旅之情。通篇结构严密，跌宕开阖，呼应灵活，首尾照应，很能体现柳永词的艺术特色。

张　先

张先（990—1078），字子野，乌程（今浙江湖州）人。宋仁宗天圣八年（1030年）进士，曾任永兴军通判，渝州知州。官至都官郎中。他与柳永齐名，长于小令，亦作慢词。其词含蓄工巧，情韵浓郁。辑有《张子野词》，词存有一百八十多首。

江南柳

隋堤[1]远，波急路尘[2]轻。今古柳桥[3]多送别，见人分袂[4]亦愁生。何况自关情[5]。　　斜照后，新月上西城。城上楼高重倚望[6]，愿身能似月亭亭，千里伴君行。

【注释】

[1] 隋堤：隋炀帝开通济渠，河渠旁筑御道，栽种柳树，是为“隋堤”。

[2] 路尘：道路上飞扬的灰尘。

[3] 柳桥：柳荫下的桥。古代常折柳赠别，“柳桥”泛指送别之处。

[4] 分袂（mèi）：离别，分手。

[5] 关情：掩饰感情；动心，牵动情怀。

[6] 倚望：徙倚怅望。

【解读】

这是一首送别词。词中未具体刻画送别情事，而是通过古今别情来衬托一己别情，以烘云托月的手法将别情抒写得极为深挚。

起首一句从别路写起。“隋堤远，波急路尘轻”两句是说：这是一个水陆交通要道，成日里不知有多少车马在大路上来往，扬起“路尘”；不知有多少船只扬帆东下，随波逐流；也不知有多少人长堤上折柳送别，以寄深情。“隋堤”是一个典型的送别环境，“波急”与“路尘轻”分写水陆行程，暗示离别，寄有别情。一个“远”字，既刻画出别者长路漫漫的旅愁，又刻画送者依依目送的情态。这两句着重从眼前、从水陆两路，横向地展开送别图景；第三句则着重从古往今来，纵向地展示送别情事。一个“多”字，几乎将古今天下此中人事全都囊括。正因为别情是如此普遍，也就容易唤起“见人分袂亦愁生”的感受了。末句以“何况”二字造成递进，突出个人眼前的离别情事。以上，词人没有具体写到个人送别情事，只客观叙写普遍的离情，只是“亦愁生”中才微露主观情感。

过片转写别后，别时种种情事都被省略了，这里只是着重写送者城楼望月的情景。“斜照后”三字非虚设，它表明送者城楼伫立的时辰之久，从日落到月出。“重倚望”又表明先已望过，上片“隋堤远”数句是日落前望中之景，至重望时应当是不甚分明了。于是送者抬头望新月，并由此而产生了一个美好的向往：“愿身能似月亭亭，千里伴君行。”此外与李白“我寄愁心与明月，随风直到夜郎西”（《闻王昌龄左迁龙标遥有此寄》）相类，但“亭亭”二字却把月的意象女性化了，而送者的身份亦不言自明，“千里伴行”的说法更是真挚深婉。

总的说来，全词没有刻画送别情事，更没有刻意作苦语，但通过古今别情来衬托一己的别情，有烘云托月之妙，将一己别情写得非常充分。全词也没有点明双方身份、关系，被称作“君”的甚至未直接露面，但通过新月亭亭的意象和伴行的想象，给读者以明确的暗示。词的语言明快素朴，情调清新健康，在送别之作中颇有特色。

诉衷情[1]

花前月下暂相逢。苦恨[2]阻从容。何况[3]酒醒梦断，花谢月朦胧。　花不尽，月无穷。两心同。此时愿作，杨柳千丝，绊惹[4]春风。

【注释】

[1] 诉衷情：唐教坊曲名，后用为词调。

[2] 苦恨：甚恨，深恨。

[3] 何况：用反问的语气表达更进一层的意思。

[4] 绊惹：牵缠。

【解读】

该词表现了不甘屈服于邪恶势力的美好爱情，表现出不幸命运中心灵的高贵、圣洁，表现出苦难人生中一对情侣的至爱情深，堪称爱情词中的千古绝唱。

全词从上片的悲怆沉痛转向下片的美好期待。心灵升华，笔力不凡，波澜起伏，感人至深。词中用“花”“月”的形象贯穿而成，既写了“花前月下”的相恋，也写了“花谢月朦胧”的爱情受阻，还写了“花”不尽、月无穷的美好祝愿。随着花月意象所呈示的象征意义的流转，词人情感精神所经历的曲折变化也凸现出来。

起首一句缅怀昔日两人相恋的幸福情境。花前月下相逢，原是良辰美景中的赏心乐事；但句中插入一“暂”字，便暗透出一丝悲意。次句进一步点出恋人隔绝、欢会难再的现实。“苦恨”二字叠下，足见词人痛苦之深重。接下来“何况酒醒梦断，花谢月朦胧”用比兴的手法，喻说爱情受阻的现实。“酒醒”，有“愁醒”之意。“梦断”，喻往事已成空，而“花谢月朦胧”，则见证昔日美好爱情的春花已经衰谢，明月已经黯淡，竟成为情缘中断的象征。“何况”二字，强调好事难成，不仅写恋人隔绝，而词情因之倍加悲怆沉痛。

过片以千钧之力，从悲怆沉痛中陡然振起，将词情升华到一个美好的境界。“花不尽，月无穷”两句是对偶，用比兴：花不尽，是期愿青春长；月无穷，是期愿永远团圆。紧接着，迸出“两心同”，则是坚信情人与自己一样对爱情忠贞不渝。由此可见恋人之间的离别，绝非出于心甘情愿，实有难以明言的隐痛，则爱情实为横遭外来势力之摧残可知。衰谢了的春花再度烂漫，而且永远盛开；黯淡了的月亮再度光明，而且永远团圆。这是美丽的幻境，也是美好的期愿，这些要升现词人破碎痛苦的心中，需要的正是“两心同”这种极大的力量。如果没有对情人无比的爱和最大的信任，是绝不可能产生这种精神力量的。作者《千秋岁》词云“天不老，情难绝。心似双丝网，中有千千结”，可以注解“两心同”的深刻意蕴。“此时愿作，杨柳千丝，绊惹春风”，词人把甘为挽回春天即挽回爱情而献身的意愿，寄托在这优美的比兴之中。

综上，此词通过叙写一段横遭挫折的爱情，表现了词人对于爱情的忠贞不渝，同时也表现出一种美好期望不断升华的向上精神。宋晁补之评张先“子野韵高”，乃深透之语。

青门引

乍暖[1]还轻冷，风雨晚来方定。庭轩[2]寂寞近清明。残花中酒[3]，又是去年病[4]。　　楼头画角[5]风吹醒，入夜重门静。那堪更被明月，隔墙送过秋千影。

【注释】

[1] 乍暖：忽然变暖。

[2] 庭轩：庭院。

[3] 中（zhòng）酒：喝醉酒。

[4] 去年病：即去年醉酒。

[5] 画角：古代军中的号角。其声凄厉。

【解读】

此词借景抒情，表达了词人因为孤寂而触景怀人的满腔愁苦。

起笔二句，写自己对春天气候的感触。短短一天里，天气发生了频繁的变化。“乍暖”，可见是由春寒忽然变暖。“还”字一转，引出又一次变化；风雨忽来，轻冷袭人。虽说春天之冷，较冬日为轻，但这冷是紧接暖而来，所以格外容易感觉。轻寒的风雨，一直到晚才止住了。词人感触之敏锐，不但体现在对天气变化的频繁上，更体现在天气每次变化的精确上。天暖之感为“乍”；天冷之感为“轻”；风雨之定为“方”。遣词精细确切，都暗示着如鱼饮水冷暖自知的意蕴。大自然与人生常有相通之处。人们对自然现象变换的感触，最容易暗暗引起对人世沧桑的悲伤。李清照《声声慢·寻寻觅觅》说“乍暖还寒时候，最难将息”，也正是此意。“庭轩”一句，由天气转写现境，并点出清明这一气候变化多端的特定时节。如果说前两句所写种种感触，还是属于身体的感觉，那么，这寂寞之感就进而属于内心的感受了。怀旧伤今，已见于言外。“残花”二句，层层逼出主题。春已迟暮，花已凋零，自然界的变迁，象喻着人世的沧桑，美好事物的破灭，种下了心灵的病根，此病无药可治，唯有借酒浇愁而已。举杯消愁愁更愁，醉了酒，失去理性的自制，只会加重心头的愁恨。更使人感触的是这样的经验已不是头一遭。去年如此，今年又是如此。愁与年增，情何以堪。

下片承醉酒之后而来。“楼头画角风吹醒”，兼写两种感觉。凄厉的角声，清冷的晚风，使酣醉的人清醒过来。这一“吹”字便沟通了角声之惊耳与晚风之刺肤的不同感觉。“醒”，表现出角声晚风并至而醉人不得不苏醒的一刹那间反应，同时也暗示酒醉之深和愁恨之重。伤心人在醒了的时候自是痛苦，“入夜”一句，即以现境象征痛苦的心境。夜的降临，象征心情更加黯然，更加沉重。而重重深闭的院门更喻示着不得开启的心扉。结笔二句更指出重门也阻隔不了触景伤怀。溶溶月光居然把隔墙的秋千影子送过来。月光下的秋千影子是幽微的，描写这一感触，也深刻地表现出词人抑郁的心灵。“那堪”二字，揭示了结笔着重在为秋千影所触动之怀。至于是不是所怀者竟与秋千有不解之缘，并未道破，这就愈增尾声幽眇的意味。

总之，贯穿这首词的是双管齐下地描写触物与感怀。通过视觉、听觉以至于肤感等做种种敏锐的描写，暗示了人物多愁善感的心情。由于以层层感触及暗示造境，故词境层层翻进，终至极希微眇之致。

晏 殊

晏殊（991—1055），字同叔，抚州临川（今江西）人。出仕真宗、仁宗两朝，官至同平章事兼枢密使。北宋词坛重要词人。所作多为歌酒风月闲情别绪，笔调闲婉，理致深蕴，音律谐适，词话雅丽。辑有《珠玉词》。

浣溪沙

一曲新词酒一杯[1]，去年天气旧亭台[2]，夕阳西下几时回？　　无可奈何花落去，似曾相识[3]燕归来，小园香径[4]独徘徊。

【注释】

[1] 一曲新词酒一杯：此句化用白居易《长安道》诗意：“花枝缺入青楼开，艳歌一曲酒一杯。”一曲，一首。因为词是配合音乐唱的，故称“曲”。新词，刚填好的词，意指新歌。酒一杯，一杯酒。

[2] 去年天气旧亭台：此句意思是说天气、亭台都和去年一样。

[3] 似曾相识：好像曾经认识。形容见过的事物再度出现。后用作成语，即出自晏殊此句。

[4] 香径：花间小路。

【解读】

这是晏殊词中最为脍炙人口的篇章，全词语言明白晓畅，清丽自然，意蕴深沉，耐人寻味。尽管全词所描写的自然景物都是大家习以为常的，然而却充满哲理的意味，给人以哲理性的启迪和美的艺术享受。

“一曲新词酒一杯，去年天气旧亭台”，一曲新词、一杯美酒，本是令人欣喜的事情，然而突然想起这楼台、这天气同去年的是一样的，作者隐约觉得有些事物已经不知不觉地发生了巨大的变化，这大有景物依旧而人事全非的意味。这种情形之下，作者不由得从心底涌出这样的喟叹：“夕阳西下几时回？”夕阳西下，是眼前景。但词人由此触发的，却是对美好景物情事的流连，对时光流逝的怅惘，以及对美好事物重现的微茫的希望。普通而寥寥的七个字折射出了作者复杂的心情。

“无可奈何花落去，似曾相识燕归来”为对仗工巧、声韵和谐、寓意深婉的千古名句。花的凋落、时光的流逝都令作者伤感不已，然而伤感之余，作者又领略到：一切必然要消逝的美好事物都无法阻止其消逝，但消逝的同时仍然会有其他美好事物的出现，生活不会因消逝而变得一片虚无。你看，那翩翩归来的燕子不就像是去年曾此处安巢的旧相识吗？“小园香径独徘徊”，说明作者独自一人在花间踱来踱去，心情无法平静。这里伤春的感情胜于惜春的感情，含着淡淡的哀愁，情调是低沉的。

此词之所以脍炙人口，广为传诵，其根本的原因是于情中有思。词中似乎于无意间描写司空见惯的现象，却有哲理的意味，启迪人们从更高层次思索宇宙人生问题。词中涉及时间永恒而人生有限这样深广的意念，却表现得十分含蓄。

蝶恋花

槛[1]菊愁烟兰泣露。罗幕轻寒，燕子双飞去。明月不谙[2]离恨苦，斜光到晓穿朱户。　　昨夜西风凋碧树。独上高楼，望尽天涯路。欲寄彩笺兼尺素[3]，山长水阔知何处！

【注释】

[1] 槛（jiàn）：窗户下或长廊旁的栏杆。

[2] 谙（ān）：熟悉，了解。

[3] 彩笺、尺素：指书信。

【解读】

这是一首怀人之作，颇负盛名。上片描写苑中景物，运用移情于景的手法，注入主人公的感情，点出离恨；下片承离恨而来，通过高楼独望生动地表现出主人公望眼欲穿的神态，蕴含着愁苦之情。

起句“槛菊愁烟兰泣露”，写秋晓庭圃中的景物。菊花笼罩着一层轻烟薄雾，看上去似乎脉脉含愁；兰花上沾有露珠，看起来又像默默饮泣。兰和菊本就含有某种象喻色彩（象喻品格的幽洁），这里用“愁烟”“泣露”将它们人格化，将主观感情移于客观景物，透露女主人公自己的哀愁。次句“罗幕轻寒，燕子双飞去”，写新秋清晨，罗幕之间荡漾着一缕轻寒，燕子双双穿过帘幕飞走了。这两种现象之间本不一定存在联系，但充满哀愁、对节候特别敏感的主人公眼中，那燕子似乎是因为不耐罗幕轻寒而飞去。这里，与其说是写燕子的感觉，不如说是写帘幕中人的感受，而且不只是生理上感到初秋的轻寒，而且心理上也荡漾着因孤孑凄凄而引起的寒意。燕的双飞，更反托出人的孤独。

这两句纯写客观物象，表现得非常委婉含蓄。接下来两句“明月不谙离恨苦，斜光到晓穿朱户”，从今晨回溯昨夜，明点“离恨”，情感也从隐微转为强烈。明月本是无知的自然物，它不了解离恨之苦，而只顾光照朱户，原很自然；既如此，似乎不应怨恨它，但却偏要怨。这种仿佛是无理的埋怨，却有力地表现了女主人公离恨的煎熬中对月彻夜无眠的情景和外界事物所引起的惆怅。

“昨夜西风凋碧树。独上高楼，望尽天涯路”，过片承上“到晓”，折回写今晨登高望远。“独上”应上“离恨”，反照“双飞”，而“望尽天涯”正从一夜无眠生出，脉理细密。“西风凋碧树”，不仅是登楼即目所见，而且包含有昨夜通宵不寐卧听西风落叶的回忆。碧树因一夜西风而尽凋，足见西风之劲厉肃杀，“凋”字正传出这一自然界的显著变化给予主人公的强烈感受。景既萧索，人又孤独，几乎言尽的情况下，作者又出人意料地展现出一片无限广远寥廓的境界：“独上高楼，望尽天涯路。”这里固然有凭高望远的苍茫之感，也有不见所思的空虚怅惘，但这所向空阔、毫无窒碍的境界却又给主人公一种精神上的满足，使其从狭小的帘幕庭院的忧伤愁闷转向对广远境界的骋望，这是从“望尽”一词中可以体味出来的。这三句尽管包含望而不见的伤离意绪，但感情是悲壮的，没有纤柔颓靡的气息；语言也洗净铅华，纯用白描。这三句是此词中流传千古的佳句。

高楼骋望，不见所思，因而想到音书寄远：“欲寄彩笺兼尺素，山长水阔知何处！”彩笺，这里指题诗的诗笺；尺素，指书信。两句一纵一收，将主人公音书寄远的强烈愿望与音书无寄的可悲现实对照起来写，更加突出了“满目山河空念远”的悲慨，词也在这渺茫无着落的怅惘中结束。“山长水阔”

和“望尽天涯”相应，再一次展示了令人神往的境界，而“知何处”的慨叹则更增加摇曳不尽的情致。

全词情致深婉而又寥廓高远，深婉中见含蓄，广远中有意蕴，很好地表达了离愁别恨的主题。

清平乐

红笺小字，说尽平生意。鸿雁在云鱼在水[1]，惆怅此情难寄。　斜阳独倚西楼，遥山恰对帘钩。人面不知何处，绿波依旧东流。

【注释】

[1] 鸿雁在云鱼在水：古人有“雁足传书”和“鱼传尺素”之说。此处用典翻新。

【解读】

此为怀人之作。词中寓情于景，以淡景写浓愁，言青山常在，绿水长流，而自己爱恋着的人却不知去向；虽有天上的鸿雁和水中的游鱼，它们却不能为自己传递书信，因而惆怅万端。

词的上片抒情。起句“红笺小字，说尽平生意”语似平淡，实包蕴无数情事，无限情思。红笺是一种精美的小幅红纸，可用来题诗、写信。词里的主人公便用这种纸，写上密密麻麻的小字，说尽了平生相慕相爱之意。显然，对方不是普通的友人，而是倾心相爱的知音。

三、四两句抒发信写成后无从传递的苦闷。古人有“雁足传书”和“鱼传尺素”的说法，前者见于《汉书·苏武传》，后者见于古诗《饮马长城窟行》《客从远方来》，是诗文中常用的典故。作者以“鸿雁在云鱼在水”的构思，表明无法驱遣它们去传书递简，因此“惆怅此情难寄”。运典出新，比起“断鸿难倩”等语又增加了许多风致。

过片由抒情过渡到写景。“斜阳”句点明时间、地点和人物活动，红日偏西，斜晖照着正在楼头眺望的孤独人影，景象已十分凄清，而远处的山峰又遮蔽着愁人的视线，隔断了离人的音信，更加令人惆怅难遣。“遥山恰对帘钩”句，从象征意义上看，又有两情相对而遥相阻隔的意味。倚楼远眺本是为了抒忧，如今反倒平添一段愁思，从抒情手法来看，又多了一层转折。

结句化自唐代崔护《题都城南庄》诗句：“人面不知何处去，桃花依旧笑春风”，同时又赋予它新意。佳人已经不知身在何处，而那曾经照映过佳人倩影的绿水，却依旧缓缓地向东流去。那无限的相思，也随着绿水一起悠悠东流。由红笺、斜阳、远山、帘钩，再到绿水，这一系列看似相对静止的景物中，构成了一幅表面上平静、舒缓，深层里蕴含着感情浪涛的图卷，令人回味不已。

此词以斜阳、遥山、人面、绿水、红笺、帘钩等物象，营造出一个充满离愁别恨的意境，将词人心中蕴藏的情感波澜表现得婉曲细腻，感人肺腑。全词语淡情深，闲适从容，充分体现了词人独特的艺术风格。

采桑子

时光只解[1]催人老，不信多情，长恨离亭[2]，泪滴春衫酒易醒。　梧桐昨夜西风急，淡月胧明[3]，好梦频惊，何处高楼雁一声？

【注释】

[1] 解：知道，懂得。

[2] 离亭：古代人在长亭短亭间送别，因此称这些亭子为离亭。

[3] 胧（lóng）明：模糊不清，此指月光不明。

【解读】

此词以轻巧空灵的笔法、深蕴含蓄的感情，写出了富有概括意义的人生感慨，抒发了叹流年、悲迟暮、伤离别的复杂情感。全词感情悲凉而不凄厉，风格清丽哀怨，体物写意自然贴切，是晏殊词中引人注目的名篇之一。

起首两句把时光拟人化，暗含“多情自古伤离别”和“思君令人老”双重含义。“多情”二字，总摄全篇。三、四两句写词人感时光易逝，怅亲爱分离，心中的烦恼无可化解，只好借酒浇愁，然而不久便又“泪滴春衫”，可见连酒也无法使自己暂时解脱。

下片先写不眠，次写惊梦。西风飒飒，桐叶萧萧，一股凉意直透人的心底。抬头一看，窗外淡淡月色，朦胧而又惨淡，仿佛它也受到西风的威胁。“好梦频惊”写每当希望“好梦”多留一霎的时候，它就突然破灭了。而且每当破灭一回，现实的不幸之感就又一齐奔涌而来。此时，室外的各种音响，各样色彩，以及室中人时光流逝之感，情人离别之痛，春酒易醒之恨，把刚才的好梦全都打成碎片了。这里，“好梦频惊”四字为点睛之笔，承上启下，把室中人此时的感受放大成为一个特写的镜头，让人们充分感受其中沉重的分量。“何处高楼雁一声”写室中人沉抑的情绪正处于凌乱交织之中，突然传来一声高亢的哀鸣。这一声哀厉的长鸣，是如此突如其来，使众响为之沉寂，万类为之失色。这是孤雁的哀唳，响彻天际，透入人心，它把室中人的思绪提升到一个顶峰了。这一声代表什么呢？是感觉秋已经更深吗？是预告离人终于不返吗？还是加剧室中人此时此地的孤独之感呢？不管怎样，它让人们想得很远、很沉，一种怅惘之情使人不能自已。

综上，此词上片概述时光之无情，下片写春去秋来，触景生情，相思难禁。词中“长恨离亭”“好梦频惊”等句，用意超脱高远，表现了一种明净澄澈而又富于概括意义的人生境界。

喜迁莺

花不尽，柳无穷，应与我情同。觥船一棹百分空[1]，何处不相逢。
朱弦悄[2]，知音少，天若有情应老。劝君看取利名场，今古梦茫茫。

【注释】

[1] 觥(gōng)船一棹百分空：可以理解为一醉解千愁。语出杜牧《题禅院》

诗："觥船一棹百分空，十岁青春不负公。"觥船，容量大的饮酒器。棹（zhào），船桨，此处应作划桨讲。

[2] 悄（qiǎo）：寂静无声。

【解读】

这是一首赠别词，作者将离情写得深挚却不凄楚，有温柔蕴藉之美。

起笔"花不尽，柳无穷"借花柳以衬离情。花、柳是常见之物，它们遍布海角天涯，其数无尽，其广无边；同时花、柳又与人一样同是生命之物，它们的生长、繁茂、衰谢同人之生死、盛衰极其相似，离合聚散之际，也同样显露出明显的苦乐悲欢。"应与我情同"是以花柳作比，衬写自己离情的"不尽"和"无穷"，婉转地表露了离别的痛苦之深。"觥船一棹百分空"，一句出自杜牧的《题禅院》诗。作者这里强作旷达，故示洒脱，以一醉可以消百愁作为劝解之辞，而"何处不相逢"，则是以未来可能重聚相慰。对友人的温言抚慰之中，也反映了作者尽量挣脱离别痛苦的复杂心态，他既无可奈何，又故示旷达。

下片自"朱弦悄，知音少，天若有情应老"起，词情一转，正面叙写离别之情。高山流水，贵有知音，朱弦声悄，是因挚友远去，一种空虚寥落之感油然而生。"天若有情应老"，用李贺句意直抒难以抑制的离别哀伤。结拍"劝君看取利名场，今古梦茫茫"二句，是作者对友人的又一次劝解。同为相劝之语，此处内涵上却与上片不同。上片劝慰之语只就当前离别着眼，以醉饮消愁、今后可能重逢为解，是以情相劝；此处劝语却透过一层，以利名如梦为解，属以理相劝，劝解之中包含着作者自身的感受和体验。晏殊一生富贵显达，长期跻身上层，但朝廷内派别倾轧，政治上风雨阴晴，不能不使他感到利名场中的尔虞我诈，宦海风波的险恶，人世的盛衰浮沉，抚念今昔，恍然若梦。

这首词明快、自然，读来如行云流水，与作者其他词风格迥异。其思想内核，一方面是藐视名利，一方面是寄情山水歌酒。全词抒写离情别绪中，反映了晏殊的人生态度和处世哲学。

踏莎行

碧海[1]无波，瑶台[2]有路。思量便合双飞去。当时轻别意中人，山长水远知何处。　绮席凝尘，香闺掩雾。红笺小字凭谁附[3]？高楼目尽欲黄昏，梧桐叶上萧萧雨。

【注释】

[1] 碧海：指传说中的海名。

[2] 瑶台：指陆上仙境。

[3] 红笺小字凭谁附：唐韩偓（wò）《偶见》诗“小叠红笺书恨字，与奴方便寄卿卿”，此化用之。附，带去。

【解读】

《踏莎行·碧海无波》当作于天圣五年（1027年）作者贬知宣州途中。作者因反对张耆升任枢密使，违反了刘太后的旨意，加之在玉清宫怒以朝笏撞折侍从的门牙，被御史弹劾，以刑部侍郎贬知宣州，此词即在途中所作。此词写离愁别恨，回忆了过去的离别之景，表达了对闺中人的牵挂，凄哀婉转。

上片起首三句“碧海无波，瑶台有路，思量便合双飞去”说没有波涛的险阻，要往瑶台仙境，也有路可通，原来可以双飞同去，但当时却没有这样做；此时“思量”起来，感到“不合”，有些后悔。碧海，传说中的海名；瑶台，《离骚》有这个词，但可能从《穆天子传》写西王母所居的瑶池移借过来，指陆上仙境。接着两句“当时轻别意中人，山长水远知何处”是说放弃双飞机会，让“意中人”轻易离开，此时后悔莫及，可就是“山长水远”，不知她投身何处了。“轻别”一事，是产生词中愁恨的特殊原因，是感情的症结所在。一时的轻别，造成长期的思念，“山长永远知何处”

句就写这种思念。

下片，“绮席凝尘，香闺掩雾”，写“意中人”去后，尘凝雾掩，遗迹凄清，且非一日之故。“红笺小字凭谁附”，音信难通，和《蝶恋花》的“欲寄彩笺兼尺素”而未能的意思相同。“高楼目尽欲黄昏”，既然人已远去，又音信难通，那么登高遥望，也就是一种痴望。词中不直说什么情深、念深，只通过这种行动来表现，显得婉转含蓄。后接以“梧桐叶上萧萧雨”一句，直写景物，实际上景中有情，意味深长。比较起来，温庭筠《更漏子》的“梧桐树，三更雨，不道离情正苦。一叶叶，一声声，空阶滴到明”、李清照《声声慢》的“梧桐更兼细雨，到黄昏，点点滴滴”虽然妙极，恐怕也失之显露了。

全词从内心的懊悔和近痴的行动来表现深情，风格深婉含蓄，不脱大晏词风，而结笔蕴藉，神韵高远，堪称佳作。

宋 祁

宋祁（998—1061），字子京，安州安陆（今湖北安陆）人。天圣二年（1024年）中进士，曾为龙图阁学士、史馆修撰，修《唐书》。后任左丞等职，《永乐大典》存有作品《景文集》。《全宋词》存词作六首。

木兰花

东城渐觉风光好。縠皱[1]波纹迎客棹[2]。绿杨烟外晓寒轻，红杏枝头春意闹。　　浮生[3]长恨欢娱少。肯[4]爱千金轻一笑。为君持酒劝斜阳，且向花间留晚照[5]。

【注释】

[1] 縠皱：有细匀皱褶的纱。此处形容水波细如绉纱。

[2] 棹：船桨。

[3] 浮生：人生。喻人生无定。

[4] 肯：岂肯。

[5] 且向花间留晚照：化用李商隐《写意》“日向花间留晚照”句。

【解读】

此词上片从游湖写起，讴歌春色，描绘出一幅生机勃勃、色彩鲜明的早春图；下片则一反上片的明艳色彩、健朗意境，言人生如梦，虚无缥缈，匆匆即逝，因而应及时行乐，反映出“浮生若梦，为欢几何”的寻欢作乐思想。作者宋祁因词中“红杏枝头春意闹”一句而名扬词坛，被世人称作红杏尚书。

起首一句泛写春光明媚。第二句以拟人化手法，将水波写得生动、亲切而又富于灵性。“绿杨烟外晓寒轻”句写远处杨柳如烟，一片嫩绿，虽是清晨，寒气却很轻微。“红杏枝头春意闹”句专写杏花，以杏花的盛开衬托春意之浓。词人以拟人手法，着一“闹”字，将烂漫的大好春光描绘得活灵活现，呼之欲出。

过片两句，意谓浮生若梦，苦多乐少，不能吝惜金钱而轻易放弃这欢乐的瞬间。此处化用“一笑倾人城”的典故，抒写词人携妓游春时的心绪。结拍两句，写词人为使这次春游得以尽兴，要为同游的朋友举杯挽留夕阳，请它在花丛间多陪伴些时间。这里，词人对于美好春光的留恋之情，溢于言表，跃然纸上。

这首词章法井然，开合自如，言情虽缠绵而不轻薄，措辞虽华美而不浮艳，将执着人生、惜时自贵、流连春光的情怀抒写得淋漓尽致，具有不朽的艺术价值。

锦缠道

燕子呢喃，景色乍长春昼。睹园林、万花如绣。海棠经雨胭脂透。柳展宫眉[1]，翠[2]拂行人首。　　向郊原踏青，恣歌携手。醉醺醺、尚寻芳酒。问牧童、遥指孤村道："杏花深处，那里人家有。"

【注释】

[1] 宫眉：古代皇宫中妇女的画眉。这里指柳叶如眉。

[2] 翠：指柳叶之色。

【解读】

此词叙写春日出游的所见、所闻与所感。词的上片着意描写春景，下片着重抒发游兴。

起首两句以报春燕子的呢喃声开始，声形兼备、时空交织地表现出春光迷人、春昼变长的意象。接下来两句描写春色蓬勃的园林，"万花如绣"一语以人工织绣之美表现大自然旺盛的生机，很见特色。上片结尾三句，以拟人的手法，将海棠拟为胭脂、柳叶喻为宫眉，描绘出一幅生机盎然的春日图景：经雨的海棠，红似胭脂；柳叶儿不是才舒娇眼，而是尽展宫眉，翠拂人首。

过片两句既点明了郊游之乐，又活画出词人自身的情态。"醉醺醺、尚寻芳酒"，前三字是一个近景特写，后四字醉而更寻醉，以"尚"字的递进渲染出恣纵之态。最后三句，化用杜牧《清明》一诗中"借问酒家何处有，牧童遥指杏花村"句意。此三句是承上阳春郊游的无比欢畅，是寻乐意绪的延续和归宿，故呈现出明丽柔媚的色彩。

此词一反当时词坛以哀情写春景的风气，以鲜明的色彩，生动的形象，拟人化的手法活灵活现地描绘春色的明媚、美好和春意的热闹，以“恣歌携手”“醉醺醺、尚寻芳酒”等描绘了狂放的自我形象，从形象到感情都直接可感，从而也使此词在当时词风中自具一格。

总之，这首词以风流娴雅的笔调，通过明媚鲜妍的艺术形象和欢快酣畅的情致与韵律，抒写了及时行乐的人生况味，给人以美的艺术享受。

欧阳修

欧阳修（1007—1072），庐陵（今江西吉安）人。天圣八年（1030年）省元，中进士甲科。累迁知制诰、翰林学士、枢密副使、参知政事。神宗时，迁兵部尚书，以太子少卿致仕。卒赠太子太师。谥文忠，号醉翁，晚号六一居士。他的词主要写恋情游宴、伤春怨别，表现出深婉而清丽的风格，和晏殊比较相近。其词集有《六一词》《近体乐府》《醉翁琴趣外编》等多种。

采桑子

画船载酒西湖好，急管繁弦[1]，玉盏[2]催传，稳泛平波任醉眠。　　行云却在行舟下[3]，空水澄鲜[4]，俯仰[5]留连，疑是湖中别有天。

【注释】

[1] 急管繁弦：指变化丰富而节拍紧凑的音乐。

[2] 玉盏：玉制酒杯。

[3] 行云却在行舟下：指天上流动的云彩倒映在水中，仿佛就在行船之下。

[4] 空水澄鲜：天空与水面均澄澈明净。

[5] 俯仰：仰观俯察，观赏。

【解读】

这是欧阳修晚年退居颍州时写的十首《采桑子》之一，表现的是饮酒游湖之乐。整首词寓情于景，写出了作者与友人的洒脱情怀。

上片描绘载酒游湖时船中丝竹齐奏、酒杯频传的热闹气氛与欢乐场面：画船、美酒、管弦，微风习习，波光粼粼，词人心情舒畅，与朋友无拘无束，开怀痛饮。湖面之上，欢笑声、乐曲声、划船声交织在一起。首句“西湖好”是统领全词的，下面分别渲染这个“好”字；画船载酒，稳泛平波，空水澄澈，别有洞天，使人俯仰，乐而忘返，写出作者与友人的洒脱情怀。这也就是本词所揭示的主题。

下片写酒后醉眠船上，俯视湖中，但见行云在船下浮动，使人疑惑湖中别有天地，表现醉后的观湖之乐：俯视江面，白云朵朵，船往前行，云儿陪伴；仰望天空，朵朵白云，云儿飘拂，小船紧跟。俯仰之间，天空与江水是一样澄清明净、一尘不染！看着看着，微醉中的词人觉得：这湖中另有一个青天在，而自己的小船简直就是在白云之间穿行。“空水澄鲜”一句，本于谢灵运《登江中孤屿》诗“云日相辉映，空水共澄鲜”，言天空与湖水同是澄清明净。这一句是下片的关键。兼写“空”“水”，绾合上句的“云”与“舟”。下两句的“俯”与“仰”“湖”与“天”，四照玲珑，笔意俱妙，虽借用成句，而恰切现景，妥帖自然，如同己出。“俯仰留连”四字，又是承上启下过渡之笔。从水中看到蓝天白云的倒影，他一会儿举头望天，一会儿俯首看水，被这空阔奇妙的景象所陶醉，于是怀疑湖中别有一个天宇在，而自己行舟在两层天空之间。“疑是湖中别有天”，用“疑是”语，是就其形貌来说。说“疑”者非真，说“是”者诚是，“湖中别有天”的体会别出心裁，给人以活泼清新之感。

从艺术手法上看，这首词采用虚实相结合的方法，充满了诗意的想象，形象巧妙地刻画了主人公的醉态、醉意和醉眼中的西湖之景。

采桑子

群芳过后西湖好[1]，狼藉残红[2]，飞絮濛濛[3]，垂柳阑干尽日风。　笙歌散尽游人去，始觉春空。垂下帘栊[4]，双燕归来细雨中。

【注释】

[1] 西湖：此指颍州（在今安徽阜阳）西湖。作者晚年退居于此。

[2] 狼藉：零乱。

[3] 濛濛：今写作“蒙蒙”。

[4] 帘栊：窗帘。栊，窗。

【解读】

这是欧阳修晚年退居颍州时写的十首《采桑子》中的第四首，抒写了作者寄情湖山的情怀。

上片描写群芳凋谢后西湖的恬静清幽之美。首句是全词的纲领，由此引出“群芳过后”的西湖景象，及词人从中领悟到的“好”的意味。“狼藉残红”“飞絮濛濛”两句写落红零乱满地、翠柳柔条斜拂于春风中的姿态。以上数句，通过落花、飞絮、垂柳等意象，描摹出一幅清疏淡远的暮春图景。“群芳过后”本有衰残之味，常人对此或惋惜，或伤感，或留恋，而作者却赞美说“好”，并以这一感情线索贯穿全篇。人心情舒畅则观景物莫不美丽，心情忧伤则反之。这就是所谓的移情。一片风景就是一种心情，道理也正在于此。

过片表现出环境之清幽，虚写出过去湖上游乐的盛况。“笙歌散尽游人去”乃指“绿水逶迤，芳草长堤，隐隐笙歌处处随”的游春盛况已过去，花谢柳老，“笙歌处处随”的游人也意兴阑珊，无人欣赏残红飞絮之景；“始觉春空”，点明从上面三句景象所产生的感觉，道出了作者惜春恋春的复杂微妙的心境。“始觉”是顿悟之意，这两句是从繁华喧闹消失后清醒过来的感觉。繁华喧闹消失，既觉有所失的空虚，又觉获得宁静的畅适。首句说的“好”即是从这后一种感觉产生，只有基于这种心理感觉，才可解释认为“狼藉残红”三句所写景象的“好”之所在。

最后两句，“垂下帘栊，双燕归来细雨中”写室内景，以人物动态描写与自然景物映衬相结合，表达出作者恬适淡泊的胸襟。末两句是倒装，本是开帘待燕，“双燕归来”才“垂下帘栊”。结句“双燕归来细雨中”，意蕴含蓄委婉，以细雨衬托春空之后的清寂气氛，又以双燕飞归制造出轻灵、欢娱的意境。

这首词通篇写景，不带明显的主观感情色彩，却从字里行间婉曲地显露出作者的旷达胸怀和恬淡心境。此词表现出词人别具慧眼的审美特点，尤其最后两句营造出耐人寻味的意境。作者写西湖美景，动静交错，以动显静，意脉贯串，层次井然，显示出不凡的艺术功力。

朝中措

平山[1]栏槛倚晴空，山色有无中。手种堂前垂柳，别来几度春风。文章太守[2]，挥毫万字[3]，一饮千钟[4]。行乐直须[5]年少，尊前看取衰翁[6]。

【注释】

[1] 平山：即平山堂，在扬州西北蜀冈上，欧阳修庆历八年（1048 年）任郡守时所建。

[2] 文章太守：此处应是称赞朋友刘原甫以文章名天下，故称“文章太守”。

[3] 挥毫万字：此处当指刘原甫赋诗作文多达万字。

[4] 千钟：千杯。

[5] 直须：应当。

[6] 尊：通“樽”，酒杯。衰翁：词人自称，此时作者已年逾五十。

【解读】

这首词是作者在平山堂送别友人刘原甫（刘敞）时所作，借酬赠友人之机，追忆起过去的豪达生活。

这首词一发端即带来一股突兀的气势，笼罩全篇。“平山栏槛倚晴空”，顿然使人感到平山堂凌空矗立，其高无比。这一句写得气势磅礴，便为以下的抒情定下了疏宕豪迈的基调。接下去一句是写凭栏远眺的情景。据宋王象之《舆地纪胜》记载，登上平山堂，“负堂而望，江南诸山，拱列檐下”，则山之体貌，应该是清晰的，但词人却偏偏说是“山色有无中”。这是因为受到王维原来诗句的限制，但从扬州而望江南，青山隐隐，自亦可作“山色有无中”之咏。

以下两句，描写更为具体。此刻当送刘原甫出守扬州之际，词人情不自禁地想起平山堂，想起堂前的杨柳。“手种堂前垂柳，别来几度春风”，深情又豪放。其中“手种”二字，看似寻常，却是感情深化的基础。词人平山堂前种下杨柳，不到一年，便离开扬州，移任颍州。这几年中，杨柳之枝枝叶叶都牵动着词人的感情。杨柳本是无情物，但在中国传统诗词里，却与人们的思绪紧密相连。何况这垂柳又是词人亲手种的。可贵的是，词人虽然通过垂柳写深婉之情，但婉而不柔，深而能畅。特别是“几度春风”四字，更能给人以欣欣向荣、格调轩昂的感觉。

过片三句写所送之人刘原甫。“文章太守，挥毫万字”，不仅表达了词人“心服其博”的感情，而且把刘原甫的倚马之才，做了精确的概括。缀以“一饮千钟”一句，则添上一股豪气，栩栩如生地刻画了一个气度豪迈、才华横溢的文章太守的形象。

词的结尾二句，先是劝人，又回过笔来写自己。饯别筵前，面对知己，一段人生感慨，不禁脱口而出。无可否认，这两句是抒发了人生易老、必须及时行乐的消极思想。但是由于豪迈之气通篇流贯，词写到这里，并不令人感到低沉，反有一股苍凉郁勃的情绪奔泻而出，涤荡人的心灵。

欧词突破了唐、五代以来的男欢女爱的传统题材与极力渲染红香翠软的表现方法，为后来苏轼一派豪放词开了先路。此词的风格，即与苏轼的清旷词风十分接近。欧阳修政治逆境中达观豪迈、笑对人生的风范，与苏轼非常相似。

踏莎行

候馆[1]梅残，溪桥柳细，草薰[2]风暖摇征辔[3]。离愁渐远渐无穷，迢迢[4]不断如春水。　寸寸柔肠，盈盈[5]粉泪，楼高莫近危阑[6]倚。平芜[7]尽处是春山，行人更在春山外。

【注释】

[1] 候馆：旅舍。

[2] 薰：指草香气。

[3] 摇征辔（pèi）：指策马启程。

[4] 迢迢：遥远的样子。

[5] 盈盈：指泪水充满眼眶。

[6] 危阑：指高楼上的栏杆。

[7] 平芜：平坦地向前延伸的草地。

【解读】

此词上片写行者的离愁，下片写行者的遥想即思妇的别恨，从游子和思妇两个不同的角度深化了离别的主题。

上片写游子旅途中所见所感。开头三句是一幅洋溢着春天气息的溪山行旅图：旅舍旁的梅花已经开过了，只剩下几朵残英，溪桥边的柳树刚抽出细嫩的枝叶。暖风吹送着春草的芳香，远行的人就在这美好的环境中摇动马缰，赶马行路。梅残、柳细、草薰、风暖，暗示时令正当仲春，这正是最易使人动情的季节。从“摇征辔”的“摇”字中可以想象行人骑着马儿顾盼徐行的情景。以上三句的每一个静态或动态的景象，都具有多重含义和功能。寥寥数语，便写出了时间、地点、景物、气候、事件和人物的举动、神情。

开头三句以实景暗示、烘托离别，而四、五两句则由丽景转入对离情的描写：“离愁渐远渐无穷，迢迢不断如春水。”因为所别者是自己深爱的人，所以这离愁便随着分别时间之久、相隔路程之长越积越多，就像眼前这伴着自己的一溪春水一样，来路无穷，去程不尽。此二句即景设喻，即物生情，以水喻愁，写得自然贴切而又柔美含蓄。

下片写闺中少妇对陌上游子的深切思念。“寸寸柔肠，盈盈粉泪”过片两对句，由陌上行人转笔写楼头思妇。“柔肠”而说“寸寸”，“粉泪”而说“盈盈”，显示出女子思绪的缠绵深切。从“迢迢春水”到“寸寸肠”“盈盈泪”，其间又有一种自然的联系。接下来一句“楼高莫近危阑倚”，是行人在心里对泪眼盈盈的闺中人深情的体贴和嘱咐，也是思妇既希望登高眺望游子踪影又明知徒然的内心挣扎。

最后两句写少妇的凝望和想象，是游子想象闺中人凭高望远而不见所思之人的情景：展现在楼前的，是一片杂草繁茂的原野，原野的尽头是隐隐春山，所思念的行人，更远在春山之外，渺不可寻。这两句不但写出了楼头思妇凝目远望、神驰天外的情景，而且透出了她的一往情深，正越过春山的阻隔，一直伴随着渐行渐远的征人飞向天涯。行者不仅想象到居者登高怀远，而且深入到对方的心灵。如此写来，情意深长而又哀婉欲绝。

此词由陌上游子而及楼头思妇，由实景而及想象，上下片层层递进，以发散式结构将离愁别恨表达得荡气回肠、意味深长。这种透过一层从对面写来的手法，带来了强烈的美感效果。全词以优美的想象、贴切的比喻、新颖的构思，含蓄蕴藉地制造出一种“迢迢不断如春水”的情思，一种情深意远的境界。

蝶恋花

庭院深深深几许[1]？杨柳堆烟[2]，帘幕无重数。玉勒雕鞍游冶处[3]，楼高不见章台路[4]。　　雨横[5]风狂三月暮。门掩黄昏，无计留春住。泪眼问花花不语，乱红[6]飞过秋千去。

【注释】

[1] 深几许：犹言"有多深""深多少"。

[2] 杨柳堆烟：烟雾笼罩着杨柳。

[3] 玉勒雕鞍：指华贵的车马。游冶处：指歌楼妓馆。

[4] 楼高不见章台路：意思是在高楼上看不到游冶的处所。汉代长安有章台街，是妓女所居之地。后世遂以章台代称妓女之住所。

[5] 横（hèng）：凶暴。

[6] 乱红：指零乱的落花。

【解读】

此词描写闺中少妇的伤春之情，虚实相融，词意深婉，堪称欧词之典范。李清照对此词喜爱不已，曾说："此词余极爱之。"乃作"庭院深深"数阕。

上片写深闺寂寞，阻隔重重，想见意中人而不得。开头三句写"庭院深深"的境况，"深几许"于提问中含有怨艾之情，"堆烟"状院中之静，衬人之孤独寡欢，"帘幕无重数"，写闺阁之幽深封闭，是对大好青春的禁锢，是对美好生命的戕害。"庭院"深深，"帘幕"重重，更兼"杨柳堆烟"，既浓且密——生活在这种内外隔绝的阴森、幽邃的环境中，女主人公身心两方面都受到压抑与禁锢。叠用三个"深"字，写出其遭封锁，形同囚居之苦，不但暗示了女主人公的孤身独处，而且有心事深沉、怨恨莫诉之感。"玉勒雕鞍游冶处"以下诸句，逐层深入地展示了现实的凄风苦雨对其芳心的无情蹂躏：情人薄幸，冶游不归，但却无可奈何。

下片写美人迟暮，盼意中人回归而不得，幽恨怨愤之情自现。

前三句用狂风暴雨比喻封建礼教的无情，以花被摧残喻自己青春被毁。“门掩黄昏”四句喻韶华空逝，人生易老之痛。春光将逝，年华如水。结尾两句写女子的痴情与绝望，含蕴丰厚。“泪眼问花”，实即含泪自问。“花不语”，也非回避答案，而是讲少女与落花同命共苦，无语凝噎之状。“乱红飞过秋千去”，不是比语言更清楚地昭示了她面临的命运吗？“乱红”飞过青春嬉戏之地而飘去、消逝，正是“无可奈何花落去”也。在泪光莹莹之中，花如最美的人，人如花，最后花、人莫辨，同样难以避免被抛掷遗弃而沦落的命运。“乱红”意象既是当下景实摹，又是女子悲剧性命运的象征。这种完全用环境来暗示和烘托人物思绪的笔法，深婉不迫，曲折有致，真切地表现了生活在幽闭状态下的贵族少妇难以明言的内心隐痛。

全词写景状物，疏浚委曲，虚实相融，用语自然，词意深婉，尤对少妇心理刻画写意传神，堪称欧词之典范。

生查子·元夕

去年元夜[1]时，花市[2]灯如昼，月上柳梢头，人约黄昏后。　　今年元夜时，月与灯依旧。不见去年人，泪满春衫[3]袖。

【注释】

[1] 元夜：农历正月十五夜，即元宵夜。

[2] 花市：卖花的集市。

[3] 春衫：年少时穿的衣服，也指代年轻时的自己。

【解读】

此词写约会。言语浅近，情调哀婉，用“去年元夜”与“今年元夜”两幅元夜图景，展现相同节日里的不同情思，仿佛影视中的蒙太奇效果，将不同时空的场景贯穿起来，写出一位女子悲戚的爱情故事。或被认为是景祐三年（1036年）词人怀念他的第二任妻子杨氏夫人所作。

上片描绘“去年元夜时”女主人公与情郎同逛灯市的欢乐情景。“去年元夜时，花市灯如昼”起首两句写去年元宵夜的盛况美景，大街上热闹非凡，夜晚的花灯通明，仿佛白昼般明亮。“月上柳梢头，人约黄昏后”，女主人公追忆与情郎月下约定的甜蜜情景，情人间互诉衷肠的温馨幸福溢于纸上。从如昼灯市到月上柳梢，光线从明变暗，两人约定的时间又是“黄昏”这一落日西斜、素来惹人愁思的时刻，皆暗示女主人公的情感故事会朝着悲剧发展。

下片写“今年元夜时”女主人公孤独一人面对圆月花灯的情景。“今年元夜时，月与灯依旧”，一年过去，眼前的景象与去年没有两样，圆月仍然高挂夜空，花灯仍然明亮如昼，但是去年甜蜜幸福的时光已然不再，女主人公心里只有无限相思之苦。之所以伤感，是因为“不见去年人”，往日的山盟海誓早已被恋人抛诸脑后，如今物是人非，不禁悲上心头。令人肝肠寸断的相思化作行行清泪，浸湿衣衫。“泪满春衫袖”一句是点题句，将女主人公的情绪完全宣泄出来，饱含辛酸蕴藏无奈，更有无边无际的苦痛。

全词以独特的艺术构思，运用今昔对比、抚今追昔的手法，从而巧妙地抒写了物是人非、不堪回首之感。语言平淡，意味隽永，有效地表达了词人所欲吐露的爱情遭遇上的伤感和苦痛体验，体现了真实、朴素与美的统一。语短情长，形象生动，又适于记诵，因此流传很广。

晏几道

晏几道（1030—约1106），字叔原，号小山，临川（今江西）人。晏殊第七子，人称“小晏”。历任颍昌府许田镇监、开封府推官。由于生平遭遇变故，饱谙人情世态的炎凉冷暖，在他所擅用的小令中，多半抒写爱情离合和人生聚散无常的悲欢，缠绵悱恻、凄婉动人。有《小山词》留世。

临江仙

梦后楼台高锁，酒醒帘幕低垂[1]。去年春恨却来[2]时，落花人独立，微雨燕双飞。　　记得小蘋初见，两重心字罗衣[3]。琵琶弦上说相思，当时明月在，曾照彩云[4]归。

【注释】

[1] 梦后楼台高锁，酒醒帘幕低垂：意思是说，从醉与梦中醒来，依旧看到门户高锁、帘幕低垂的楼台。“梦后”与“酒醒”互文见义。

[2] 却来：又来，再来。

[3] 心字罗衣：未详。杨慎《词品》卷二：“心字罗衣则谓心字香薰之尔，或谓女人衣曲领如心字。”此说未必确切，疑指衣上的花纹。“心”当是篆体，故可作为图案。

[4] 彩云：比喻美人，这里指小蘋。

【解读】

这是一首怀旧词，是晏几道的代表作，抒发了作者对歌女小蘋的怀念之情。据晏几道在《小山词·自跋》里说：“沈廉叔，陈君宠家有莲、鸿、蘋、云几个歌女。”晏每填一词就交给她们演唱，与陈、沈“持酒听之，为一笑乐”。晏几道写的词就是通过两家“歌儿酒使，俱流传人间”，可见他跟这些歌女结下了不解之缘。

上片描写人去楼空的寂寞景象，以及年年伤春伤别的凄凉气氛。首两句“梦后楼台高锁，酒醒帘幕低垂”，写眼前的实景，对偶极工，意境浑融。“楼台”，当是昔时朋友欢宴之所，而今已人去楼空。词人独处一室，在寂静的夜晚，更感到孤独与空虚。第三句转入追忆。“春恨”，是指因春天的逝去而产生的一种莫名的怅惘。“去年”二字，点明这春恨的由来已非一朝一夕的了。同样是这春残时节，同样恼人的情思又涌上心头。“落花人独立，微雨燕双飞”是脍炙人口的名句，写的是词人独自久久地站立在庭中，对着飘零的片片落英；又见双双燕子，在蒙蒙细雨中轻快地飞去飞来。燕子双飞，反衬愁人独立，因而引起了更加绵长的“春恨”，构成一个凄凉萧索的意境。

词人有意借用小蘋穿的“心字罗衣”来渲染他和小蘋之间倾心相爱的情谊，已够使人心醉了。他又信手拈来，说“琵琶弦上说相思”，写出了弹者脉脉含情，听者知音沉醉的美好意境。结尾两句不再写两人的相会、幽欢，转而写别后的思忆，化用李白《宫中行乐词》“只愁歌舞散，化作彩云飞”诗句，另造新境，因明月兴感，与首句“梦后”相应——在当时皎洁的明月映照下，小蘋，像一朵冉冉的彩云飘然归去。彩云，借以指美丽而薄命的女子，亦暗示小歌妓的身份。表现作者对往日情事的回忆及明月依旧、人事全非的怅惘之情。

全词结构严谨，情景交融，堪称佳作。

少年游

离多最是，东西流水，终解[1]两相逢。浅情终似，行云[2]无定，犹到梦魂中。　　可怜[3]人意，薄于云水，佳会[4]更难重[5]。细想从来，断肠多处，不与这番同。

【注释】

[1] 解：懂得，知道。

[2] 行云：喻自己所思念的女子，化用巫山神女朝云暮雨之典故。

[3] 可怜：可惜。

[4] 佳会：美好的聚会。

[5] 难重（chóng）：难以再来。

【解读】

此词抒离别怨情，上片分写云、水，以水虽离多而终能相逢、云虽无定犹能到梦中，为下片反衬做好铺垫。过片总云、水言之而又能更进一层，说人意薄于云水。

开篇先以双水分流设喻："离多最是，东西流水。"以流水喻诀别，其语本于传为卓文君被弃所作的《白头吟》："躞蹀御沟上，沟水东西流。"第三句却略反其意，说水分东西，终会再流到一处，等于说流水不足喻两情的诀别，第一层比喻便自行取消。于是再设一喻："浅情终似，行云无定。"用行云无凭喻对方一去杳无信息，似更妥帖。不意下句又暗用楚王梦神女"朝为行云"之典，谓行云虽无凭准，还能入梦，将第二个比喻也予以取消。短短六句，语意反复，有柔肠百折之感。

过片"云""水"又翻进一层，说人意薄于云水。流水行云本为无情之物，可是它们或终能相逢，或犹到梦中，似乎又并非一味无情。在苦于"佳会更难重"的人心目中，人情之薄远甚于云水。翻无情为有情，原是为了加倍突出人情之难堪。最后三句直抒情怀，语极沉痛：仔细回想，过去最为伤心的时候，也不能与今番相比。此三句是抒情主人公内心世界直截了当的表露和宣泄，感情极为深沉、厚重，读来荡气回肠，一唱三叹。作者在词中正是运用这种艺术手法，造成回旋往复的词境，给读者以无穷的回味。

苏 轼

苏轼（1037—1101），字子瞻，又字和仲，号东坡居士，宋代重要的文学家，宋代文学最高成就的代表。汉族，北宋眉州眉山（今属四川省眉山市）人，嘉祐进士。其诗题材广阔，清新豪健，善用夸张比喻，独具风格，与黄庭坚并称“苏黄”。词开豪放一派，与辛弃疾同是豪放派代表，并称“苏辛”。又工书画。有《东坡七集》《东坡易传》《东坡乐府》等。

水龙吟

似花还似非花，也无人惜从教坠[1]。抛家傍路，思量却是，无情有思[2]。萦损柔肠，困酣娇眼，欲开还闭[3]。梦随风万里，寻郎去处，又还被莺呼起[4]。

不恨此花飞尽，恨西园、落红难缀[5]。晓来雨过，遗踪[6]何在？一池萍碎[7]。春色三分，二分尘土，一分流水。细看来，不是杨花，点点是离人泪。

【注释】

[1] 从教坠：任凭飘落。

[2] 有思：有情。

[3] “萦损”三句：把杨花比作愁肠百结、慵眼难开、沉睡梦乡的美人。

[4] 莺呼起：化用唐金昌绪《春怨》诗“打起黄莺儿，莫教枝上啼。啼时惊妾梦，不得到辽西”句。

[5] 落红难缀：落花难以复归故枝。

[6] 遗踪：指雨后杨花的踪迹。

[7] 萍碎：苏轼自注“杨花落水为浮萍，验之信然”。

【解读】

苏词向以豪放著称，但也有婉约之作，这首《水龙吟》即为其中之一。它借暮春之际“抛家傍路”的杨花，化“无情”之花为“有思”之人，“直是言情，非复赋物”，幽怨缠绵而又空灵飞动地抒写了带有普遍性的离愁。篇末“细看来，不是杨花，点点是离人泪”实为显志之笔，千百年来为人们反复吟诵、玩味，堪称神来之笔。

上片首句“似花还似非花”出手不凡，耐人寻味。它既咏物象，又写人言情，准确地把握住了杨花那“似花非花”的独特“风流标格”：说它“非花”，它却名为“杨花”，与百花同开同落，共同装点春光，送走春色；说它“似花”，它色淡无香，形态细小，隐身枝头，从不为人注目爱怜。次句承以“也无人惜从教坠”。一个“坠”字，赋杨花之飘落；一个“惜”字，有浓郁的感情色彩。“无人惜”，是说天下惜花者虽多，惜杨花者却少。此处用反衬法暗蕴缕缕怜惜杨花的情意，并为下片雨后觅踪伏笔。

“抛家傍路，思量却是，无情有思”三句承上“坠”字写杨花离枝坠地、飘落无归情状。不说“离枝”，而言“抛家”，貌似“无情”实则“有思”。咏物至此，已见拟人端倪，亦为下文花人合一张本。“萦损柔肠，困酣娇眼，欲开还闭”这三句由杨花写到柳树，又以柳树喻指思妇、离人，可谓咏物而不滞于物，匠心独具，想象奇特。以下“梦随风万里，寻郎去处，又还被莺呼起”数句化用唐人金昌绪《春怨》诗意，借杨花之飘舞以写思妇由怀人不至引发的恼人春梦，咏物生动真切，言情缠绵哀怨，可谓缘物生情，以情映物，情景交融，轻灵飞动。

下片开头“不恨此花飞尽，恨西园、落红难缀”，作者在这里以落红陪衬杨花，曲笔传情地抒发了对于杨花的怜惜。继之由“晓来雨过”而问询杨花遗踪，进一步烘托出离人的春恨。“一池萍碎”即是回答“遗踪何在”的问题。

以下“春色三分，二分尘土，一分流水”，这是一种想象奇妙而兼以极度夸张的手法。这里，数字的妙用传达出作者的一番惜花伤春之情。至此，杨花的最终归宿，和词人的满腔惜春之情水乳交融，将咏物抒情的题旨推向高潮。篇末“细看来，不是杨花，点点是离人泪”一句，总收上文，既干净利索，又余味无穷。它由眼前的流水，联想到思妇的泪水；又由思妇的点点泪珠，映带出空中的纷纷杨花，可谓虚中有实，实中见虚，虚实相间，妙趣横生。这一情景交融的神来之笔，与上片首句“似花还似非花”相呼应，画龙点睛地概括、烘托出全词的主旨，达成余音袅袅的效果。

全词不仅写出了杨花的形神，而且采用拟人的艺术手法，把咏物与写人巧妙地结合起来，将物性与人情毫无痕迹地融在一起，真正做到了“借物以寓性情”，写得声韵谐婉，情调幽怨缠绵，反映了苏词婉约的一面。

水调歌头

丙辰[1]中秋，欢饮达旦，大醉，作此篇，兼怀子由[2]。

明月几时有？把酒问青天[3]。不知天上宫阙[4]，今夕是何年[5]？我欲乘风归去[6]，又恐琼楼玉宇[7]，高处不胜寒。起舞弄清影，何似[8]在人间！　　转朱阁[9]，低绮户[10]，照无眠。不应有恨，何事长向别时圆？人有悲欢离合，月有阴晴圆缺，此事古难全。但愿人长久，千里共婵娟。

【注释】

[1] 丙辰：熙宁九年，即1076年。

[2] 子由：苏轼的弟弟苏辙，字子由。

[3] 把酒：端起酒杯。“明月几时有，把酒问青天”两句，化用李白《把酒问月》诗：“青天有月来几时？我今停杯一问之。”

[4] 宫阙：宫殿。

[5] 今夕是何年：在古代，有着“天上一日，人间一年”的说法，因此，东坡以为，天上与人间必然有着不同的计算时间的方法。人间的光阴如白驹之过隙，而天上的则是缓慢的，这里暗含一种对时间催人老这一自然现象的无可奈何的悲哀。

[6] 乘风归去：驾着风，回到天上去。作者在这里浪漫地认为自己是下凡的神仙。

[7] 琼楼玉宇：美玉砌成的楼宇，指想象中的仙宫。

[8] 何似：哪儿像。

[9] 朱阁：朱红色的楼阁。

[10] 绮（qǐ）户：刻有纹饰的门窗。

【解读】

此词是中秋望月怀人之作，表达了对胞弟苏辙的无限怀念。词人运用形象描绘手法，勾勒出一种皓月当空、亲人千里、孤高旷远的境界氛围，反衬自己遗世独立的意绪和往昔的神话传说融合一处，在月的阴晴圆缺当中，渗进浓厚的哲学意味，可以说是一首将自然和社会高度契合的感喟作品。

此词上片望月，既怀逸兴壮思，高接混茫，又脚踏实地，自具雅量高致。一开始就提出一个问题：明月是从什么时候开始有的——“明月几时有？把酒问青天。”苏轼此词作于丙辰年，时因反对王安石新法而自请外任密州。既有对朝廷政局的强烈关注，又有期望重返汴京的复杂心情，故时逢中秋，一饮而醉，意兴阑珊中饶有律动。苏轼把青天当作自己的朋友，把酒相问，显示了他豪放的性格和不凡的气魄。

接下来两句“不知天上宫阙，今夕是何年”把对于明月的赞美与向往之情更推进了一层。诗人想象那一定是一个好日子，所以月才这样圆、这样亮。他很想去看一看，所以接着说：“我欲乘风归去，又恐琼楼玉宇，高处不胜寒。”唐人称李白为“谪仙”，黄庭坚则称苏轼与李白为“两谪仙”，苏轼自己也设想前生是月中人，因而起“乘风归去”之想。他想乘风飞向月宫，又怕那里的琼楼玉宇太高了，受不住那儿的寒冷。这里还有两个字值得注意，就是“我欲乘风归去”的“归去”。也许是因为苏轼对明月十分向往，早已把那里当成自己的归宿了。

但苏轼毕竟更热爱人间的生活，“高处不胜寒”并非作者不愿归去的根本原因，“起舞弄清影，何似在人间”才是根本之所在。与其飞往高寒的月宫，还不如留在人间，在月光下起舞，最起码还可以与自己的清影为伴。这首词从幻想上天写起，写到这里又回到热爱人间的感情上来。从“我欲”到“又恐”至“何似”的心理转折开合中，展示了苏轼情感的波澜起伏。他终于从幻觉回到现实，在出世与入世的矛盾纠葛中，入世思想最终占了上风。“何似在人间”是毫无疑问的肯定，雄健的笔力显示了情感的强烈。

下片怀人，即兼怀子由，由中秋的圆月联想到人间的离别，同时感念人生的离合无常。“转朱阁，低绮户，照无眠”这里既指自己怀念弟弟的深情，又可以泛指那些中秋佳节因不能与亲人团圆以致难以入眠的一切离人。词人无理地埋怨明月说：“明月你总不该有什么怨恨吧，为什么老是在人们离别的时候才圆呢？”相形之下，更加重了离人的愁苦了。这是埋怨明月故意与人为难，给人增添忧愁，无理的语气进一步衬托出词人思念胞弟的手足深情，却又含蓄地表示了对于不幸的离人们的同情。

接着，诗人把笔锋一转，说出了一番宽慰的话来为明月开脱：“人固然有悲欢离合，月也有阴晴圆缺。她有被乌云遮住的时候，有亏损残缺的时候，她也有她的遗憾，自古以来世上就难有十全十美的事。”这就从人到月、从古到今做了高度的概括。从语气上，好像是代明月回答前面的提问；从结构上，又是推开一层，从人、月对立过渡到人、月融合。为月亮开脱，实质上还是为了强调对人事的达观，同时寄托对未来的希望。因为，月有圆时，人也有相聚之时。很有哲理意味。

词的最后说：“但愿人长久，千里共婵娟。”既然人间的离别是难免的，那么只要亲人长久健在，即使远隔千里也还可以通过普照世界的明月把两地联系起来，把彼此的心沟通在一起。“但愿人长久”，是要突破时间的局限；“千里共婵娟”，是要打通空间的阻隔。让对于明月的共同的爱把彼此分离的人结合在一起。但愿人人年年平安，相隔千里也能共享着美好的月光，表达了作者的祝福和对亲人的思念，表现了作者旷达的态度和乐观的精神。正如词前小序所说，这首词表达了对弟弟苏辙（字子由）的怀念之情，但并不限于此。可以说这首词是苏轼在中秋之夜，对一切经受着离别之苦的人表达的美好祝愿。

此篇是苏词代表作之一。从艺术成就上看，它构思奇拔，蹊径独辟，极富浪漫主义色彩，是历来公认的中秋词中的绝唱。全词设景清丽雄阔，以咏月为中心表达了游仙“归去”与直舞“人间”、出世与入世的矛盾和困惑，以及旷达自适、人生长久的乐观态度和美好愿望，极富哲理与人情。立意高远，构思新颖，意境清新如画。最后以旷达情怀收束，是词人情怀的自然流露。情韵兼胜，境界壮美，具有很高的审美价值。此词全篇皆是佳句，典型地体现出苏词清雄旷达的风格。

念奴娇·赤壁怀古

大江[1]东去，浪淘尽，千古风流人物。故垒[2]西边，人道是[3]，三国周郎[4]赤壁。乱石穿空，惊涛拍岸，卷起千堆雪。江山如画，一时多少豪杰！　　遥想公瑾当年，小乔[5]初嫁了，雄姿英发[6]，羽扇纶巾[7]，谈笑间，樯橹[8]灰飞烟灭。故国[9]神游，多情应笑我，早生华发[10]。人生如梦，一尊还酹江月。

【注释】

[1] 江：指长江。

[2] 故垒：古代的营垒。

[3] 人道是：据人们讲。

[4] 周郎：周瑜，字公瑾，赤壁之战时的吴军主将。

[5] 小乔：乔公的幼女，嫁给了周瑜。

[6] 英发：指见识卓越，谈吐不凡。

[7] 羽扇纶（guān）巾：鸟羽做的扇和丝带做的头巾，三国六朝时期儒将常有的打扮。

[8] 樯橹：指曹操率领的魏军。樯，桅杆。橹，桨。

[9] 故国：旧地。此指赤壁古战场。

[10] 华发：花白的头发。

【解读】

这首词是苏轼豪放词的代表作。宋神宗元丰五年（1082年）七月，苏轼因诗文讽喻新法，被新派官僚罗织罪名贬谪到黄州。这首词就是他游赏黄州城外的赤壁矶时的借景怀古之作。

上片侧重写景。开篇从滚滚东流的长江着笔，随即用“浪淘尽”将浩荡大江与千古人物联系起来，布置了一个极为广阔而悠久的时空背景。它既使人看到大江的汹涌奔腾，又使人想见风流人物的非凡气概，体味到作者兀立长江岸边对景抒情的壮怀，气魄极大，笔力超凡。面对眼前恢宏奇伟的江山景色，词人不禁联想到曾经发生的赤壁鏖战。紧接着“故垒西边，人道是，三国周郎赤壁”句，点出这里是传说中的古代赤壁战场。当年周瑜以弱胜强大败曹军的赤壁之战的所在地向来各说不一，苏轼在此不过是借景怀古的抒感而已。可见“人道是”说得极有分寸，而“周郎赤壁”也契合词题，并为下片缅怀周瑜埋下伏笔。接下来“乱石”三句，集中描绘赤壁风景：陡峭的山崖高插云霄，汹涌的骇浪搏击着江岸，翻滚的江流卷起万千堆澎湃的雪浪。词人从不同的角度而且又诉诸不同感觉的浓墨健笔的生动描写，一扫平庸萎靡的氛围，把读者顿时带进一个奔马轰雷、惊心动魄的奇险境界，使人豁然开朗，精神抖擞。随后两句，总结上文，带起下片。“江山如画”，是作者和读者从前面艺术地摹写大自然的壮丽画卷中自然获得的感悟。如此多娇的锦绣山河，怎不孕育和吸引无数英雄。

下片由“遥想”领起，用六句集中笔力塑造卓异不凡的青年将领周瑜的形象，表达了自己对前贤的追慕之情。词人在历史事实的基础上，经过艺术的提炼和加工，将周瑜的雄才伟略、风流儒雅刻画得栩栩如生。尤其是在写赤壁之战前，忽然插入“小乔初嫁了”这一生活细节，以妙龄美人辉映英俊将军，更显出周瑜的丰姿潇洒，韶华似锦，年轻有为。“雄姿英发”“羽扇纶巾”是从肖像仪态上描写周瑜束装儒雅，风度翩翩。这样着力刻画其仪容装束，恰反映出作为指挥官的周瑜临战潇洒从容，成竹在胸，稳操胜券。“谈笑间，樯橹灰飞烟灭”，抓住火攻水战的特点，精当地概括了整个战争场景。词人仅以“灰飞烟灭”四个字，就将曹军的惨败情景形容殆尽，这是何等的气势！然而词人“故国神游”后猛然跌入现实，联系自己的遭际：仕路蹭蹬，有志报国却壮怀难酬，白发早生，功名未就。因而顿生感慨，发出自笑多情、光阴虚掷的叹惋。“人生如梦，一尊还酹江月”，结语看似消极，实是作者对自己怀才不遇的不平之鸣和自解自慰，可谓慷慨豪迈之情归于潇洒旷达之语，言近而意远，耐人寻味。

全词借古抒怀，雄浑苍凉，大气磅礴，笔力遒劲，境界宏阔，将写景、咏史、抒情融为一体，给人以撼魂荡魄的艺术力量，曾被誉为“古今绝唱”。

定风波

三月七日，沙湖道中遇雨。雨具先去，同行皆狼狈，余独不觉。已而遂晴，故作此词。

莫听穿林打叶声，何妨吟啸[1]且徐行。竹杖芒鞋[2]轻胜马，谁怕？一蓑烟雨任平生。　　料峭[3]春风吹酒醒，微冷，山头斜照却相迎。回首向来[4]萧瑟[5]处，归去，也无风雨也无晴。

【注释】

[1] 吟啸：魏晋名士喜撮口长啸，以示洒脱。

[2] 芒鞋：草鞋。

[3] 料峭：形容春天的寒意。

[4] 向来：刚才。

[5] 萧瑟：指雨声。

【解读】

此词作于苏轼被贬黄州之后的第三个春天。它通过野外途中偶遇风雨这一生活中的小事，于简朴中见深意，于寻常处生奇警，表现出旷达超脱的胸襟，寄寓着超凡脱俗的人生理想。

首句“莫听穿林打叶声”，一方面渲染出雨骤风狂，另一方面又以“莫听”二字点明外物不足萦怀之意。“何妨吟啸且徐行”，是前一句的延伸。在雨中照常舒徐行步，呼应该词小序“同行皆狼狈，余独不觉”，又引出下文“谁怕”——即不怕来。徐行而又吟啸，是加倍写；“何妨”二字透出一点儿俏皮，更增加挑战色彩。

首两句是全篇枢纽，以下词情都是由此生发。“竹杖芒鞋轻胜马”，写词人竹杖芒鞋，顶风迎雨，从容前行，以“轻胜马”的自我感受，传达出一种搏击风雨，笑傲人生的轻松、喜悦和豪迈之情。“一蓑烟雨任平生”，此句更进一步，由眼前风雨推及整个人生，有力地强化了作者面对人生的风风雨雨而我行我素、不畏坎坷的超然情怀。

以上数句，表现出旷达超逸的胸襟，充满清旷豪放之气，寄寓着独到的人生感悟，读来令人耳目为之一新，心胸为之舒阔。

下片前三句，是写雨过天晴的景象。这几句既与上片所写风雨对应，又为下文所发人生感慨做铺垫。最后三句“回首向来萧瑟处，归去，也无风雨也无晴”，这饱含人生哲理意味的点睛之笔，道出了词人在大自然微妙的一瞬所获得的顿悟和启示：自然界的雨晴既属寻常，毫无差别，社会人生中的政治风云、荣辱得失又何足挂齿？句中“萧瑟”二字，意谓风雨之声，与上片“穿林打叶声”相应和。“风雨”二字，一语双关，既指野外途中所遇风雨，又暗指几乎置他于死地的政治“风雨”和人生险途。

纵观全词，一种醒醉全无、无喜无悲、胜败两忘的人生哲学和处世态度呈现在读者面前。读罢全词，人生的沉浮、情感的忧乐，在我们的理念中自会有一番全新的体悟。

江城子·密州出猎

老夫聊发少年狂[1]，左牵黄[2]，右擎苍[3]。锦帽貂裘，千骑卷平冈。为报倾城随太守，亲射虎，看孙郎[4]。　酒酣胸袒尚开张，鬓微霜，又何妨！持节云中，何日遣冯唐？会挽雕弓[5]如满月，西北望，射天狼[6]。

【注释】

[1] 少年狂：此处指少年的豪情。

[2] 黄：黄色猎犬。

[3] 苍：黑色的鹰。

[4] 孙郎：指孙权。

[5] 雕弓：木背上雕有花纹的弓。

[6] 天狼：星名，一称犬星，旧说以为主侵掠，喻辽国和西夏。

【解读】

此词是苏轼于密州知州任上所作，表达了强国抗敌的政治主张，抒写了他渴望报效朝廷的壮志豪情。

此词开篇"老夫聊发少年狂"，出手不凡。这首词通篇纵情放笔，气概豪迈，一个"狂"字贯穿全篇。接下去的四句写出猎的雄壮场面，表现了猎者威武豪迈的气概：词人左手牵黄犬，右臂驾苍鹰，好一副出猎的雄姿！随从武士个个也是"锦帽貂裘"，打猎装束。千骑奔驰，腾空越野，好一幅壮观的出猎场面！为报全城士民盛意，词人也要像当年孙权射虎一样，一显身手。作者以少年英主孙权自比，更是显出东坡"狂"劲和豪兴来。

以上主要写"出猎"这一特殊场合下表现出来的词人举止神态之"狂"，下片更由实而虚，进一步写词人"少年狂"的胸怀，抒发由打猎激发起来的壮志豪情。"酒酣胸胆尚开张"，东坡为人本来就豪放不羁，再加上"酒酣"，就更加豪情洋溢了。

过片一句，言词人酒酣之后，胸胆更豪，兴致益浓。此句以对内心世界的直抒，总结了上片对外观景象的描述。接下来，作者倾诉了自己的雄心壮志：年事虽高，鬓发虽白，却仍希望朝廷能像汉文帝派冯唐持节赦免魏尚一样，对自己委以重任，赴边疆抗敌。那时，他将挽弓如满月，狠狠抗击西夏和辽的侵扰。

此作是千古传诵的东坡豪放词代表作之一。词中写出猎之行，抒兴国安邦之志，拓展了词境，提高了词品，扩大了词的题材范围，为词的创作开创了崭新的道路。作品融叙事、言志、用典为一体，调动各种艺术手段形成豪放风格，多角度、多层次地从行动和心理上表现了作者宝刀未老、志在千里的英风与豪气。

江城子·乙卯正月二十日夜记梦

十年生死两茫茫，不思量，自难忘。千里孤坟[1]，无处话凄凉。纵使相逢应不识，尘满面，鬓如霜。　　夜来幽梦忽还乡。小轩窗，正梳妆。相顾无言，唯有泪千行。料得年年肠断处，明月夜，短松冈。

【注释】

[1] 千里孤坟：王氏死后葬于四川眉山，而苏轼写这首词的地点是山东密州，所以说“千里孤坟”。

【解读】

这是一首悼亡词。作者结合自己十年来政治生涯中的不幸遭遇和无限感慨，形象地反映出对亡妻永难忘怀的真挚情感和深沉的忆念。

苏轼写这首词时正在密州（今山东诸城）任知州，他的妻子王弗在宋英宗治平二年（1065 年）死于开封。到此时（熙宁八年）为止，前后已整整十年之久了。词前小序（标题）明确指出本篇的题旨是“记梦”。

开篇点出了“十年生死两茫茫”这一悲惨的现实。这里写的是漫长岁月中的个人悲凉身世。生，指作者；死，指亡妻。这说明，生者与死者两方面都在长期相互怀念，但却消息不通，音容渺茫了。接下去写“不思量”，实际上是以退为进，恰好用它来表明生者“自难忘”这种感情的深度。“千里孤坟，无处话凄凉”两句，阐明“自难忘”的实际内容。王氏死后葬于苏轼故乡眉山，所以自然要出现“千里孤坟”。

“纵使相逢”句笔锋顿转，以进为退，设想出纵使相逢却不相识这一出人意料的后果。这里揉进了作者十年来宦海沉浮的痛苦遭际，揉进了对亡妻长期怀念的精神折磨，揉进了十年的岁月与体态的衰老。作者设想，即使突破了时空与生死的界限，生者死者得以“相逢”，但相逢时恐怕对方也难以

“相识”了。因为十年之后的作者已“尘满面，鬓如霜”，形同老人了。

词的下片写梦境的突然出现：“夜来幽梦忽还乡。小轩窗，正梳妆”，以鲜明的形象使梦境带有真实感。仿佛新婚时，作者在王氏身旁，眼看她沐浴晨光对镜理妆时的神情仪态，心里满是蜜意柔情。然而，紧接着词笔由喜转悲。“相顾无言，唯有泪千行”这两句上应“千里孤坟”两句，如今得以“还乡”，本该是尽情“话凄凉”之时，然而，心中的千言万语却一时不知从哪里说起，只好“相顾无言”，一任泪水涌流。

结尾三句是梦后的感叹，同时也是对死者的安慰。设想亡妻长眠于地下的孤独与哀伤，实际上两心相通，生者对死者的思念更是拳拳不已。

由于作者对亡妻怀有极其深厚的情感，所以即使在对方去世十年之后，作者还幻想在梦中相逢，并且通过梦境来酣畅淋漓地抒写了自己的真情实感。

蝶恋花·春景

花褪[1]残红[2]青杏小。燕子飞时，绿水人家绕。枝上柳绵吹又少，天涯何处无芳草。　墙里秋千墙外道。墙外行人，墙里佳人笑。笑渐不闻声渐悄，多情[3]却被无情[4]恼。

【注释】

[1] 花褪：指花色枯萎。

[2] 残红：指落花。

[3] 多情：指行人。

[4] 无情：指佳人。

【解读】

以豪放派著称的苏轼，也常有清新婉丽之作，这首《蝶恋花》就是这么一首杰作。

“花褪残红青杏小”，既写了衰亡，也写了新生，残红褪尽，青杏初生，这本是自然界的新陈代谢，但让人感到几分悲凉。睹暮春景色，而抒伤春之情，是古诗词中常有之意，但东坡却从中超脱了。“燕子飞时，绿水人家绕”，作者把视线离开枝头，移向广阔的空间，心情也随之轩敞。燕子飞舞，绿水环抱着村上人家。春意盎然，一扫起句的悲凉。用别人常用的意象和流利的音律把伤春与旷达两种对立的心境化而为一，恐怕只有东坡可以从容为之。“燕子飞时”化用晏殊的“燕子来时新社，梨花落后清明”，点明时间，与前后所写景色相符合。

“枝上柳绵吹又少”，与起句“花褪残红青杏小”，本应同属一组，写枝上柳絮已被吹得越来越少。但作者没有接连描写，用“燕子飞时，绿水人家绕”两句穿插，在伤感的调子中注入疏朗的气氛。絮飞花落，最易撩人愁绪。这一“又”字，表明词人看絮飞花落，非止一次。伤春之感，惜春之情，见于言外。这是地道的婉约风格。

“墙里秋千墙外道”，自然是指上面所说的那个“绿水人家”。由于绿水之内，环以高墙，所以墙外行人只能听到墙内荡秋千人的笑声，却见不到芳踪，所以说“墙外行人，墙里佳人笑”。不难想象，此刻发出笑声的佳人正在欢快地荡着秋千。这里用的是隐显手法。作者只写佳人的笑声，而把佳人的容貌与动作，则全部隐藏起来，让读者随行人一起去想象，想象一个墙里少女荡秋千的欢乐场面。可以说，一堵围墙，挡住了视线，却挡不住青春的美，也挡不住人们对青春美的向往。这种写法，可谓绝顶高明，用“隐”来激发想象，从而拓展了“显”的意境。同样是写女性，苏东坡一洗“花间派”的“绮怨”之风，情景生动而不流于艳，感情真率而不落于轻，难能可贵。

从“墙里秋千墙外道”直至结尾，词意流走，一气呵成。修辞上用的是“顶真格”，即过片第二句的句首“墙外”，紧接第一句句末的“墙外道”，第四句句首的“笑”，紧接前一句句末的“笑”，滚滚向前，不可遏止。

这首词上下句之间、上下片之间，往往体现出种种错综复杂的矛盾。例如上片结尾两句，“枝上柳绵吹又少”，感情低沉；“天涯何处无芳草”，强自振奋。这情与情的矛盾是因在现实中，词人屡遭迁谪，这里反映出思想与现实的矛盾。上片侧重哀情，下片侧重欢乐，这也是情与情的矛盾。而“多情却被无情恼”，不仅写出了情与情的矛盾，也写出了情与理的矛盾。佳人洒下一片笑声，杳然而去；行人凝望秋千，空自多情。词人虽然写的是情，但其中也渗透着人生哲理。

在江南暮春的景色中，作者借墙里、墙外，佳人、行人，一个无情、一个多情的故事，寄寓了他的忧愤之情，也蕴含了他对充满矛盾的人生悖论的思索。

李之仪

李之仪（1038—1117）北宋词人。字端叔，自号姑溪居士、姑溪老农。汉族，沧州无棣（今属山东）人。他是北宋中后期“苏门”文人集团的重要成员，官至原州（今属甘肃）通判。哲宗元祐初为枢密院编修官，通判原州。元祐末从苏轼于定州幕府，朝夕唱酬。元符中监内香药库，御史石豫参劾他曾为苏轼幕僚，不可以任京官，被停职。徽宗崇宁初提举河东常平。后因得罪权贵蔡京，除名编管太平州（今安徽当涂），后遇赦复官，晚年居当涂，卒年八十。李之仪一生官职并不显赫，但他与苏轼的文缘友情却流传至今。著有《姑溪词》。

谢池春[1]

残寒销尽，疏雨过，清明[2]后。花径[3]敛余红，风沼萦新皱[4]。乳燕穿庭户，飞絮沾襟袖。正佳时，仍[5]晚昼。著人[6]滋味，真个浓如酒。

频移带眼[7]，空只恁[8]，厌厌[9]瘦。不见又思量，见了还依旧。为问频相见，何似长相守？天不老，人未偶。且将此恨，分付[10]庭前柳。

【注释】

[1] 谢池春：词牌名。

[2] 清明：清明节，旧历二十四节气之一。

[3] 花径：花丛间的小径。

[4] 风沼：风中的池沼。新皱：指池沼水面皱起的新的波纹。

[5] 仍：连续。

[6] 著人：让人感觉。

[7] 频移带眼：皮带老是移孔，形容日渐消瘦。

[8] 恁：这样，如此。

[9] 厌厌：同“恹恹”，精神不振的样子。

[10] 分付：交托。

【解读】

这首《谢池春》用通俗浅近的语言，写离别相思之苦，其中可以看出柳永“市民词”的影响。

开头三句，点出节令，中间隔过四句之后，又说“正佳时，仍晚昼”，继续点出黄昏时分。这样，所谓“正佳时”的“佳”字，才算有着落，有根据。可见章法针脚之绵密。上片写景，以“花径敛余红”等四个五言句子为主体。这四句，笔锋触及了构成春天景物的众多方面，又各用一个非常恰当的动词把它们紧密相连，点得活生，有声有色，有动有静。“飞絮沾襟袖”一句里，已经暗示了“人”的存在，为过片处的“著人滋味，真个浓如酒”做一铺叙。“著人”，是“让人感觉到”的意思；“滋味”究竟是什么，却不能说得具体，只好用酒来比喻，而且又用“浓”来形容，用“真个”来强调，以诱读者尽量用自己的感受和经验去理解那种“滋味”，从而把这个比较抽象的概念变得可以体会、可以感悟。

过片后的四个五言句，是这首词抒情部分的核心内容了。这四句写得深，写得细，它把“不见”和“相见”“相见”和“相守”逐对比较。冠以“为问”二字，表明这还只是一种认识，一种追求，只能祈之于天、谋之于人，可是“天不老，人未偶”，仍然不得解决。“天不老”，本于李贺的名句“天若有情天亦老”，反过来说，天不老也就是天无情，不肯帮忙，于是“人未偶”，目前还处于离别相思的境地，实没有办法，只好“且将此恨，分付庭前柳”。“分付”，有交托之义。将相思别恨交付庭前垂柳，则留下了各式各样的思索的余地，正所谓含蓄而隽永。

卜算子

我住长江头，君住长江尾。日日思君不见君，共饮长江水。　此水几时休[1]，此恨何时已[2]。只愿君心似我心，定[3]不负相思意。

【注释】

[1] 休：停止。

[2] 已：完结，停止。

[3] 定：此处为衬字。在词规定的字数外适当地增添一二不太关键的字词，以更好地表情达意，谓之衬字，亦称“添声”。

【解读】

北宋崇宁二年（1103 年），李之仪被贬到太平州。祸不单行，先是女儿及儿子相继去世，接着，与他相濡以沫四十年的夫人也撒手人寰。李之仪跌落到了人生的谷底。这时一位年轻貌美的奇女子出现了，就是当地绝色歌伎杨姝。杨姝是个很有正义感的歌伎，李之仪对杨姝一见倾心，把她当知音，接连写下几首听她弹琴的诗词。这年秋天，李之仪携杨姝来到长江边，面对知冷知热的红颜知己，面对滚滚东逝奔流不息的江水，心中涌起万般柔情，写下了这首千古流传的爱情词。

这首《卜算子》深得民歌的神情风味，明白如话，复叠回环，同时又具有文人词构思新巧、深婉含蓄的特点，可以说是一种提高和净化了的通俗词。

此词以长江起兴。开头两句，“我”“君”对起，而一住江头，一住江尾，见双方空间距离之悬隔，也暗寓相思之情的悠长。重叠复沓的句式，加强了咏叹的情味，仿佛可以感触到主人公深情的思念与叹息，在阁中翘首思念的女子形象于此江山万里的悠广背景下凸现出来。

三、四两句，从前两句直接引出。江头江尾的万里遥隔，引出了“日日思君不见君”这一全词的主干；而同住长江之滨，则引出了“共饮长江水”。如果各自孤立起来看，每一句都不见出色，但连起来吟味，便觉笔墨之外别具一段深情妙理。这就是两句之间含而未宣、任人体味的那层转折。字面意思浅直：日日思君而不得见，却又共饮一江之水。深味之下，似可知尽管思而不见，毕竟还能共饮长江之水。这“共饮”又似乎多少能稍慰相思离隔之恨。词人只淡淡道出“不见”与“共饮”的事实，隐去它们之间的转折关系的内涵，任人揣度吟味，反使词情分外深婉含蕴。

“此水几时休，此恨何时已。”换头仍紧扣长江水，承上“思君不见”进一步抒写别恨。长江之水，悠悠东流，不知道什么时候才能休止，自己的相思离别之恨也不知道什么时候才能停歇。用“几时休”“何时已”这样的口吻，一方面表明主观上祈望恨之能已，另一方面又暗透客观上恨之无已。江水永无不流之日，自己的相思隔离之恨也永无消歇之时。此词以祈望恨之能已反透恨之不能已，变民歌、民间词之直率热烈为深挚婉曲，变重言错举为简约含蓄。

写到这里，词人翻出一层新的意蕴：“只愿君心似我心，定不负相思意。”恨之无已，正源于爱之深挚。“我心”既是江水不竭，相思无已，自然也就希望“君心似我心”，我定不负相思之意。江头江尾的阻隔纵然不能飞越，而两相挚爱的心灵却相通。这样一来，单方面的相思便变为双方的期许，无已的别恨便化为永恒的相爱与期待。这样，阻隔的双方心灵上便得到了永久的滋润与慰藉。从“此恨何时已”翻出“定不负相思意”，江头江尾的遥隔在这里反而成为感情升华的条件了。这首词的结拍写出了隔绝中的永恒之爱，给人以江水长流情长在的感受。

新巧的构思和深婉的情思、明净的语言、复沓的句法的结合，构成了这首词特有的灵秀隽永、玲珑晶莹的风神。

黄庭坚

黄庭坚（1045—1105），字鲁直，自号山谷道人，又号涪翁，洪州分宁（今江西修水）人，治平四年（1067年）进士，曾任国子监教授、国史编修官等职。以校书郎为《神宗实录》检讨官，迁著作佐郎。后屡遭贬谪，卒于贬所宜州。他出于苏轼门下，而与苏轼齐名，世称“苏黄”，与秦观、晁补之、张耒并称“苏门四学士”。著名诗人，开创了江西诗派。提倡“无一字无来处”和“夺胎换骨、点铁成金”之论。又能词，兼擅行、草书，为“宋四家”之一。有《山谷集》。自选其诗文名《山谷精华录》。词集为《山谷琴趣外篇》。

清平乐

春归何处？寂寞无行路[1]。若有人知春去处，唤取[2]归来同住。　　春无踪迹谁知？除非问取黄鹂[3]。百啭[4]无人能解，因风[5]飞过蔷薇。

【注释】

[1] 春归何处？寂寞无行路：言春已归去，但没有留下踪迹。

[2] 唤取：唤来。

[3] 问取：问。黄鹂：黄莺。因黄莺啼鸣于春夏之间，该知晓春之去向，故有此说。

[4] 百啭：形容黄莺婉转的鸣叫声。

[5] 因风：顺着风势。

【解读】

这是一首惜春词，表现作者惜春的心情。上片惜春在不知不觉中过去；下片惜春之无踪影可以追寻。用笔委婉曲折，层层加深惜春之情。直至最后，仍不一语道破，结语轻柔，余音袅袅，言虽尽而意未尽。作者以拟人的手法，构思巧妙，设想新奇。创造出优美的意境。

上片开首两句“春归何处？寂寞无行路”以疑问句，对春的归去提出责疑，春天回到哪里去了，为什么连个踪影也没有，一个“归”字，一个“无行路”，就把春天拟人化了。“若有人知春去处，唤取归来同住”两句，转而询问有谁知道春天的去处，要让他把“春天”给喊回来。这是一种设想，是有意用曲笔来渲染惜春的程度，使词情跌宕起伏，变化多端。

下片过头两句，把思路引到物象上，“春无踪迹谁知，除非问取黄鹂。”既然无人能知道春天的去处，看来只好去问黄鹂了，因为黄鹂是在春去夏来时出现，它应该知道春天的消息。这种想象也极为奇特，极富情趣。后两句

“百啭无人能解，因风飞过蔷薇”，这是对现实的描述。上面想象春天踪迹，也许黄鹂可以知道，然而嘤嘤鸟语，谁人能解？它不过也是自然中的一小生物而已，仅看一阵风起，它便随风飞过蔷薇花那边去了。于是春之踪迹，终于无法找寻，而心头的寂寞也就更加重了。

词中以清新细腻的语言，表现了词人对美好春光的珍惜与热爱，抒写了作者对美好事物的执着和追求。全词构思新颖委婉，思路回环反复；笔情跳脱，风格清奇；有峰回路转之妙，有超凡绝尘之感。

秦　观

秦观（1049—1100），字少游，号淮海居士。扬州高邮（今江苏省高邮市）人。神宗元丰八年（1085年）进士。曾在朝中做过小官。因新旧政党之争，被贬到郴州（今湖南省郴州市）、雷州（今广东省雷州市）等地方，放还途中卒于藤州（今广西藤县）。他以文学方面的才华而被苏轼赏识，与黄庭坚、张耒、晁补之同为“苏门四学士”。他的诗、词内容多狭窄，气格不高，但也有一些风调婉约清丽、辞情兼胜的作品。有《淮海集》等。

鹊桥仙

纤云[1]弄巧，飞星[2]传恨，银汉[3]迢迢暗度。金风玉露[4]一相逢，便胜却人间无数。　柔情似水，佳期如梦，忍顾[5]鹊桥归路。两情若是久长时，又岂在朝朝暮暮[6]。

【注释】

[1] 纤云：指七夕的巧云。

[2] 飞星：流星。

[3] 银汉：银河。

[4] 金风：秋风。玉露：白露。

[5] 忍顾：怎忍回顾。

[6] 朝朝暮暮：指朝夕相聚。语出宋玉《高唐赋》。

【解读】

借牛郎织女的故事，以超人间的方式表现人间的悲欢离合，歌颂坚贞诚挚的爱情，古已有之，如《古诗十九首》中的“迢迢牵牛星”，曹丕的《燕歌行》，李商隐的《辛未七夕》等等。宋代的欧阳修、柳永、苏轼、张先等人也曾吟咏这一题材，虽然遣词造句各异，却都因袭了“欢娱苦短”的传统主题，格调哀婉、凄楚。相形之下，秦观此词堪称独出机杼，立意高远，婉约蕴藉，余味无穷，读来荡气回肠，感人肺腑。尤其是结句“两情若是久长时，又岂在朝朝暮暮”最有境界，这两句既指出了牛郎、织女爱情模式的特点，又表述了作者的爱情观，是高度凝练的名言佳句，是爱情颂歌当中的千古绝唱。

上片写佳期相会的盛况，“纤云弄巧，飞星传恨”两句为牛郎织女每年一度的聚会渲染气氛，笔触轻盈。“银汉迢迢暗度”句写牛郎织女渡河赴会推进情节。“金风玉露一相逢，便胜却人间无数”两句由叙述转为议论，表达作者的爱情理想：他们虽然难得见面，却心心相印、息息相通，而一旦得以聚会，在那清凉的秋风白露中，他们对诉衷肠，互吐心音，是那样富有诗情画意！这岂不远远胜过尘世间那些长相厮守却貌合神离的夫妻？

下片则是写依依惜别之情。“柔情似水”，那两情相会的情意啊，就像悠悠无声的流水，是那样温柔缠绵。“似水”照应“银汉迢迢”，即景设喻，十分自然。“佳期如梦”，除言相会时间之短外，又真实地揭示了他们久别重逢后那种如梦似幻的心境。是啊，一夕佳期竟然像梦幻一般倏然而逝，才相见又分离，怎不令人心碎！“忍顾鹊桥归路”，转写分离，刚刚借以相会的鹊桥，转瞬间又成了和爱人分别的归路。不说不忍离去，却说怎忍看鹊桥归路，婉转语意中，含有无限惜别之情，含有无限辛酸眼泪。最后两句对牛郎织女致以深情的慰勉：只要两情至死不渝，又何必贪求卿卿我我的朝欢暮乐？这一惊世骇俗、振聋发聩之笔，使全词升华到新的思想高度。显然，作者否定的是朝欢暮乐的庸俗生活，歌颂的是天长地久的忠贞爱情。

这首词的议论，自由流畅，通俗易懂，却又显得婉约蕴藉，余味无穷。作者将画龙点睛的议论与散文句法和优美的形象、深沉的情感结合起来，起伏跌宕地讴歌了人间美好的爱情，取得了极好的艺术效果。

踏莎行·郴州旅舍

雾失楼台，月迷津渡[1]，桃源望断无寻处。可堪[2]孤馆闭春寒，杜鹃声里斜阳暮。　　驿寄梅花[3]，鱼传尺素[4]，砌成此恨无重数。郴[5]江幸自[6]绕郴山，为谁流下潇湘去。

【注释】

[1] 津渡：渡口。

[2] 可堪：怎堪。

[3] 驿寄梅花：请邮差寄送梅花。比喻向远方友人表达思念之情。北魏陆凯《赠范晔》诗云：“折梅逢驿使，寄与陇头人。江南无所有，聊赠一枝春。”

[4] 鱼传尺素：指传递书信。最早出自古乐府《饮马长城窟行》："客从远方来，遗我双鲤鱼。呼儿烹鲤鱼，中有尺素书。"

[5] 郴：郴州，今湖南郴州市。

[6] 幸自：本身，本来。

【解读】

这首词是作者因新旧党争连遭贬谪时所写，表达了失意人凄苦和哀怨的心情，流露了对现实政治的不满，成为蜚声词坛的千古绝唱。

"雾失楼台，月迷津渡"两句对仗工整，互文见义，不仅描写了眼前的景物，也是情景交融的佳句。"失""迷"二字，既准确地勾勒出月下雾中楼台、津渡的迷蒙模糊，同时也恰切地写出了作者迷茫无奈的意绪。"桃源望断无寻处"，词人站在旅舍观望应该已经很久了，他找寻当年陶渊明笔下的那处世外桃源，却终是徒劳。一个"断"字，让人体味出词人绝望、孤独的心情。伫立良久，诗人不得不回到现实中来，由此引出："可堪孤馆闭春寒，杜鹃声里斜阳暮。"春寒料峭，身体自然是寒冷的，然而看见夕阳西下、杜鹃悲啼，心更是寒冷而凄楚的。

"驿寄梅花，鱼传尺素"，远方的亲友寄来安慰的书信，作者按理应该高兴，但身为贬谪之人，北归无望，每一封这样的书信，可以说都刺痛了作者敏感的心弦。故于第三句急转："砌成此恨无重数。"一个"砌"字，将那无形的伤感形象化，好像还可以重重累积，终如砖石垒墙般筑起一道高无重数、沉重坚实的"恨"墙。

恨谁？恨什么？身处逆境的作者没有明说。只是化实为虚，借眼前山水作痴痴一问："郴江幸自绕郴山，为谁流下潇湘去。"意思好像是说："自己好端端的一个读书人，本想出来为朝廷做一番贡献，正如郴江原本是绕着郴山而转的呀，谁会想到如今竟卷入到一场政治斗争中不可自拔呢？"

综上所述，这首词最佳处在于虚实相间，互为生发，上片以虚带实，下片化实为虚。正如叶嘉莹先生评此词说："头三句的象征与结尾的发问有类似《天问》的深悲沉恨的问语，写得这样沉痛，是他过人的成就，是词里的一个进展。"

贺 铸

贺铸（1052—1125），字方回，号庆湖遗老，卫州（今河南）人。曾任泗州、太平州通判。好以旧谱填新词而改易其调名，谓之“寓声”。其词善于锤炼字句，又常运用古乐府及唐人诗句入词。内容多刻画闺情离思，也有嗟叹功名不就之作。词集名《贺方回词》，一名《东山词》，又名《东山寓声乐府》。亦能诗文，诗集名《庆湖遗老集》。

六州歌头

少年侠气，交结五都雄[1]。肝胆洞[2]，毛发耸。立谈中，死生同，一诺千金重。推翘勇，矜豪纵。轻盖拥[3]，联飞鞚[4]，斗城[5]东。轰饮酒垆，春色浮寒瓮，吸海垂虹。闲呼鹰嗾[6]犬，白羽[7]摘雕弓，狡穴俄空。乐匆匆。　　似黄粱梦，辞丹凤[8]，明月共，漾孤篷。官冗从[9]，怀倥偬[10]，落尘笼，簿书丛[11]。鹖弁[12]如云众，供粗用，忽奇功。笳鼓[13]动，渔阳弄[14]，思悲翁。不请长缨[15]，系取天骄种[16]，剑吼西风。恨登山临水，手寄七弦桐[17]，目送归鸿。

【注释】

[1] 少年侠气，交结五都雄：化用李白“结发未识事，所交尽豪雄”及李益“侠气五都少”诗句。五都，泛指北宋的各大城市。

[2] 洞：洞开，指肝胆相见。

[3] 盖拥：形容车马随从很盛。盖，车盖，代指车。

[4] 联飞鞚（kòng）：联辔并驰之意。飞，飞驰的马。鞚，有嚼口的马笼头。

[5] 斗（dǒu）城：汉长安故城，这里借指汴京。

[6] 嗾（sǒu）：指使犬的声音。

[7] 白羽：箭名。

[8] 丹凤：指京城。唐时长安有丹凤门，故以丹凤代指京城。

[9] 冗（rǒng）从：散职侍从官。

[10] 倥偬（kǒng zǒng）：事务繁忙。

[11] 簿书丛：处理烦琐的公文事务。簿书，官署之簿籍文书。

[12] 鹖（hé）弁（biàn）：即鹖冠，古代武冠，左右各加一鹖尾，故名鹖冠。词中代指武官。

[13] 笳（jiā）鼓：笳、鼓都是军乐器。借指军乐。

[14] 渔阳弄：为鼓曲名，汉时祢衡曾为《渔阳》参挝，声节悲壮。下文《思悲翁》为汉乐府短箫铙歌之曲，列于鼓吹，多序战阵之事。两句可合参，解为借唐时安禄山兵起渔阳，喻指北宋与周边少数民族的频繁战争。

[15] 请长缨：即请战之意。用终军故事，《汉书·终军传》："军自请：'愿受长缨，必羁南越王而致之阙下。'"

[16] 天骄种：原指胡族（如匈奴等），词中盖泛指外寇。

[17] 七弦桐：即七弦琴。桐木是制琴的最佳材料，故以"桐"代"琴"。

【解读】

贺铸十七岁至二十四岁在汴京，其间曾做过宫廷侍卫。这首词写作者少年任侠和边地有警时慷慨从军之志，雄姿壮采，在北宋词中别开生面。

此词上片回忆青少年时期在京城的任侠生活。"少年侠气，交结五都雄"，是对这段生活的总括。以下分两层来写："肝胆洞……矜豪纵"是一层，着重写少年武士们性格的"侠"。他们意气相投，肝胆相照，三言两语，即成生死之交；他们正义在胸，在邪恶面前，敢于裂眦耸发，无所畏惧；他们重义轻财，一诺千金；他们推崇勇敢，以豪侠纵气为尚。这些都从道德品质、做人准则上刻画了一班少年武士的精神面貌。由于选取了典型细节："立谈中，死生同，一诺千金重"等，写得有声有色，并不空泛。"轻盖拥……狡穴俄空"又是一层，侧重描写少年武士们日常行为上的"雄"。他们驾轻车，骑骏马，呼朋唤友，活跃在京城内外。他们随时豪饮于酒肆，且酒量极大，如长虹吸海。"春色"此处指酒。有时，他们又携带弓箭，"呼鹰嗾犬"，到郊外射猎，各种野兽的巢穴顿时搜捕一空。武艺高强，更衬托出他们的雄壮豪健。这两层互相映衬，写品行的"侠"寓含着行为的"雄"，而写行为的"雄"时又体现了性情的"侠"，非自身经历难以写得如此真切传神。笔法上极尽铺叙，如数家珍，接着仅用"乐匆匆"三字即轻轻收束上片，不愧是大手笔。

下片开头"似黄粱梦"过渡自然，既承接了上片对过去的回忆，又把思绪从过去拉回到今天的现实中来。过去的生活虽快乐，然而过于匆匆，如梦一样短暂。离开京城已经十多年过去了，如今已是中年，自己的境况又不如意。长期担任相当汉代冗从的低微官职，为了生存，孤舟漂泊，只有明月相伴。岁月倥偬，却像落入囚笼的雄鹰，一筹莫展。每天只能做些案头打杂的粗活，其保家卫国的壮志，建立奇功的才能完全被埋没了。而且像这样郁郁不得志的下层武官并非词人一个，“鹖弁如云众”。这就找出了造成这种现象的社会原因，指责了浪费人才、重文轻武的北宋当权者。“笳鼓动，渔阳弄”，点明宋朝正面临边关危机。“思悲翁”，一语双关，既是汉代有关战事的乐曲名，又是词人自称。四十岁不到，他却感到自己老了，一个“思”字，写尽了对自己被迫半生虚度、寸功未立的感慨。当年交结豪杰、志薄云天的少年武士，如今锐气已消磨许多，然而也成熟许多。其内心深处仍蕴藏着报国壮志，连身上的佩剑也在西风中发出怒吼。然而，在一派主和的政治环境中，他“请长缨，系取天骄种”的心愿只能落空。不是“不请”，而是“不能请”，或“请而不用”。于是词人只有满怀悲愤，恨恨地登山临水，将忧思寄于琴弦，把壮志托付给远去的鸿雁。词人的万千感慨都寄托在这有声的琴韵和无声的目光之中了，其哀、其愤非常幽深。因为这是一个忧国忧民、报国无门的志士的无奈与悲愤，这是那个时代的悲哀。

此词塑造的游侠壮士形象，在唐诗中屡见不鲜，但在宋词中则是前所未有的。此词第一次出现了一个思欲报国而请缨无路的“奇男子”形象，是宋词中最早出现的真正称得上抨击投降派、歌颂杀敌将士的爱国诗篇，起到了上继苏词、下启南宋爱国词的过渡作用。

全词风格苍凉悲壮，叙事、议论、抒情结合紧密，笔力雄健劲拔，神采飞扬，而且格律谨严，句短韵密，激越的声情在跳荡的旋律中得到体现，两者臻于完美的统一。

半死桐

重过阊门[1]万事非。同来何事不同归？梧桐半死清霜后[2]，头白鸳鸯[3]失伴飞。　　原上草，露初晞[4]。旧栖新垄[5]两依依。空床卧听南窗雨，谁复挑灯夜补衣！

【注释】

[1] 阊门：苏州西门。

[2] 梧桐半死清霜后：喻夫妻一死一生。

[3] 鸳鸯：喻夫妇。

[4] 晞（xī）：晒干。

[5] 新垄：指妻子新坟。

【解读】

这首词是宋徽宗建中靖国元年（1101 年）作者从北方回到苏州时悼念亡妻所作。贺铸一生辗转各地担任低级官职，抑郁不得志。年近五十闲居苏州三年，其间与他相濡以沫、甘苦与共的妻子亡故，今重游故地，想起亡妻，物是人非，作词以寄哀思。

上片开头两句用赋，直抒胸臆，写作者这次重回苏州经过阊门，一想起和自己相濡以沫的妻子已长眠地下，不禁悲从中来，只觉得一切都不顺心，遂脱口而出道："同来何事不同归？"问得十分无理，实则文学往往是讲"情"而不讲"理"的，极"无理"之词，正是极"有情"之语。

"梧桐半死清霜后，头白鸳鸯失伴飞"两句，借用典故，用半死梧桐和失伴鸳鸯比喻自己知天命之年却成为鳏夫，孑身独存的苦状，寂寞之情，溢于言表。"清霜"二字，以秋天霜降后梧桐枝叶凋零，生意索然，比喻妻子死后自己也垂垂老矣。"头白"两字一语双关，鸳鸯头上有白毛（李商隐《石城》："鸳鸯两白头。"），而词人此时已年届五十，也到了满头青丝渐成雪的年龄。这两句形象地刻画出了作者的孤独和凄凉。

过片"原上草，露初晞"承上启下，亦比亦兴，既是对亡妻坟前景物的描写，又借露水哀叹妻子生命的短暂。同时这里也是用典，汉乐府丧歌《薤露》："薤上露，何易晞！"用原草之露初晞暗指夫人的新殁，是为比，紧接上片，与"梧桐半死"共同构成"博喻"；同时，原草晞露又是荒郊坟场应有的景象，是为兴，有它下文"新垅"两字的出现就不显得突兀。

下片最后三句复用赋体。"旧栖新垄两依依"因言"新垄"，顺势化用陶渊明《归园田居五首》其四"徘徊丘垄间，依依昔人居"诗意，牵出"旧栖"。居所依依，却天人永隔。下文即很自然地转入到自己"旧栖"中的长夜不眠之思——“空床卧听南窗雨，谁复挑灯夜补衣！”夜间辗转难眠中，昔日妻子挑灯补衣的情景历历在目，却再难重见。这既是抒情最高潮，也是全词中最感人的两句。这两句，平实的细节与意象中表现妻子的贤惠、勤劳与恩爱，以及伉俪间的相濡以沫、一往情深，读来令人哀婉凄绝、感慨万千。

这首词，艺术上以情思缠绵、婉转工丽见长。作者善于把一些使人捉摸不到的情感形象化，将情与景和谐地融为一体。词中以“梧桐半死”“鸳鸯失伴”等形象化的比喻，表达了作者内心深处的亡妻之痛，又用草间霜露，比喻人生的短促，这比直陈其事更具艺术效果。

青玉案

凌波[1]不过横塘[2]路，但目送、芳尘去。锦瑟华年[3]谁与度？月桥花院，琐窗朱户[4]，只有春知处。　　飞云冉冉[5]蘅皋[6]暮，彩笔[7]新题断肠[8]句。试问闲愁都几许？一川[9]烟草，满城风絮，梅子黄时雨。

【注释】

[1] 凌波：形容女子脚步轻盈。

[2] 横塘：在苏州西南郊。

[3] 锦瑟华年：喻青春年少。

[4] 琐窗：有连锁花纹的窗户。朱户：朱红的大门。

[5] 冉冉：渐渐。

[6] 蘅皋：长满香草的高地。

[7] 彩笔：五色笔。

[8] 断肠：痛苦至极。

[9] 川：满地一片。

【解读】

这首词通过对暮春景色的描写，抒发作者所感到的“闲愁”。立意新奇，能引起人们无限想象，为当时传诵的名篇。贺铸的美称“贺梅子”就是由这首词的末句引来的。可见这首词影响之大。

“凌波不过横塘路，但目送、芳尘去。”横塘，在苏州城外。龚明之《中吴纪闻》载：“铸有小筑在姑苏盘门外十余里，地名横塘。方回往来于其间。”这里是作者隐居之所。凌波，出自曹植《洛神赋》：“凌波微步，罗袜生尘。”这里是说美人的脚步在横塘前匆匆走过，作者只有遥遥地目送她的倩影渐行渐远。基于这种可望而不可即的遗憾，作者展开丰富的想象，推测那位美妙的佳人是怎样生活的。“锦瑟华年谁与度”用李商隐“锦瑟无端五十弦，一弦一柱思华年”诗意。下句自问自答，用无限惋惜的笔调写出陪伴美人度过如锦韶华的，除了没有知觉的华丽住所，就是一年一度的春天了。这种跨越时空的想象，既属虚构，又合实情。

上片以偶遇美人而不得见发端，下片则承上片词意，遥想美人独处幽闺的怅惘情怀。“飞云冉冉蘅皋暮”一句，是说美人伫立良久，直到暮色四合，笼罩了周围的景物，才蓦然醒觉。不由得悲从中来，提笔写下柔肠寸断的诗句。蘅皋，生长着香草的水边高地，这里代指美人的住处。“彩笔”，这里用以代指美人才情高妙。那么，美人何以题写“断肠句”？于是有下一句“试问闲愁都几许？”“试问”一句的好处还在一个“闲”字。“闲愁”，即不是离愁，不是穷愁。也正因为“闲”，所以才漫无目的，漫无边际，缥缥缈缈，捉摸不定，却又无处不在，无时不有。这种若有若无，似真还幻的形象，只有那“一川烟草，满城风絮，梅子黄时雨”差堪比拟。作者妙笔一点，用博喻的修辞手法将无形变有形，将抽象变形象，变无可捉摸为有形有质，显示了超人的艺术才华和高超的艺术表现力。清王闿运说“一句一月，非一时也”就是赞叹末句之妙。

贺铸一生沉抑下僚，怀才不遇，只做过些右班殿臣、监军器库门、临城酒税之类的小官，最后以承议郎致仕。将政治上的不得志隐曲地表达在诗文里，是封建文人的惯用手法。因此，结合贺铸的生平来看，这首诗也可能有所寄托。贺铸为人耿直，不媚权贵，“美人”“香草”历来又是高洁之士的象征，因此，作者很可能以此自比。居住在香草泽畔的美人清冷孤寂，正是作者怀才不遇的形象写照。从这个意义上讲，这首词之所以受到历代文人的盛赞，“同病相怜”恐怕也是一个重要原因。当然，径直把它看作一首情词，抒写的是对美好情感的追求和可望而不可即的怅惘，亦无不可。无论从哪个角度来理解，这首词所表现的思想感情对于封建时代的人们来说，都是“与我心有戚戚焉”。这一点正是这首词具有强大生命力的关键所在。

周邦彦

周邦彦（1056—1121），字美成，号清真居士，钱塘（今浙江杭州）人。因向神宗献《汴都赋》而擢为太学正。出教授庐州，知溧水县，还京为国子监主簿。徽宗时先后任校书郎、考功员外郎、卫尉宗正少卿兼礼仪局检讨等官职。他精通音律，能自度曲，词律细密。词风浑厚和雅，富艳精工，铺张华丽。词集名《清真词》，又名《片玉集》，今人吴则虞校点《清真集》共收词二百零六首。

少年游

并刀[1]如水，吴盐[2]胜雪，纤手破新橙。锦幄[3]初温，兽烟[4]不断，相对坐调笙。　　低声问：向谁行[5]宿？城上已三更。马滑霜浓，不如休去，直是[6]少人行。

【注释】

[1] 并刀：并州出产的剪刀。并州，今山西太原一带，其地精于冶炼，自古以制造锋利的刀剪著称。

[2] 吴盐：江淮一带所晒制的散末盐称吴盐。此盐色白而味淡，古人食水果如杨梅、橙子之类，多喜佐以吴盐，渍去果酸。唐宋诗词中每见之。

[3] 幄：帐。

[4] 兽烟：兽形香炉中升起的细烟。

[5] 谁行（háng）：谁那里。

[6] 直是：就是。

【解读】

这首词，通过对女子特有口吻惟妙惟肖的刻画，曲折深微地写出对象的细微心理状态，追述作者自己在秦楼楚馆中的经历，大有呼之欲出之概。

上片以男方的视角写美人的热情待客，抒发对女子情投意合的情感。“并刀如水，吴盐胜雪，纤手破新橙”——这是富于暗示性的特写镜头。出现在观众眼前的，仅仅是两件简单的道具（并刀、吴盐）和女子一双纤手的微细动作，可那女子刻意讨好对方的隐微心理，已经为观众所觉察了。“锦幄初温，兽烟不断，相对坐调笙”——室内是暖暖的帷幕，刻着兽头的香炉轻轻升起沉水的香烟。只有两个人相对坐着，女的正调弄着手里的笙，试试它的音响；男的显然也是精通音乐的，他从女的手中接过笙来，也试吹了几声，评论它的音色音量，再请女的吹奏一支曲子。这里也仅仅用了三句话，而室内的气氛，两个人的情态，彼此的关系，男和女的身份，已经让人们看得清清楚楚了。

下片以叙事的方式来抒情，改用女方的口吻来传情，有层次，有曲折，人物心情的宛曲，心理活动的幽微，人物形象的刻画和生活细节的描写更是十分细腻逼真。

“低声问”一句直贯篇末。谁问？未明点。为何问？也未说明。“向谁行宿”是因男子的告辞引起。写来空灵含蓄，挽留的意思全用“问”话出之，更有味。只说深夜“城上已三更”，路难“马滑霜浓”，“直是少人行”；只说“不如休去”，表情措辞，分寸掌握极好。词结束在“问”上，结束在期待的神情上，意味尤长。无限情景，都自先手破橙人口中说出，更不别作一语。意思幽微，篇章奇妙。

词中所写的男女之情，意态缠绵，恰到好处，可谓“傅粉则太白，施朱则太赤”，不沾半点恶俗气味；又能语工意新。这种写生的技巧，用在散文方面已经不易着笔，用在诗词方面就更不容易了。单从技巧看，周邦彦实在是此中高手。

叶梦得

叶梦得（1077—1148），字少蕴，自号石林居士，苏州吴县（今江苏苏州）人，一说乌程（今浙江吴兴）人。哲宗绍圣四年（1097年）进士，宋徽宗时任翰林学士，南宋初年任建康（今南京）留守，晚年退居吴兴（今浙江湖州市）。词风早年婉丽，后受苏轼影响，成为豪放派词风的后继者之一。今传《石林词》。

虞美人

雨后同干誉、才卿[1]置酒来禽[2]花下作。

落花已作风前舞。又送黄昏雨。晓来庭院半残红，唯有游丝，千丈袅晴空。殷勤花下同携手，更尽杯中酒。美人不用敛蛾眉[3]，我亦多情，无奈酒阑[4]时。

【注释】

[1] 干誉、才卿：皆叶梦得友人，生平事迹不详。

[2] 来禽：林檎别名，南方称花红，北方称沙果。

[3] 蛾眉：螺子黛，乃女子涂眉之颜料，其色青黑，或以代眉毛。眉细如蛾须，乃谓蛾眉。更有以眉代指美人者。

[4] 酒阑：酒已喝干。阑：残，尽，晚。

【解读】

这是一首即兴抒情之作，词前小序已写明，是暮春雨后词人与两位友人同饮林檎花下的情景。词以健笔写柔情，以豪放衬婉约，颇得东坡婉约词之妙。

上片写景，景中宴请。昨夜一场风雨，落花无数。晓来天气放晴，庭院中半是残花。内容极为简单，写来却有层次，且有气势。从时间来看，重点是清晨，也即“晓来”之际；昨夜景象是从回忆中反映出来的。意境颇类似李清照《武陵春》“风住尘香花已尽”，但李词较凝练，叶词较舒展。一般写落花，都很哀婉低沉，如欧阳修《蝶恋花》“泪眼问花花不语，乱红飞过秋千去”，秦观《千秋岁》“春去也，飞红万点愁如海”，均极凄婉之致。可是这里却用另一种手法，不说风雨无情，摧残落花，而以落花为主语，说它风前飞舞，把“黄昏雨”给送走了。创意甚新，格调亦雅。晓来残红满院，本易怅触愁情，然词人添上一句“唯有游丝，千丈袅晴空”，情绪遂随物象扬起，给人以高旷明朗之感，音调也就高亢起来。

下片抒情，情真意切。此时词人盖已致仕居湖州卞山下，故能过此闲适生活。“殷勤花下同携手”，写主人情意之厚，友朋感情之深，语言简练通俗而富于形象性，令人仿佛看到这位贤主人殷勤地拉着干誉、才卿入座。“花下”当指林檎树下。“更尽杯中酒”，一方面表现出主人殷勤劝饮，犹如王维《送元二使安西》中所说的“劝君更尽一杯酒”；一方面也显出词情的豪放，如欧阳修《朝中措》中所写的“挥毫万字，一饮千钟”。

结尾二句写得最为婉转深刻，曲折有味。古代达官、名士饮酒，通常有侍女或歌伎侑觞。此云“美人不用敛蛾眉，我亦多情，无奈酒阑时”，“美人”即指侍女或歌伎而言，意为美人愁眉不展，即引起词人不欢。其中“酒阑时”乃此二句之规定情境。酒阑意味着人散，人散必将引起留恋、惜别的情怀，因而美人为此而敛起蛾眉，词人也因之受到感染，故而设身处地，巧语宽慰，几有同其悲欢慨。

李清照

李清照（1084—1155），号易安居士，济南（今山东省济南）人。父亲李格非为北宋文学家，曾官居礼部员外郎，丈夫赵明诚是有名的金石学家，也爱诗词。她生活在文艺气息非常浓厚的家庭里，生活美满而闲适。金兵南侵，毁灭了这种生活，南渡不久，丈夫病死，后半生在孤寂、愁苦、颠沛流离中度过。她是我国文学史上最负盛名的女词人，前期的词多写闺怨离愁和自然景物，内容比较狭窄；后期的词在个人哀情愁绪的抒写中表达了国亡家破的痛苦，具有一定的社会价值。

李清照作词自成一家，不依傍前人，具有鲜明的独创性，形象鲜明、动人，善于采用口语，擅长细腻地表现内心的感受，其在语言艺术上的独到之处可以和李煜相提并论，为后世留下很多不朽的名篇。今传《漱玉词》。

点绛唇

蹴罢秋千[1]，起来慵整纤纤手[2]。露浓花瘦，薄汗轻衣透。　　见客人来，袜刬[3]金钗溜，和羞走。倚门回首，却把青梅嗅。

【注释】

[1] 蹴（cù）罢秋千：荡完秋千。蹴，踩，踏。

[2] 慵整纤纤手：懒洋洋地搓揉着细嫩的小手。

[3] 袜刬（chǎn）：不穿鞋，穿着袜子走路。

【解读】

此词为李清照少女时代之作。词人以流利轻快的笔调，表现了少女生活的无忧无虑，活泼欢快。

上片写荡完秋千的精神状态。词人不写荡秋千时的欢乐，而是剪取了“蹴罢秋千”以后一刹那间的镜头。

此刻全部动作虽已停止，但仍可以想象得出少女荡秋千时的情景，罗衣轻扬，像燕子一样地在空中飞来飞去，妙在静中见动。“起来慵整纤纤手”，“慵整”二字用得非常恰切，从秋千上下来后，两手有些麻，却又懒得稍微活动一下，写出少女的娇憨。“纤纤手”语出《古诗十九首》：“娥娥红粉妆，纤纤出素手。”此处借以形容双手的细嫩柔美，同时也点出人物的年纪和身份。“薄汗轻衣透”，她身穿“轻衣”，也就是罗裳初试，由于荡秋千时用力，出了一身薄汗，额上还渗有晶莹的汗珠。这分娇弱美丽的神态恰如娇嫩柔弱的花枝上缀着一颗颗晶莹的露珠。“露浓花瘦”一语既表明时间是春天的早晨，地点是花园，也烘托了人物娇美的风貌。整个上片以静写动，以花喻人，生动形象地勾勒出一位少女荡完秋千后的神态。

下片写少女乍见来客的情态。她荡完秋千，正累得不愿动弹，突然花园里闯进来一个陌生人。“见客入来”，她感到惊诧，来不及整理衣装，急忙回避。

“袜刬”，指来不及穿鞋子，仅仅穿着袜子走路。“金钗溜”，是说头发松散，金钗下滑坠地，写匆忙惊慌时的表情。词中虽未正面描写这位突然来到的客人是谁，但从词人的反应中可以印证，他定是一位翩翩美少年。“和羞走”三字，把她此时此刻的内心感情和外部动作做了精确的描绘。“和羞”者，含羞也；“走”者，疾走也。然而更妙的是“倚门回首，却把青梅嗅”两句。它以极精湛的笔墨描绘了这位少女怕见又想见、想见又不敢见的微妙心理。最后她只好借“嗅青梅”这一细节掩饰一下自己，以便偷偷地看他几眼。

下片以动作写心理，几个动作层次分明，曲折多变，把一个少女惊诧、含羞、好奇以及爱恋的心理活动，栩栩如生地刻画出来。唐人韩偓《竿奁集》中写过类似的诗句：“见客入来和笑走，手搓梅子映中门。”但相比之下，“和笑走”见轻薄，“和羞走”现深挚；“手搓梅子”只能表现不安，“却把青梅嗅”则可描画矫饰：“映中门”似旁若无人，而“倚门”则有所期待，加以“回首”一笔，少女窥人之态宛然眼前。

这首词风格明快，节奏轻松，寥寥四十一字，就刻画了一个天真纯洁、感情丰富却又矜持的少女形象，可谓妙笔生花。

如梦令

常记溪亭日暮[1]，沉醉不知归路。兴尽晚回舟，误入藕花深处。争渡[2]，争渡，惊起一滩鸥鹭。

【注释】

[1] 溪亭：临水的亭台。

[2] 争渡：争着渡过。一说“争”同“怎”。

【解读】

这是一首忆昔词，以李清照特有的方式表达了她早期生活的情趣和心境，境界优美怡人，以尺幅之短给人以足够的美的享受。

“常记”两句起笔平淡，自然和谐，把读者自然而然地引到了她所创造的词境。“常记”明确表示追述，地点“溪亭”，时间是“日暮”，作者饮宴以后，已经醉得连回去的路径都辨识不出了。“沉醉”二字却露了作者心底的欢愉，“不知归路”也曲折传出作者流连忘返的情致，看起来，这是一次给作者留下了深刻印象的十分愉快的游赏。果然，接写的“兴尽”两句，就把这种意兴递进了一层，兴尽方才回舟，那么，兴未尽呢？恰恰表明兴致之高，不想回舟。而“误入”一句，行文流畅自然，毫无斧凿痕迹，同前面的“不知归路”相呼应，显示了主人公的忘情心态。

盛放的荷花丛中正有一叶扁舟摇荡，舟上是游兴未尽的少年才女，这样的美景，一下子跃然纸上，呼之欲出。

一连两个“争渡”，表达了主人公急于从迷途中找寻出路的焦灼心情。正是由于“争渡”，所以又“惊起一滩鸥鹭”，把停栖洲渚上的水鸟都吓飞了。至此，词戛然而止，言尽而意未尽，耐人寻味。

这首小令用词简练，只选取了几个片段，把移动着的风景和作者怡然的心情融合一起，写出了作者青春年少时的好心情，让人不由得想随她一道荷丛荡舟，沉醉不归。正所谓“少年情怀自是得”，这首词不事雕琢，富有一种自然之美。

如梦令

昨夜雨疏风骤[1]。浓睡不消残酒[2]。试问卷帘人[3]，却道海棠依旧。知否？知否？应是绿肥红瘦[4]。

【注释】

[1] 雨疏风骤：雨点稀疏，晚风急猛。疏，指稀疏。

[2] 浓睡不消残酒：虽然睡了一夜，仍有余醉未消。浓睡，酣睡。残酒，尚未消散的醉意。

[3] 卷帘人：正在卷帘的侍女。

[4] 绿肥红瘦：指枝叶繁茂，花朵凋零。

【解读】

这首小词借宿酒醒后询问花事的描写，曲折委婉地表达了词人的惜花伤春之情，语言清新，词意隽永。

起首两句，词面上虽然只写了昨夜饮酒过量，翌日晨起宿醉尚未尽消，但在这个词面的背后还潜藏着另一层意思，那就是昨夜酒醉是因为惜花。这位女词人不忍看到明朝海棠花谢，所以昨夜在海棠花下才饮了过量的酒，直到今朝尚有余醉。

三、四两句所写，是惜花心理的必然反应。尽管饮酒致醉一夜浓睡，但清晓酒醒后所关心的第一件事仍是园中海棠。词人情知海棠不堪一夜骤风疏雨的蹂损，窗外定是残红狼藉，落花满眼，却又不忍亲见，于是试着向正在卷帘的侍女问个究竟。一个"试"字，将词人关心花事却又害怕听到花落的消息、不忍亲见落花却又想知道究竟的矛盾心理，表达得贴切入微、曲折有致。"试问"的结果——"却道海棠依旧。"侍女的回答却让词人感到非常意外。本来以为经过一夜风雨，海棠花一定凋谢得不成样子了，可是侍女卷起窗帘，看了看外面之后，却漫不经心地答道：海棠花还是那样。一个"却"字，既表明侍女对女主人委屈的心事毫无觉察，对窗外发生的变化无动于衷，也表明词人听到答话后感到疑惑不解。她想："雨疏风骤"之后，"海棠"怎会"依旧"呢？这就非常自然地带出了结尾两句。

"知否？知否？应是绿肥红瘦。"这既是对侍女的反诘，也像是自言自语：这个粗心的丫头，你知道不知道，园中的海棠应该是绿叶繁茂、红花稀少才是。这句对白写出了诗画所不能道，写出了伤春的闺中人复杂的神情口吻，可谓传神之笔。"应是"表明词人对窗外景象的推测与判断，口吻极当。同时，这一词语中也暗含着"必然是"和"不得不是"之意。海棠虽好，风雨无情，它是不可能长开不谢的。一语之中，含有不尽的无可奈何的惜花情在，可谓语浅意深。而这一层惜花的殷殷情意，自然是"卷帘人"所不能体察也无须理会的，侍女毕竟不能像她的女主人那样感情细腻，那样对自然和人生有着更深的感悟。这也许是她之所以做出上面的回答的原因。末了的“绿肥红瘦”一语，更是全词的精绝之笔，历来为世人所称道。“绿”代替叶，“红”代替花，是两种颜色的对比；“肥”形容雨后的叶子因水分充足而茂盛肥大，“瘦”形容雨后的花朵因不堪雨打而凋谢稀少，是两种状态的对比。本来平平常常的四个字，经词人的搭配组合，竟显得如此色彩鲜明、形象生动，这实在是语言运用上的一个创造。由这四个字生发联想，那“红瘦”正是表明春天渐渐消逝，而“绿肥”正是象征着绿叶成荫的盛夏的即将来临。这种极富概括性的语言，又实在令人叹为观止。

这首小词，只有短短三十三字，却写得曲折委婉，极有层次。词人因惜花而痛饮，因情知花谢却又抱一丝侥幸心理而“试问”，因不相信“卷帘人”的回答而再次反问，如此层层转折，步步深入，将惜花之情表达得摇曳多姿。

一剪梅

红藕[1]香残玉簟[2]秋，轻解罗裳，独上兰舟[3]。云中谁寄锦书[4]来？雁字回时，月满西楼[5]。　　花自飘零水自流，一种相思，两处闲愁[6]。此情无计可消除，才下眉头，却上心头。

【注释】

[1] 红藕：红色的荷花。

[2] 玉簟（diàn）：光滑似玉的精美竹席。

[3] 兰舟：用木兰木造的舟。

[4] 锦书：家信。

[5] 月满西楼：意思是鸿雁飞回之时，西楼洒满了月光。

[6] 一种相思，两处闲愁：意思是彼此都在思念对方，可又不能互相倾诉，只好各在一方独自愁闷着。

【解读】

此词作于词人与丈夫赵明诚离别之后，寄寓着作者不忍离别的一腔深情，反映出初婚少妇沉溺于情海之中的纯洁心灵。

词的起句“红藕香残玉簟秋”，领起全篇。它的上半句“红藕香残”写户外之景，下半句“玉簟秋”写室内之物，对清秋季节起了点染作用，说明这是“已凉天气未寒时”（韩偓《已凉》诗）。全句设色清丽，意象蕴藉，不仅刻画出四周景色，而且烘托出词人情怀。花开花落，既是自然界现象，也是悲欢离合的人事象征；枕席生凉，既是肌肤的触觉，也是凄凉独处的内心感受。

上片共六句，接下来的五句按顺序写词人从昼到夜一天内所做之事、所触之景、所生之情。前两句“轻解罗裳，独上兰舟”，写的是白昼在水面泛舟之事，以“独上”二字暗示处境，暗逗离情。下面“云中谁寄锦书来”一句，则明写别后的思念。词人独上兰舟，本想排遣离愁；而怅望云天，偏起怀远之思。这一句，勾连上下。它既与上句紧相衔接，写的是舟中所望、所思；而下两句“雁字回时，月满西楼”，则又由此生发。可以想见，词人因惦念游子行踪，盼望锦书到达，遂从遥望云空引出雁足传书的遐想。而这一望断天涯、神驰象外的情思和遐想，不分白日或月夜，也无论在舟上或楼中，都是萦绕于词人心头的。

词的过片“花自飘零水自流”一句，承上启下，词意不断。它既是即景，又兼比兴。其所展示的花落水流之景，是遥遥与上片“红藕香残”“独上兰舟”两句相拍合的；而其所象喻的人生、年华、爱情、离别，则给人以“无可奈何花落去”（晏殊《浣溪沙》）之感，以及“水流无限似侬愁”（刘禹锡《竹枝词》）之恨。词的下片就从这一句自然过渡到后面的五句，转为纯抒情怀、直吐胸臆的独白。

“一种相思，两处闲愁”两句，在写自己的相思之苦、闲愁之深的同时，由己身推想到对方，深知这种相思与闲愁不是单方面的，而是双方面的，以见两心之相印。这两句也是上片“云中谁寄锦书来”句的补充和引申，说明尽管山高水远，锦书未来，而两地相思之情并无二致，足证双方情爱之笃与彼此信任之深。下句“此情无计可消除”紧接这两句。正因人已分在两处，心已笼罩深愁，此情就当然难以排遣，而是“才下眉头，却上心头”了。

作品以其清新的格调，女性特有的沉挚情感，丝毫“不落俗套”的表现方式，给人以美的享受，是一首工致精巧的别情词作。

醉花阴

薄雾浓云愁永昼[1]。瑞脑消金兽[2]。佳节又重阳，玉枕纱厨，半夜凉初透。　　东篱[3]把酒黄昏后，有暗香盈袖。莫道不销魂，帘卷西风，人比黄花瘦。

【注释】

[1] 永昼：白昼漫长。

[2] 瑞脑：一种香料。金兽：兽形的铜香炉。

[3] 东篱：代指种菊的篱园。陶渊明《饮酒》诗有“采菊东篱下，悠然见南山”句。

【解读】

这首词是作者婚后所作，抒发的是重阳佳节思念丈夫的心情。传说清照将此词寄给赵明诚后，惹得明诚比试之心大起，遂三夜未眠，作词数阕，然终未胜过李清照的这首《醉花阴》。

“薄雾浓云愁永昼”，这一天从早到晚，天空都布满“薄雾浓云”，这种阴沉沉的天气最使人感到愁闷难挨。永昼，一般用来形容夏天的白昼，这首词写的是重阳，白昼越来越短，还说“永昼”，这只是词人的一种心理感觉。时间对于欢乐与愁苦的心境分别具有相对的意义，在欢乐中时间流逝得快，在愁苦中则感到时间的步履是那样缓慢。李清照结婚不久，就与相爱至深的丈夫赵明诚分离两地，这时她正独守空房，怪不得感到日长难挨了。“瑞脑消金兽”一句，便是转写室内情景：她自个儿看着香炉里瑞脑香的袅袅青烟出神，真是百无聊赖。上片寥寥数句，把一个闺中少妇心事重重的愁态描摹出来。“佳节又重阳”一句有深意。古人对重阳节十分重视。这天亲友团聚，相携登高，佩茱萸，饮菊酒。此句暗示当此佳节良辰，丈夫不在身边。一个“又”字，是有很浓的感情色彩的，突出地表达了她的伤感情绪。紧接着两句：“玉枕纱厨，半夜凉初透。”丈夫不在家，玉枕孤眠，纱帐内独寝，又会有什么感触！“半夜凉初透”，不只是时令转凉，而是别有一番凄凉滋味。

下片写重阳节这天赏菊饮酒的情景。把酒赏菊本是重阳佳节的一个主要节目，大概为了应景吧，李清照在屋里闷坐了一天，直到傍晚，才强打精神“东篱把酒”来了。可是，这并未能宽解一下愁怀，反而在她的心中掀起了更大的感情波澜。重阳是菊花节，菊花开得极盛极美，她一边饮酒，一边赏菊，染得满身花香。然而，她又不禁触景伤情，菊花再美，再香，也无法送给远在异地的亲人。“有暗香盈袖”一句，“暗香”指代菊花。菊花经霜不落，傲霜而开，风标与梅花相似，暗示词人高洁的胸襟和脱俗的情趣。同时也流露出“馨香满怀袖，路远莫致之”的深深遗憾。这是暗写她无法排遣对丈夫的思念。她实在情不自禁，再无饮酒赏菊的意绪，于是匆匆回到闺房。“莫道不销魂”，直承“东篱把酒”以“人拟黄花”的比喻，与全词的整体形象相结合。“帘卷西风”一句，更直接为“人比黄花瘦”句做环境气氛的渲染，使人想象出一幅画面：重阳佳节佳人独对西风中的瘦菊。有了时令与环境气氛的烘托，“人比黄花瘦”才有了更深厚的寄托，此句也才能成为千古传诵的佳句。

本词最突出的特点，是作者在自然景物的描写中，加入自己浓重的感情色彩，使客观环境和人物内心的情绪融和交织。尤其是结尾三句，用黄花比喻人的憔悴，以瘦暗示相思之深，含蓄深沉，言有尽而意无穷，历来广为传诵。

永遇乐

落日熔金，暮云合璧，人在何处？染柳烟浓，吹梅笛怨[1]，春意知几许！元宵佳节，融和天气，次第[2]岂无风雨？来相召，香车宝马，谢他酒朋诗侣。

中州[3]盛日，闺门多暇，记得偏重三五[4]。铺翠冠儿[5]，捻金雪柳[6]，簇带争济楚[7]。如今憔悴，风鬟霜鬓，怕见[8]夜间出去。不如向、帘儿底下，听人笑语。

【注释】

[1] 梅笛怨：即笛曲《梅花落》。

[2] 次第：转眼之间。

[3] 中州：即古代的豫州（今河南中部），因居九州之中，故亦称中州。

[4] 三五：十五日。此处指元宵节。

[5] 铺翠冠儿：镶有珠翠的帽子。

[6] 捻金雪柳：以捻金为装饰的雪柳。雪柳，妇女插戴的装饰品。

[7] 争济楚：竞相媲美。

[8] 怕见：当时俗语，意即不愿意，不想。含有无可奈何之意。

【解读】

这首感怀词，作于词人南渡之后。

上片写今年元宵节的情景。“落日熔金，暮云合璧”着力描绘元夕绚丽的暮景，写的是落日的光辉，像熔解的金子，一片赤红璀璨；傍晚的云彩，围着璧玉一样的圆月。两句对仗工整，辞采鲜丽，形象飞动。但紧接着一句“人在何处”，却宕开去，是一声充满迷惘与痛苦的长叹。这里包含着词人由今而昔、又由昔而今的意念活动。置身表面上依然热闹繁华的临安，恍惚又回到“中州盛日”，但旋即又意识到这只不过是一时的幻觉，因而不由自主地发出“人在何处”的叹息。这是一个饱经丧乱的人似曾相识的情景面前产生的一时的感情活动，看似突兀，实则含蕴丰富，耐人咀嚼。“染柳烟浓，吹梅笛怨，春意知几许”三句，又转笔写初春之景：浓浓的烟霭的熏染下，柳色似乎深了一些；笛子吹奏出哀怨的《梅花落》曲调，原来先春而开的梅花已经凋谢了。这眼前的春意究竟有多少呢？“几许”是不定之词，具体运用时，意常侧重于少。“春意知几许”，实际上是说春意尚浅。词人不直说梅花已谢而说“吹梅笛怨”，借以抒写自己怀念旧都的哀思。正因为这样，虽有“染柳烟浓”的春色，却只觉春意味少。

“元宵佳节，融和天气，次第岂无风雨？”承上描写作一收束。佳节良辰，应该畅快地游乐了，却又突作转折，说转眼间难道就没有风雨吗？这种突然而起的“忧愁风雨”的心理状态，深刻地反映了词人多年来颠沛流离的境遇和深重的国难家仇所形成的特殊心境。“来相召，香车宝马，谢他酒朋诗侣”，词人的晚景虽然凄凉，但由于她的才名家世，临安城中还是有一些贵家妇女乘着香车宝马邀她去参加元宵的诗酒盛会。只因心绪落寞，她都婉言推辞了。这几句看似平淡，却恰好透露出词人饱经忧患后近乎漠然的心理状态。

“中州盛日，闺门多暇，记得偏重三五。”由上片的写今转为忆昔。遥想当年汴京繁盛的时代，自己有的是闲暇游乐的时间，而最重视的是元宵佳节。“铺翠冠儿，捻金雪柳，簇带争济楚。”这天晚上，同闺中女伴们戴上插着翠鸟羽毛的时兴帽子和金线捻丝所制的雪柳，穿戴得齐齐整整，前去游乐。这几句集中写当年的着意穿戴打扮，既切合青春少女的特点，充分体现那时无忧无虑的游赏兴致，同时也从侧面反映了汴京的繁华热闹。以上六句忆昔，语调轻松欢快，多用当时俗语，宛然少女心声。

但是，昔日的繁华欢乐早已成为不可追寻的幻梦，“如今憔悴，风鬟霜鬓，怕见夜间出去。”历尽国破家倾、夫亡亲逝之痛，词人不但由风华正茂的少女变为形容憔悴、蓬头霜鬓的老妇，而且心也老了，对外面的热闹繁华提不起兴致，懒得夜间出去。“盛日”与“如今”两种迥然不同的心境，从侧面反映了金兵南下前后两个截然不同的时代和词人相隔霄壤的生活境遇，以及它们在词人心灵上投下的巨大阴影。

“不如向、帘儿底下，听人笑语。”此时却又横生波澜，词人一方面担心面对元宵盛景会触动今昔盛衰之慨，加深内心的痛苦；另一方面却又怀恋着往昔的元宵盛况，想在观赏今夕的繁华中重温旧梦，给沉重的心灵一点儿慰藉。这种矛盾心理，看来似乎透露出她对生活还有所追恋的向往，但骨子里却蕴含着无限的孤寂悲凉。面对现实的繁华热闹，她却只能在隔帘笑语声中重温旧梦。

这首词在艺术上除了运用今昔对照与丽景哀情相映的手法外，还有意识地将浅显平易而富于表现力的口语与锤炼工致的书面语交错融合，造成一种雅俗相济、俗中见雅、雅不避俗的特殊语言风格。

张端义《贵耳集》：“晚年自南渡后，怀京洛旧事，赋元宵《永遇乐》词云‘落日熔金，暮云合璧’已自工致。至于‘染柳烟浓，吹梅笛怨，春意知几许？’气象更好，后叠云：‘于今憔悴，风鬟霜鬓，怕见夜间出去。’皆以寻常语度入音律，炼句精巧则易，平淡入调者难。”

声声慢

寻寻觅觅，冷冷清清，凄凄惨惨戚戚。乍暖还寒[1]时候，最难将息[2]。三杯两盏淡酒，怎敌他、晚来风急。雁过也，正伤心，却是旧时相识。

满地黄花堆积，憔悴损，如今有谁堪摘[3]？守着窗儿，独自怎生[4]得黑？梧桐更兼细雨，到黄昏，点点滴滴。这次第[5]，怎一个愁字了得！

【注释】

[1] 乍暖还寒：指秋天的天气忽然变暖，又忽然转冷。

[2] 将息：调养休息，保养安宁。

[3] 堪摘：可摘。

[4] 怎生：怎样的。生，语助词，无实义。

[5] 次第：光景、情境。

【解读】

李清照早年过着优裕安乐的生活，自靖康之变后，流寓南方，丈夫病死，境遇孤苦，伤于人事自然是难免的。这时期她的作品再没有当年的那种清新可人、浅斟低唱，而转为沉郁凄婉，主要抒写她对亡夫赵明诚的怀念和自己孤单凄凉的景况。《声声慢·寻寻觅觅》便是这时期的典型代表作品之一。

这首词起句便不寻常，一连用七组叠词，加强刻画了她百无聊赖的心情，一种莫名的愁绪便在心头弥漫开来，奠定了全词的感情基调。这绝对是一种了不起的创造。另外，宋词本是用来演唱的，音调和谐是一个很重要的内容。李清照对音律有着极深的造诣，所以这七组叠词朗读起来，便有一种大珠小珠落玉盘的感觉，令人回味无穷。“乍暖还寒时候，最难将息”两句，写气候冷暖不定，令人不堪将养。“三杯两盏淡酒，怎敌他、晚来风急”两句，言寒风袭人，愁思难解。“雁过也，正伤心，却是旧时相识”三句，叙生死隔绝，音容渺茫，尤为堪伤。层层深入，愈入愈悲。

下片由秋日高空转入自家庭院。园中开满了菊花，秋意正浓。

这里“满地黄花堆积”是指菊花盛开，而非残英满地。“憔悴损”是指自己因忧伤而憔悴瘦损，而不是指菊花枯萎凋谢。正由于自己无心看花，虽值菊堆满地，却不想去摘它赏它，这才是“如今有谁堪摘”的确解。然而人不摘花，花当自萎；及花已损，则欲摘已不堪摘了。这里既写出了自己无心摘花的郁闷，又透露了惜花将谢的情怀，笔意比唐人杜秋娘所唱的“有花堪折直须折，莫待无花空折枝”要深远多了。“守着窗儿，独自怎生得黑”两句，叙终日之无所适从，一个“黑”字，韵极险而情更惨。“梧桐更兼细雨，到黄昏、点点滴滴”两句，言境况之凄凉，妙在出神入化。末两句，总束前景前情。通首纯用赋法，景语全作情语。身世之悲，溢于言表。

分析此词的写作背景，时值金兵入侵、国土沦丧、朝政昏庸腐朽、人民流离失所，因此词人那种非比寻常的凄苦哀愁也就不难理解了。由于具有一定的现实性和社会意义，《声声慢》这首满含凄苦之情的词堪称千古绝唱！

张元幹

张元幹（1091—1161），字仲宗，号真隐山人、芦川居士。与抗金将领一同积极主张抗金，并因李纲免职获罪。词风格多样，南渡后由清丽婉约一变而为慷慨豪放。有《芦川词》《芦川归来集》。

贺新郎·送胡邦衡[1]待制赴新州

梦绕神州[2]路，怅秋风、连营画角，故宫离黍[3]。底事昆仑倾砥柱，九地黄流乱注[4]。聚万落千村狐兔。天意[5]从来高难问，况人情老易悲难诉[6]。更南浦[7]，送君去。

凉生岸柳催残暑，耿斜河[8]、疏星淡月，断云微度。万里江山知何处？回首对床夜语[9]。雁不到，书成谁与[10]？目尽青天怀今古，肯[11]儿曹[12]恩怨相尔汝！举大白[13]，听《金缕》[14]。

【注释】

[1] 胡邦衡：即胡铨，字邦衡，因忤秦桧，被除名，编管新州。作者作此词为其送行。

[2] 神州：原指全国，此指中原沦陷区。

[3]“怅秋风”二句：这是作者设想的中原地区的荒凉景象。故宫离黍，即昔日宋王朝在汴京的宫殿今日已是杂草丛生，破败不堪。

[4]“底事”二句：用砥柱山倾倒，造成黄河泛滥比喻金人南侵给中原地区带来的灾难。底事，为什么。

[5] 天意：原指上苍的意念，这里指皇帝的想法。

[6] 况人情老易悲难诉：化用杜甫《暮春江陵送马大卿公恩命追赴阙下》诗中“天意高难问，人情老易悲”两句。

[7] 更：含有更加失望的意思。南浦：泛指送别的渡口。

[8] 耿斜河：明朗的银河。斜河即银河。

[9] 回首对床夜语：回忆夜里床对床谈心。

[10] 雁不到，书成谁与：意谓胡铨被贬的地方很遥远，别后音信难通。

[11] 肯：怎么肯。

[12] 儿曹：小孩子们。

[13] 大白：酒杯名。

[14]《金缕》:《贺新郎》的别名。

【解读】

此词作于绍兴十二年(1142年)。绍兴八年，胡铨因谏议和而被贬至福州，又遭秦桧迫害，移新州（今广东新兴）编管。张元幹作此词为胡铨壮行，后因此词而被捕下狱，并被削职为民。词极慷慨愤激，忠义之气，溢于字里行间。

词的上片为记述时事。

前四句写中原沦陷的惨状。“梦绕神州路”，是说我辈灵魂都离不开未复的中原。随后三句，写值此金秋在萧萧的风声之中，一方面号角之声连绵不断，似乎武备军容，十分雄武，而另一方面想起故都汴州，已是禾黍稀疏，一片荒凉。此句将南宋局势缩摄于尺幅之中。以下便由此发出强烈的质问之声。

“昆仑倾砥柱，九地黄河乱注”用来比喻北宋王朝的沦亡和金兵的猖狂进攻。古人相信黄河源出昆仑山，《淮南子·地形训》：“河水出昆仑东北陬”。传说昆仑山有铜柱，其高入天，称为天柱。此以昆仑天柱、黄河砥柱连类并书。底事，为什么，质问“昆仑倾砥柱，九地黄河乱注”的原因。“悲万落千村狐兔”则形象描写中原经金兵铁蹄践踏后的荒凉景象。

随后四句感慨时事，点明送别。前面词人提出疑问，问而不答。乃因答案分明，不言即知，况涉及朝廷统治者而不能言。于是顿挫之笔曲折至“天意从来高难问，人情老易悲”。言外之意，天高固然难测，而衣冠华族沦于异族之手，实乃人事使然，今有深仇而不思报，故长叹“悲难诉”。一句“悲难诉”包含了多层意味：北宋议和灭亡之悲难诉；南宋王朝苟且偷生、偏安江左、迫害忠良之悲难诉。接着，笔锋自然转至送别胡铨——“更南浦，送君去”。

词的下片为痛叙别情。

“凉生岸柳催残暑”至“断云微度”描写了别时景物。饯别是在水畔，征帆既去，但不忍离去，伫立到江边以致柳枝随风吹飘起，产生一丝凉气。夜色已深，银河明朗，月淡星疏，暗云流动。景色凄美，人心亦为别而凉，充满对挚友依依惜别与深切怀念之情。

随后“万里江山知何处”至“书成谁与”，设想别后之心情。此别之后，不知胡公流落之地，相距万里，想在一块儿共吐心事，已经是不可能的！鸿雁不至，书信将凭谁寄付？这几句既反映了他们深厚的友情，也表达了他们对国事的感慨：君此去道路茫茫，国家前途亦茫茫。

最后四句，遣愁致送别意。“目尽青天怀今古”照应“天意从来高难问”，有四顾苍茫之感；“肯儿曹恩怨相尔汝”，言大丈夫不能“无为在歧路，儿女共沾巾”：我们都是胸襟广阔之人，看的是整个天下，关注的是古今大事，岂肯像小儿女那样只对彼此的恩恩怨怨关心？满腹悲愤感情，通过层次井然的多次转折，达到最高峰，何以解忧，唯有杜康：让我们举起酒杯来，听我唱一支《金缕曲》，送君上路吧！此二句，以豪情排遣极痛，慷慨悲壮，余音缭绕。

岳　飞

岳飞（1103—1142），字鹏举，相州汤阴（今河南省）人。他少时勤奋读书，二十岁从军，是南宋初期的抗金名将，战功卓著，曾任少保、枢密副使，封武昌郡开国公。因坚持抗金、反对和议，为秦桧所害，年仅三十九岁。孝宗时昭雪，追谥“武穆”，宁宗时追封鄂王，理宗时改谥“忠武”。有《岳武穆集》。

满江红

怒发冲冠[1]，凭栏处、潇潇[2]雨歇。抬望眼，仰天长啸，壮怀激烈。三十功名尘与土[3]，八千里路云和月[4]。莫等闲、白了少年头，空悲切。

靖康耻[5]，犹未雪[6]；臣子恨，何时灭！驾长车，踏破贺兰山缺[7]。壮志饥餐胡虏肉，笑谈渴饮匈奴血。待从头、收拾旧山河，朝天阙[8]。

【注释】

[1] 怒发冲冠：愤怒得头发竖起，以至于将帽子顶起。

[2] 潇潇：形容雨势急骤。

[3] 三十功名尘与土：年过三十取得的功名像尘土一样微不足道。

[4] 八千里路云和月：披星戴月，转战千里。

[5] 靖康耻：宋钦宗靖康二年（1127 年），金兵攻陷汴京，掳走徽、钦二帝。

[6] 雪：洗刷。

[7] 驾长车，踏破贺兰山缺：驾着战车，向敌人发动进攻，连贺兰山也要踏平。贺兰山，在今宁夏回族自治区和内蒙古自治区境内。此指金人占据的战略要地。

[8] 朝天阙：朝见皇帝。天阙，指皇帝住的地方。

【解读】

此词为抒写壮怀而作，慷慨悲壮，气吞山河。

上片写作者悲愤中原重陷敌手，痛惜前功尽弃的局面，也表达自己继续努力，争取壮年立功的心愿。

开头五句起势突兀，破空而来。胸中的怒火在熊熊燃烧，不可阻遏。这时，一阵急雨刚刚停止，词人站在楼台高处，正凭栏远望。他看到那已经收复却又失掉的国土，想到了重陷水火之中的百姓，不由得“怒发冲冠”，“仰天长啸”“壮怀激烈”。“怒发冲冠”，表现出如此强烈愤怒的感情并不是偶然的，这是作者的理想与现实发生尖锐激烈的矛盾的结果。他面对投降派的不抵抗政策，义愤填膺，“怒发冲冠”。这几句一气贯注，为我们生动地描绘了一位忠臣义士和忧国忧民的英雄形象。

接着四句激励自己，不要轻易虚度这壮年光阴，争取早日完成抗金大业。“三十功名尘与土”，是对过去的反省，表现作者渴望建立功名、努力抗战的思想。三十岁左右正当壮年，古人认为这时应当有所作为，可是，岳飞悔恨自己功名还与尘土一样，没有什么成就。岳飞梦寐以求的是渡过黄河，收复国土，完成抗金救国的神圣事业，功名不过像尘土一样，微不足道。“八千里路云和月”，是说不分阴晴，转战南北，在为收复中原而战斗，是对未来的瞻望。上一句写视功名为尘土，这一句写杀敌任重道远，个人为轻，国家为重，生动地表现了作者强烈的爱国热忱。“莫等闲、白了少年头，空悲切”反映了作者积极进取的精神。这对当时抗击金兵、收复中原的斗争，显然起到了鼓舞斗志的作用。与主张议和，偏安江南，苟延残喘的投降派，形成了鲜明的对照。这既是岳飞的自勉之辞，也是对抗金将士的鼓励和鞭策。

词的下片运转笔端，抒写词人对于民族敌人的深仇大恨，统一祖国的殷切希望，忠于朝廷即忠于祖国的赤诚之心。

“靖康耻，犹未雪；臣子恨，何时灭？”突出全诗中心，由于没有雪“靖康”之耻，岳飞发出了心中的恨何时才能消除的感慨。这也是他要“驾长车，踏破贺兰山缺”的原因，又把“驾长车，踏破贺兰山缺”具体化了。从“驾长车”到“笑谈渴饮匈奴血”都以夸张的手法表达了对凶残敌人的愤恨之情，同时表现了英勇的信心和无畏的乐观精神。“待从头、收拾旧山河，朝天阙。”以此收尾，把收复山河的宏愿，把艰苦的征战，以一种乐观主义精神表现出来，既表达必将胜利的信心，也说了对朝廷和皇帝的忠诚。岳飞在这里不直接说凯旋、胜利等词，而用了“收拾旧山河”，显得既有诗意又形象。

这首词代表了岳飞“精忠报国”的英雄之志，表现出一种浩然正气、英雄气质，表现了报国立功的信心和乐观主义精神。词里句中无不透出雄壮之气，充分表现作者忧国报国的壮志胸怀。这首爱国将领的抒怀之作，情调激昂，慷慨壮烈，充分表现了中华民族不甘屈辱，奋发图强，雪耻若渴的神威，从而成为反侵略战争的名篇。

张孝祥

张孝祥（1132—1169），字安国，号于湖居士，历阳乌江（安徽和县）人，曾任建康留守等官，是南宋著名的爱国词人，有《于湖居士文集》。

六州歌头

长淮[1]望断，关塞莽然平[2]。征尘暗，霜风劲，悄边声[3]。黯销凝[4]。追想当年事[5]，殆天数，非人力，洙泗上，弦歌地，亦膻腥[6]。隔水毡乡[7]，落日牛羊下[8]，区脱[9]纵横。看名王宵猎，骑火一川明[10]。笳鼓悲鸣。遣人惊。

念腰间箭，匣中剑，空埃蠹[11]，竟何成。时易失，心徒壮，岁将零[12]。渺神京[13]。干羽[14]方怀远，静烽燧[15]，且休兵。冠盖使，纷驰骛[16]，若为情[17]。闻道中原遗老，常南望、翠葆霓旌[18]。使行人到此，悲愤气填膺。有泪如倾。

【注释】

[1] 长淮：指淮河。宋高宗绍兴十一年（1141 年）与金和议，以淮河为宋金的分界线。此句即远望边界之意。

[2] 关塞莽然平：草木茂盛，齐及关塞。谓边备松弛。莽然，草木茂盛貌。

[3]“征尘暗”三句：意谓飞尘阴暗，寒风猛烈，边声悄然。此处暗示对敌人放弃抵抗。

[4] 黯销凝：感伤出神之状。黯，精神颓丧貌。

[5] 当年事：指靖康二年（1127 年）中原沦陷的靖康之变。

[6]“洙泗上”三句：意谓连孔子故乡的礼乐之邦亦陷于敌手。洙、泗，鲁国二水名，流经曲阜（春秋时鲁国国都），孔子曾在此讲学。弦歌地，指礼乐文化之邦。《论语 · 阳货》：“子之武城，闻弦歌之声。”膻（shān），腥臊气。

[7] 毡乡：指金国。北方少数民族住在毡帐里，故称为毡乡。

[8] 落日牛羊下：定望中所见金人生活区的晚景。《诗经·王风·君子于役》：“日之夕矣，羊牛下来。”

[9] 区（ōu）脱：汉时匈奴防敌土室。这里指金人在长江北岸所作防备的建筑。

[10] 看名王宵猎，骑火一川明：写敌军威势。名王，此指敌方将帅。宵猎，夜间打猎。骑火，举着火把的马队。

[11] 埃蠹（dù）：尘掩虫蛀。

[12] 零：尽。

[13] 渺神京：收复京城更为渺茫。神京，指北宋都城汴京。

[14] 干羽：舞者所执的盾和雉羽，此借用《尚书·大禹谟》“舞干羽于两阶，七旬有苗格”的故事，此指朝廷与金人讲和。

[15] 静烽燧（suì）：边境上平静无战争。烽燧，即烽烟。

[16] 驰骛（wù）：奔走忙碌，往来不绝。

[17] 若为情：意为“怎么好意思”。

[18] 翠葆霓旌：指皇帝的仪仗。翠葆，以翠鸟羽毛为饰的车盖。霓旌，像虹霓似的彩色旌旗。

【解读】

这首词作于宋孝宗隆兴二年（1164年）。隆兴元年（1163年），张浚领导的南宋北伐军在符离（今安徽宿州北）溃败，主和派得势，将淮河前线边防撤尽，向金国遣使乞和。张浚召集抗金义士于建康（今南京），拟上书宋孝宗，反对议和。当时张孝祥任建康留守，既痛边备空虚，敌势猖獗，尤恨南宋王朝投降媚敌求和的可耻，在一次宴会上，即席挥毫，写下了这首著名的词作。词中描写了沦陷区的荒凉景象和敌人的骄横残暴，抒发了反对议和的激昂情绪。

上片描写江淮区域宋金对峙的态势。

自绍兴十一年十一月，宋“与金国和议成，立盟书，约以淮水中流画疆”（《宋史·高宗纪》）。昔日曾是动脉的淮河，如今变成边境。国境已收缩至此，只剩下半壁江山。极目千里淮河，南岸一线的防御无屏障可守，只是莽莽平野而已。江淮之间，征尘暗淡，霜风凄紧，更增战后的荒凉景象。“黯销凝”一语，揭示出词人的壮怀，黯然神伤。追想当年靖康之变，二帝被掳，宋室南渡。谁实为之？天耶？人耶？洙、泗二水经流的山东，是孔子当年讲学的地方，如今也为金人所占，这对于词人来说，不禁从内心深处激起震撼、痛苦和愤慨。自“隔水毡乡”直贯到歇拍，写隔岸金兵的活动。一水之隔，昔日耕稼之地，此时已变为游牧之乡。帐幕遍野，日夕吆喝着成群的牛羊回栏。更应警觉的是，金兵的哨所纵横，防备严密。尤以烈火照野，凄厉的笳鼓可闻，令人惊心动魄。金人南下之心未死，国势仍是可危。

下片抒写复国的壮志难酬，朝廷当政者苟安于和议现状，中原人民空盼光复，词情更加悲壮。

下片开头，词人倾诉自己空有杀敌的武器，只落得尘封虫蛀而无用武之地。时不我待，徒具雄心，却等闲虚度。“渺神京”以下一段，悲愤的词人把词笔犀利锋芒直指偏安的小朝廷。汴京邈远，何时光复！这不能不归罪于一味偷安的朝廷。“干羽方怀远”活用《尚书·大禹谟》“舞干羽于两阶”故事。据说舜大修礼乐，曾使远方的有苗族来归顺。词人借以辛辣地讽刺朝廷放弃失地，安于现状。所以下面一针见血地揭穿说，自绍兴和议成后，每年派遣贺正旦、贺金主生辰的使者、交割岁币银绢的交币使以及有事交涉的国信使、祈请使等，充满道路，在金受尽屈辱；忠直之士更有被扣留或被杀害的危险。即如使者至金，在礼节方面仍须居于下风。“闻道”两句写金人统治下的父老同胞，年年盼望王师早日北伐收复天地。作者举出中原人民向往故国，殷切盼望复国的事实，就更深刻地揭露偏安之局是多么违反人民意愿，多么使人感到气愤。结尾三句顺势所至，更把出使者的心情写出来。任何一位爱国者出使渡淮北去，就都要为中原大地的长期不能收复而激起满腔悲愤，为中原人民的年年伤心失望而倾洒出热泪。“使行人到此”一句，“行人”或解作路过之人，亦可通。

这首词的强大生命力就在于词人强烈的爱国精神。正如词中所显示，熔铸了民族的与文化的、现实的与历史的、人民的与个人的因素，是一种极其深厚的爱国主义精神。同时，《六州歌头》篇幅长，格局阔大，多用三言、四言的短句，构成激越紧张的促节，声情激壮，正是词人抒发满腔爱国激情的极佳艺术形式。词中，把宋金双方的对峙局面，朝廷与人民之间的尖锐矛盾，加以鲜明对比。多层次、多角度地展示了那个时代的宏观历史画卷，强有力地表达出人民的心声。

陆　游

陆游（1125—1210），字务观，号放翁，越州山阴（今浙江绍兴）人，南宋著名爱国诗人。绍兴年间赴临安应礼部试，遭秦桧黜落。孝宗即位，赐进士出身。曾任镇江、隆兴、夔州通判。陆游一生积极主张抗金，亦长期受压制。其诗作多表现抗敌复国之志。有《剑南诗稿》《渭南文集》等。

钗头凤

红酥手，黄縢酒[1]，满城春色宫墙柳[2]。东风恶，欢情薄，一怀愁绪，几年离索[3]。错，错，错。　　春如旧，人空瘦，泪痕红浥[4]鲛绡[5]透。桃花落，闲池阁。山盟[6]虽在，锦书[7]难托。莫，莫，莫。

【注释】

[1] 黄縢（téng）酒：据陈鹄《耆旧续闻》说是“黄封酒”，即官酒。

[2] 宫墙柳：比喻唐琬已改嫁他人，有如禁宫里的杨柳，可望而不可即。

[3] 离索：离散，分别。

[4] 浥（yì）：湿润。

[5] 鲛绡（jiāo xiāo）：此指丝绸织的手帕。

[6] 山盟：山盟海誓。

[7] 锦书：书信。

【解读】

陆游出生于一个殷实的书香之家，幼年时期，即与表妹唐琬相识，情投意合，而且两人都擅诗词，常借诗词互诉衷肠，互相唱和，丽影成双。婚后，更是伉俪情深、琴瑟甚和。不料，作为婚姻包办人之一的陆母却对儿媳产生了厌恶感，屡屡逼迫陆游休弃唐氏。

在陆游百般哀求而无效的情况下，两人终于被迫分离，唐氏改嫁“同郡宗子”赵士程，彼此之间也就音信全无了。几年以后的一个春日，陆游在家乡山阴（今绍兴市）城南禹迹寺附近的沈园，与偕夫同游的唐氏邂逅。唐氏安排酒肴，聊表对陆游的抚慰之情。陆游见人感事，心中感触很深，遂乘醉吟赋这首词，信笔题于园壁之上。

词的上片通过追忆往昔美满的爱情生活，感叹被迫离异的痛苦，分两层意思。开头三句为上片的第一层，回忆往昔与唐氏偕游沈园时的美好情景：“红酥手，黄縢酒，满城春色宫墙柳。”“红酥手”，不仅写出了唐氏为词人殷勤把盏时的美丽姿态，而且还具体而形象地表现出这对恩爱夫妻之间的柔情蜜意以及他们婚后生活的美满与幸福。第三句又为这幅春园夫妻把酒图勾勒出一个广阔而深远的背景，点明了他们是在共赏春色。而唐氏手臂的红润、酒的黄封以及柳色的碧绿，又使这幅图画有了明丽而又和谐的色彩感。

“东风恶”几句为第二层，写词人被迫与唐氏离异后的痛苦心情。上一层写春景春情，无限美好，到这里突然一转，激愤的感情潮水一样冲破词人心灵的闸门，无可遏止地宣泄下来。

词的下片，由感慨往事回到现实，进一步抒写夫妻被迫离异的巨大哀痛，也分为两层。换头三句为第一层，写沈园重逢时唐氏的表现。“春如旧”承上片“满城春色”句而来，这又是此时相逢的背景。依然是从前那样的春日，但是，人却今非昔比了。以前的唐氏，肌肤是那样红润，焕发着青春的活力；而此时的她，经过“东风”的无情摧残，憔悴了，消瘦了。“泪痕”句通过刻画唐氏的表情动作，进一步表现出此次相逢时她的心情状态。旧园重逢，念及往事，她怎能不泪流满面呢？词的最后几句，是下片的第二层，写词人与唐氏相遇以后的痛苦心情。“山盟虽在，锦书难托”更是将词人内心的矛盾和煎熬很好地表现了出来：明明在爱，却又不能去爱；明明不能去爱，却又割不断这爱缕情丝。刹那间，有爱，有恨，有痛，有怨，再加上看到唐氏的憔悴容颜和悲戚情状所产生的怜惜之情、抚慰之意，真是百感交集，万箭镞心……

次年，唐琬再次来到沈园瞥见陆游的题词，不由得感慨万千，于是和了一阕《钗头凤》(《世情薄》)。随后不久便抑郁而终。

《钗头凤》(《世情薄》)内容如下：世情薄，人情恶，雨送黄昏花易落。晓风干，泪痕残。欲笺心事，独语斜阑。难，难，难！人成各，今非昨，病魂常似秋千索。角声寒，夜阑珊。怕人寻问，咽泪装欢。瞒，瞒，瞒！

两首《钗头凤》，浸润着同样的情怨和无奈，它们在共同诉说着一个凄婉的爱情故事，读来不禁令人无限怅惘……

诉衷情

当年万里觅封侯，匹马戍梁州[1]。关河梦断何处，尘暗旧貂裘[2]。胡未灭，鬓先秋[3]，泪空流。此生谁料，心在天山[4]，身老沧洲[5]。

【注释】

[1] 梁州：今陕西南部汉中地区。

[2] 貂裘：用战国苏秦潦倒“黑貂之裘敝”典。一说指战服。

[3] 秋：鬓毛变白。

[4] 天山：在新疆维吾尔自治区境内，是汉唐时的边疆。代指北方前线。

[5] 沧洲：水边，古时隐者所居。

【解读】

这首词作于陆游晚年退居山阴以后。作者一生为抗金呐喊奋斗，但终未如愿，自己反倒被屡次罢官。晚年闲居，许多诗词都表现了壮志未酬的悲愤。

作这首词时，词人已年近七十，身处故地，未忘国忧，烈士暮年，雄心不已，这种高亢的政治热情，永不衰竭的爱国精神形成了词作风骨凛然的崇高美。但壮志不得实现，雄心无人理解，虽然“男儿到死心如铁”，无奈“报国欲死无战场”，这种深沉的压抑感又形成了词作中百折千回的悲剧情调。词作说尽忠愤，回肠荡气。

“当年万里觅封侯，匹马戍梁州”，开头两句，词人再现了往日壮志凌云，奔赴抗敌前线的勃勃英姿。一个“觅”字显出词人当年的自许、自负、自信的雄心和坚定执着的追求精神。“万里”与“匹马”形成空间形象上的强烈对比，匹马征万里，那豪雄飞纵、激动人心的军旅生活至今历历在目，时时入梦，之所以会这样，是因为强烈的愿望受到太多的压抑，积郁的情感只有在梦里才能得到宣泄。“关河梦断何处，尘暗旧貂裘”，或言“当年”

在前线不久就被调离，从此关塞河防只能时时在梦中见到，而梦醒不知身何处，只有旧时貂裘戎装，而且已是尘封色暗。一个“暗”字描绘岁月的流逝，人事的消磨，化作灰尘堆积之暗淡画面，心情饱含惆怅。

上片开头以“当年”二字揳入往日豪放军旅生活的回忆，声调高亢，“梦断”一转，形成一个强烈的情感落差，慷慨化为悲凉。至下片则进一步抒写理想与现实的矛盾，跌入更深沉的浩叹，悲凉化为沉郁。

“胡未灭，鬓先秋，泪空流”这三句步步紧逼，声调短促，说尽平生不得志。放眼西北，神州陆沉，残虏未扫；回首人生，流年暗度，两鬓已苍；沉思往事，雄心虽在，壮志难酬。“未”“先”“空”三字在承接比照中，流露出沉痛的感情，越转越深：人生自古谁不老？但逆胡尚未灭，功业尚未成，岁月已无多，一股悲凉渗透心头。然而，即使天假数年，双鬓再青，也难以实现“攘除奸凶，兴复汉室”的事业，这忧国之泪只是“空”流。一个“空”字既写了内心的失望和痛苦，也写了对君臣尽醉、偏安东南一隅的小朝廷的不满和愤慨。“此生谁料，心在天山，身老沧洲”最后三句总结一生，反省现实。“谁料”二字写出了往日的天真与此时的失望，“早岁那知世事艰”，“而今识尽愁滋味”，理想与现实是如此格格不入，无怪乎词人要声声浩叹。“心在天山，身老沧洲”两句作结，先扬后抑，形成一个大转折，词人犹如一心要搏击长空的苍鹰，却被折断羽翼，落到地上，在痛苦中呻吟。

陆游这首词，确实饱含着人生的秋意，但由于词人“身老沧洲”的感叹中包含了更多的历史内容，他的老泪中融汇了对祖国炽热的感情，所以，词的情调体现出幽咽而又不失开阔深沉的特色，比一般仅仅抒写个人苦闷的作品显得更有力量、更为动人。

卜算子·咏梅

驿[1]外断桥边，寂寞开无主。已是黄昏独自愁，更著[2]风和雨。　无意苦争春，一任[3]群芳[4]妒。零落成泥碾作尘，只有香如故。

【注释】

[1] 驿：驿站。

[2] 更著（zhuó）：再加上。著，同“着”，遭受，承受。

[3] 一任：任凭。

[4] 群芳：百花。

【解读】

此词题为咏梅，却处处同自身遭际相关。梅即作者，作者即梅。物人化一，神理相通。自有一腔高风亮节在。

词的开篇，便推出一组凄清的镜头，道出了梅花的遭遇：它生长于人迹绝少、寂寥荒寒的驿亭外、断桥旁。它既不是官府中的梅，也不是名园中的梅，而是一株生长在荒僻郊外的“野梅”，所以作者说“寂寞开无主”，这也不难让我们体会到诗人纵有满腹才华，却无人赏识的落寞。接下来，镜头更近，苍茫的黄昏笼着浓浓的愁绪，凄风苦雨交相侵袭，这孑然一身、无人过问的梅花，何以承受这凄凉呢？它只有“愁”——而且是“独自愁”，这三个字与上句的“寂寞”相互呼应。而且，偏偏在这个时候，又刮起了风，下起了雨。“更著”这两个字力重千钧，写出了梅花的艰困处境，同时也暗示了作者在政治上遭受到的强大排挤和阻力。

词的下片，进一步咏物明志。一任百花嫉妒，我却无意与它们争春斗艳。即使凋零飘落，化作尘埃，我依旧保持着自有的清香。这就把作者的思想感情推向了高潮，强烈地表达了诗人不肯与世俗同流合污，“虽九死其犹未悔”的崇高精神。

纵观全词，作者以物喻人，托物言志，巧借品格高贵的梅花，比喻自己绝不媚俗的忠贞，真可谓——双鬓多年作雪，寸心至死如丹。

辛弃疾

辛弃疾（1140—1207），字幼安，号稼轩，历城（今山东济南）人。少年时曾率众参加抗金起义军，因生擒降金的叛徒张安国而出名，南归后历任湖北、湖南、江西安抚使，由于当权者的疑忌，被免职，长期闲居，晚年一度被起用，也不能久于其位。辛弃疾又是南宋爱国词人的代表，在南宋当局的投降政策下，报国无门，满腔悲愤无处发泄，只好寄托在词作上。他的词反映了广阔的社会内容，表达了深沉的爱国感情；他广泛吸取了诗、散文、口语入词，议论风生，“慷慨纵横，有不可一世之概”（《四库全书总目提要》）。今传《稼轩词》。

水龙吟·登建康赏心亭

楚天千里清秋，水随天去秋无际。遥岑远目，献愁供恨，玉簪螺髻。落日楼头，断鸿[1]声里，江南游子。把吴钩[2]看了，栏杆拍遍，无人会，登临意。

休说鲈鱼堪脍，尽西风，季鹰归未？求田问舍，怕应羞见，刘郎[3]才气。可惜流年，忧愁风雨，树犹如此。倩[4]何人唤取，红巾翠袖，揾[5]英雄泪？

【注释】

[1] 断鸿：失群孤雁。

[2] 吴钩：吴地特产的弯形宝刀，此指剑。

[3] 刘郎：即刘备。

[4] 倩（qìng）：请托。

[5] 揾（wèn）：擦拭。

【解读】

此词大致作于作者乾道四年至乾道六年（1168—1170）间建康通判任上。当时作者南归已八九年之久了，却被投闲置散，做一个建康通判，不得一遂报国之愿。故登临之际，一抒郁结在心头的悲愤。

词的上片由水写到山，由无情之景写到有情之景，很有层次。开头两句，“楚天千里清秋，水随天去秋无际”，是作者在赏心亭上所见的景色。楚天千里，辽远空阔，秋色无边无际。大江流向天边，也不知何处是它的尽头。“楚”泛指长江中下游一带，这里战国时曾属楚国。“水”则指浩浩荡荡奔流不息的长江。“遥岑远目，献愁供恨，玉簪螺髻”三句，是写山。“遥岑”即远山。举目远眺，那一层层的远山，有的很像美人头上插戴的玉簪，有的很像美人头上螺旋形的发髻，景色算得上美景，但只能引起词人的忧愁和愤恨。

“落日楼头，断鸿声里，江南游子”三句，虽然仍是写景，但无一语不是寓情。落日，本是日日皆见之景，辛弃疾用“落日”二字，比喻南宋国势衰颓。“断鸿”，是失群的孤雁，比喻为“江南游子”自己飘零的身世和孤寂的心境。辛弃疾渡江淮归南宋，原是以宋朝为自己的故国，以江南为自己的家乡的。可是南宋统治集团根本无北上收复失地之意，对于像辛弃疾一样的有志之士采取猜忌排挤的态度，致使辛弃疾觉得他在江南真的成了游子。

“把吴钩看了，栏杆拍遍，无人会，登临意”几句是直抒胸臆，此时作者思潮澎湃心情激动。但作者不是直接用语言来渲染，而是选用具有典型意义的动作，淋漓尽致地抒发自己报国无路、壮志难酬的悲愤。“无人会，登临意”，慨叹自己空有恢复中原的抱负，而南宋统治集团中没有人是他的知音。后几句一句句感情渐浓，达情更切，至最后“无人会”得以尽情抒发，可说“尽致”了。

下片分四层意思：“休说鲈鱼堪脍，尽西风，季鹰归未？”这里引用了一个典故：晋朝人张翰（字季鹰），在洛阳做官，见秋风起，想到家乡苏州味美的鲈鱼，便弃官回乡。现在深秋时令又到了，连大雁都知道寻踪飞回旧地，何况我这个漂泊江南的游子呢？然而自己的家乡如今还在金人统治之下，南宋朝廷却偏安一隅，自己想回到故乡，又谈何容易！“求田问舍，怕应羞见，刘郎才气”中，刘郎指三国时刘备，这里泛指有大志之人。这也是用了一个典故。三国时许汜去看望陈登，陈登对他很冷淡，独自睡在大床上，叫他睡下床。许汜去询问刘备，刘备说：“天下大乱，你忘怀国事，求田问舍，陈登当然瞧不起你。如果是我，我将睡在百尺高楼，叫你睡在地下，岂止相差上下床呢？”“怕应羞见”的“怕应”二字，是辛弃疾为许汜设想，表示怀疑：像你（指许汜）这样的琐屑小人，有何面目去见像刘备那样的英雄人物？这里的意思是说，既不学为吃鲈鱼脍而还乡的张季鹰，也不学求田问舍的许汜。“可惜流年，忧愁风雨，树犹如此”，“流年”即时光流逝，“风雨”指国家在风雨飘摇之中。“树犹如此”是一个典故，据《世说新语·言语》中记述，桓温北征，经过金城，见自己过去种的柳树已长到几围粗，便感叹地说：“木犹如此，人何以堪？”树已长得这么高大了，人怎么能不老呢！这三句词包含的意思是：于此时，我心中确实想念故乡，但我绝不会像张翰、许汜一样贪图安逸。我所忧惧的，只是国事飘摇，时光流逝，北伐无期，恢复中原的夙愿不能实现。年岁渐增，恐再闲置便无力为国效命疆场了。“倩何人唤取，红巾翠袖，揾英雄泪”三句，“倩”是请求，“红巾翠袖”是少女的装束，这里指代少女。在宋代，一般游宴娱乐的场合，都有歌伎在旁唱歌侑酒。这是写辛弃疾自叹抱负无法实现，世无知己，得不到同情与慰藉。与上片“无人会，登临意”的意思相近而且相互照应。

菩萨蛮·书江西造口壁

郁孤台[1]下清江[2]水，中间多少行人泪。西北望长安，可怜[3]无数山。　青山遮不住，毕竟东流去。江晚正愁余，山深闻鹧鸪[4]。

【注释】

[1] 郁孤台：在今江西赣州市西南。据《赣州府志》：“郁孤台，一名贺兰山。隆阜郁然孤峙，故名。”

[2] 清江：原指袁江与赣江的合流处，此处当指赣江。

[3] 可怜：可惜。

[4] 闻鹧鸪：听到鹧鸪“行不得也”的叫声。意思是恢复之事施行起来确实困难。

【解读】

这首词为1176年（宋孝宗淳熙三年）作者任江西提点刑狱，驻节赣州、途经造口时所作。在宋高宗建炎三年（1129年），金兵南下，攻入江西。隆裕太后由南昌仓皇南逃，金兵一直深入到造口。作者想起当时人民的苦难，写了这首词，题在墙壁上。

此词反映了四十年来，由于金兵南侵，祖国南北分裂，广大百姓妻离子散、流离失所的痛苦生活，也反映了作者始终坚持抗金立场，并为不能实现收复中原的愿望而感到无限痛苦的心情。这种强烈的爱国思想，也正是辛弃疾作品中人民性的具体表现。

词的上片由眼前景物引出历史回忆，抒发家国沦亡之创痛和收复无望的悲愤。在写法上，由近及远，又由远及近。“郁孤台下清江水，中间多少行人泪”意思是说：郁孤台下清江里的流水啊，你中间有多少逃难的人们流下的眼泪啊！作者把眼前清江的流水，和四十年前人民在兵荒马乱中流下的眼泪联系在一起，这就更能够表现出当时人民受到的极大痛苦。四十年来，广大人民多么盼望着能恢复故土、统一祖国啊！然而，南宋当局根本不打算收复失地，只想在杭州过苟延残喘、偷安一时的生活。因此，作者抚今忆昔，感慨很深，在悲愤交集的感情驱使下，又写出了“西北望长安，可怜无数山”两句，以抒发对中原沦陷区的深切怀念。“长安”，即今陕西省西安市，西汉、隋、唐都建都在此。唐朝李勉曾经登上郁孤台想望长安。这里的“西北望长安”，是想望北方沦陷区，反映作者的爱国感情。“可怜无数山”意思是说：很可惜被千山万岭遮住了视线。此处“可怜”作可惜讲。从望不见长安到视线被无数山遮住，里边含有收复中原的壮志受到种种阻碍、无法实现的感叹。

下片紧接着上片，继续抒发对中原故土的怀念。“青山遮不住，毕竟东流去”两句是比喻句，意思是说：滚滚的江水，冲破了重峦叠嶂，奔腾向前。它象征着抗金的正义事业，必然会克服一切阻力，取得最后的胜利。这里表明作者对恢复中原充满了坚定的信心。但是，作者并没有脱离现实，沉醉于未来理想的幻想之中。十几年来，他目睹了抗金事业受到的重重阻力，不禁又愁绪满怀。“江晚正愁余，山深闻鹧鸪”两句是说：傍晚，我在江边徘徊，正在为了不能实现恢复大计愁苦着呢，可是恰巧又从山的深处，传来鹧鸪鸟的哀鸣。这叫声听起来，仿佛是“行不得也哥哥”。从鹧鸪的悲鸣声中，恰好透露出作者想收复失地，但又身不由己的矛盾心情。

这首词写得非常质朴、自然、流畅。尤其“青山遮不住，毕竟东流去”两句，十分含蓄，耐人寻味。

摸鱼儿

更能消几番风雨，匆匆春又归去。惜春长怕花开早，何况落红[1]无数。春且住。见说道，天涯芳草无归路。怨春不语。算只有殷勤，画檐蛛网，尽日惹飞絮。　　长门事[2]，准拟佳期又误，蛾眉[3]曾有人妒。千金纵买相如赋，脉脉[4]此情谁诉？君[5]莫舞！君不见，玉环飞燕[6]皆尘土。闲愁最苦。休去倚危栏，斜阳正在，烟柳断肠处。

【注释】

[1] 落红：落花。

[2] 长门事：司马相如《长门赋序》中说：汉武帝的陈皇后失宠后，住在长门宫。她用黄金百斤请司马相如作一篇表现她自己悲愁的文章。于是相如写了《长门赋》。汉武帝读后悔悟，陈皇后再次得宠。

[3] 蛾眉：代指美人。

[4] 脉脉：含情欲吐的样子。

[5] 君：指好嫉妒的人，即当权的主和派。

[6] 玉环飞燕：玉环，是唐玄宗宠妃杨贵妃小字；飞燕，汉成帝皇后，姓赵。两个人都得宠而善妒。

【解读】

词前小序曰：“淳熙己亥，自湖北漕移湖南，同官王正之置酒，为赋。”明确了此词的创作背景。1179年（淳熙六年），辛弃疾南渡之后的第十七年，时年四十岁，被朝廷支来支去的他再次由湖北转运副使改调湖南转运副使。行前，同僚王正之在山亭摆下酒席为他送别，他感慨万千，写下了这首词。表面上写的是失宠女人的苦闷，实际上却抒发了作者对国事的忧虑和屡遭排挤打击的沉重心情。

上片写惜春、怨春、留春的复杂情感。

词以“更能消”三字起笔，在读者心头提出了“春事将阑”，还能经受得起几番风雨摧残这样一个大问题。表面上，“更能消几番风雨”一句就春天而发，实际上却是就南宋的政治形势而言的。本来，宋室南渡以后，曾多次出现过有利于爱国抗金、恢复中原的大好形势，但是，由于朝廷的昏庸腐败，投降派的猖狂破坏，使抗战派失意受压，结果抗金的大好时机白白丧失了。北伐的失败，反过来又成为投降派贩卖妥协投降路线的口实。南宋王朝处于风雨飘摇之中。“匆匆春又归去”，就是这一形势的形象化写照，抗金复国的大好春天已经化为乌有了。这是第一层。

但是，作者是怎样留恋着这大好春光啊——“惜春长怕花开早”。然而，现实是无情的——“何况落红无数”。这两句一起一落，表现出理想与现实之间的矛盾。“落红”是春天逝去的象征，同时，它又象征着南宋国事衰微，也寄寓了作者光阴虚掷、事业无成的感叹。这是第二层。

面对春天的消失，作者并未束手无策。相反，出于爱国的义愤，他大声疾呼：“春且住。见说道，天涯芳草无归路。”这实际是向南宋王朝提出忠告，它形象地说明：只有坚持抗金复国才是唯一出路，否则连退路也没了。这两句用的是拟人化手法，明知春天的归去是无可挽回的大自然的规律，但却强行挽留。词里，表面上写的是“惜春”，实际上却反映了作者恢复中原、统一祖国的急切心情，反映了作者对投降派的憎恨。这是第三层。

从“怨春不语”到上片结尾是第四层。尽管作者发出强烈的呼唤与严重的警告，但“春”却不予回答。春色难留，理所当然；但春光无语，却出人意料。所以难免要产生强烈的“怨”恨。然而怨恨又有何用！在无可奈何之际，词人又怎能不羡慕“画檐蛛网”？即使能像“蛛网”那样留下一点点象征春天的“飞絮”，也是心灵中莫大的慰藉了。这四句把“惜春”“留春”“怨春”等复杂感情交织在一起，以小小的“飞絮”作结。上片四层之中，层层有起伏，层层有波澜，层层有顿挫，巧妙地体现出作者复杂而又矛盾的心情。

下片借陈皇后的故事，写爱国深情无处倾吐的苦闷。这一片可分三个层次，表现三个不同的内容。从“长门事”至“脉脉此情谁诉”是第一层。这是词中的重点。作者以陈皇后长门失宠自比，揭示自己虽忠而见疑，屡遭谗毁，不得重用和壮志难酬的不幸遭遇。“君莫舞”等三句是第二层，作者以杨玉环、赵飞燕的悲剧结局比喻当权误国、暂时得志的奸佞小人，向投降派提出警告。“闲愁最苦”至篇终是第三层，以烟柳斜阳的凄迷景象，象征南宋王朝昏庸腐朽，日落西山，岌岌可危的现实。

这首词有着鲜明的艺术特点。一是通过比兴手法，创造象征性的形象来表现作者对祖国的热爱和对时局的关切。拟人化的手法与典故的运用也都恰到好处。第二是继承屈原《离骚》的优良传统，用男女之情来反映现实的政治斗争。第三是缠绵曲折，沉郁顿挫，呈现出别具一格的词风。表面看，这首词写得“婉约”，实际上却极哀怨，极沉痛，写得沉郁悲壮，曲折尽致。

青玉案·元夕[1]

东风夜放花千树[2]。更吹落、星如雨[3]。宝马雕车香满路。凤箫[4]声动，玉壶[5]光转，一夜鱼龙[6]舞。　　蛾儿雪柳[7]黄金缕，笑语盈盈暗香去。众里寻他千百度。蓦然[8]回首，那人却在，灯火阑珊[9]处。

【注释】

[1] 元夕：农历正月十五，又称元宵、元夜。

[2] 花千树：形容元夕灯火之多。

[3] 星如雨：指悬挂的灯笼。

[4] 凤箫：乐器名，以其形参差像凤翼，或以为其声如凤鸣而得名。

[5] 玉壶：月亮。

[6] 鱼龙：一种变幻的戏术，也叫鱼龙杂戏，或鱼龙百戏。

[7] 蛾儿雪柳：妇女装饰品。

[8] 蓦然：忽然。

[9] 阑珊：零落。

【解读】

这是一首别有寄托的词作。词人假借对一位厌恶热闹、自甘寂寞的女子的寻求，含蓄地表达了自己的高洁志向和情怀。

词的上片，极写元夕灯火辉煌、歌舞繁盛的热闹景象。“东风夜放花千树，更吹落、星如雨”前一句写灯，后一句写烟火。上元之夜，满城灯火，就像一夜春风吹开了千树万树的繁花，满天的烟火明灭，又像是春风把满天星斗吹落。真是一片灯的海洋，烟火的世界，令人眼花缭乱。“花千树”“星如雨”，不仅写出了灯火之盛、之美，而且也给人热闹非凡的感觉，渲染出了节日的热烈气氛。“宝马雕车香满路”，是写游人之盛。但这里主要还是为了渲染气氛，所以，作者并没有对游人做具体描绘，只是从整体印象上概括地勾勒了一笔。然而，游人如织、仕女如云的景象却已跃然纸上；后三句描绘歌舞之乐。节日的夜晚，一片狂欢景象，到处是笙箫齐鸣，到处是彩灯飞舞，人们在忘情地欢乐着，“一夜鱼龙舞”，写出了人们彻夜狂欢的情景。

下片写寻觅意中人的过程。“蛾儿雪柳黄金缕，笑语盈盈暗香去”，观灯看花的妇女，头上戴着“蛾儿”“雪柳”“黄金缕”等装饰品，一个个打扮得花枝招展、整整齐齐、漂漂亮亮。她们一路笑语，带着幽香，从词人眼前走过，这里作者具体地描写了观灯的游人，也是对上片“宝马雕车香满路”描写的一个补充，同时，一个“去”字也暗传出对意中人的寻觅。在熙熙攘攘的游人中，他寻找着，辨认着，一个个少女美妇从他眼前过去了，可是，却没有一个人是他要寻找的。那么他所要寻找的意中人在哪里呢？“众里寻他千百度。蓦然回首，那人却在，灯火阑珊处。”经过千百次的寻觅，终于在灯火冷落的地方发现了她。人们都在尽情地狂欢，陶醉在热闹场中，可是她却在热闹圈外；独自站在“灯火阑珊处”，充分显示了“那人”的与众不同和孤高。“众里寻她千百度”极写寻觅之苦，而“蓦然”二字则写出了发现意中人后的惊喜之情。这里作者以含蓄的语言，表现了人物内心的活动。

这首词先用大量笔墨渲染了元夕的热闹景象，最后突然把笔锋一转，以冷清作结，形成了鲜明强烈的对比。这种对比，不仅造成了境界上的强烈反差，深化了全词的意境，而且很好地起到了加强突出人物形象的作用。灯火写得愈热闹，则愈显“那人”的孤高，人写得愈忘情，愈见“那人”的不同流俗。

全词就是通过这种强烈的对比手法，反衬出了一个自甘寂寞、独立不移、性格孤高的女性形象。作者写这样一个不肯随波逐流、自甘淡泊的女性形象，是有所寄托的。辛弃疾力主抗战，屡受排挤，但他矢志不移，宁可过寂寞的闲居生活，也不肯与投降派同流合污，这首词是他这种思想的艺术反映。

破阵子·为陈同甫[1]赋壮词以寄之

醉里挑灯[2]看剑，梦回吹角[3]连营[4]。八百里分麾下炙[5]，五十弦翻塞外声[6]，沙场秋点兵[7]。　　马作的卢[8]飞快，弓如霹雳[9]弦惊。了却君王天下事[10]，赢得生前身后名，可怜白发生。

【注释】

[1] 陈同甫：即陈亮。他同辛弃疾一样，力主恢复中原，反对议和。

[2] 挑灯：把灯拨亮。

[3] 吹角：军队中吹号角的声音。角，古代军队中用来发号令的号角。

[4] 连营：连接一起驻扎的军营。

[5] 分：分配。麾下：指部下，军队。炙：烤肉。

[6] 五十弦：本指瑟，古时最早的瑟为五十弦。这里泛指军中乐器。翻：演奏。塞外声：指有北疆特色的歌曲。

[7] 沙场：战场。点兵：检阅军队。

[8] 的卢：马名，一种额部有白色斑点的马。相传刘备曾乘的卢马从襄阳城西的檀溪水中一跃三丈，脱离险境。

[9] 霹雳：惊雷，比喻拉弓时弓弦响如惊雷。

[10] 了却：完结，完成。天下事：指收复中原，统一天下的大业。

【解读】

这首词约作于淳熙十五年（1188 年）。当时辛弃疾被免官闲居江西上饶带湖。辛、陈两人才气相若，抱负相同，都是力主抗金复国的志士、慷慨悲歌的词人。1188 年，辛、陈鹅湖之会议论抗金大事，一时传为词坛佳话。这首词写于鹅湖之会分手之后。词中回顾了他当年在山东和耿京一起领导义军抗击金兵的情形，描绘了义军雄壮的军容和英勇战斗的场面，也表现了作者不能实现收复中原理想的悲愤心情。

上片写军容的威武雄壮。开头两句写他喝酒之后，兴致勃勃，拨亮灯火，拔出身上佩戴的宝剑，仔细地看着。当他睡觉一梦醒来的时候，还听到四面八方的军营里，接连响起号角声。三、四、五句写许多义军都分到了烤熟的牛肉，乐队在边塞演奏起悲壮苍凉的军歌，在秋天的战场上，检阅着全副武装、准备战斗的部队。古代有一种牛名叫“八百里驳”。“八百里”，这里代指牛。

下片前两句写义军在作战时，奔驰向前，英勇杀敌；弓弦发出霹雳般的响声。“马作的卢”，是说战士所骑的马，都像的卢马一样好。“了却君王天下事”，指完成恢复中原的大业。“赢得生前身后名”一句说：我要博得生前和死后的英名。也就是说，他这一生要为抗金复国建立功业。这表现了作者奋发有为的积极思想。最后一句“可怜白发生”，意思是说：可惜功名未就，头发就白了，人也老了。这反映了作者的理想与现实的矛盾。

这首词气势磅礴，充满了鼓舞人心的壮志豪情，能够代表作者的豪放风格。

西江月·夜行黄沙道中

明月别枝惊鹊，清风半夜鸣蝉。稻花香里说丰年，听取蛙声一片。七八个星天外，两三点雨山前。旧时茅店社[1]林边，路转溪桥忽见。

【注释】

[1] 社：古代农村祭祀土地神的地方。

【解读】

这首词以朴实的语言再现了江南农村夏夜的美景，笔调轻快，摹写逼真，使人闻到一股浓郁的乡土气息，表现了作者对农村风光的热爱和朴素清新的审美观。

前两句“明月别枝惊鹊，清风半夜鸣蝉”表面看来，写的是风、月、蝉、鹊这些极其平常的景物，然而经过作者巧妙的组合，结果平常中就显得不平常了。鹊儿的惊飞不定，不是盘旋在一般树头，而是飞绕在横斜突兀的枝干之上。因为月光明亮，所以鹊儿被惊醒了；而鹊儿惊飞，自然也就会引起“别枝”摇曳。同时，知了的鸣叫声也是有一定时间的。夜间的鸣叫声不同于烈日炎炎下的嘶鸣，而当凉风徐徐吹拂时，往往感到特别清幽。总之，“惊鹊”和“鸣蝉”两句动中寓静，把半夜“清风”“明月”下的景色描绘得令人悠然神往。

接下来“稻花香里说丰年，听取蛙声一片”把人们的关注点从长空转移到田野，表现了词人不仅为夜间黄沙道上的柔和情趣所浸润，更关心扑面而来的漫村遍野的稻花香，又由稻花香而联想到即将到来的丰年景象。此时此地，词人与人民同呼吸的欢乐，尽在言表。稻花飘香的“香”，固然是描绘稻花盛开，也是表达词人心头的甜蜜之感。而说丰年的主体，不是人们常用的鹊声，而是那一片蛙声，这正是词人匠心独到之处，令人称奇。在词人的感觉里，俨然听到群蛙在稻田中齐声喧嚷，争说丰年。先写出“说”的内容，再补“声”的来源。以蛙声说丰年，是词人的创造。

以上四句纯是抒写当时当地的夏夜山道的景物和词人的感受，然而其核心却是洋溢着丰收年景的夏夜。因此，与其说这是夏景，还不如说是眼前夏景将给人们带来的幸福。

不过，词人所描写的夏景并没有就此终止。下片开头，词人树立了一座峭拔挺峻的奇峰，运用对仗手法，以加强稳定的音势。“七八个星天外，两三点雨山前”，在这里，“星”是寥落的疏星，“雨”是轻微的阵雨，这些都是为了与上片的清幽夜色、恬静气氛和朴野成趣的乡土气息相吻合。特别是一个“天外”一个“山前”，本来是遥远而不可捉摸的，可是笔锋一转，小桥一过，乡村林边茅店的影子却意想不到地展现在人们的眼前。词人对黄沙道上的路径尽管很熟，可总因为醉心于倾诉丰年在望之乐的一片蛙声中，竟忘却了越过“天外”，迈过“山前”，连早已临近的那个社庙旁树林边的茅店，也都没有察觉。前文“路转”，后文“忽见”，既衬出了词人骤然间看出了分明临近旧屋的欢欣，又表达了他由于沉浸在稻花香中以致忘了道途远近的怡然自得的入迷程度，相得益彰，体现了作者深厚的艺术功底，令人玩味无穷。

作者置身于美好的大自然中的快乐和展望丰收而感到的喜悦，都很形象生动，给人一种历历在目之感。全词用白描手法勾勒出一幅极美的夜景，有动，有静，有芬芳的气息，有爽怡的心情，像一首优美的小夜曲，清新、美好。

永遇乐·京口北固亭怀古

千古江山，英雄无觅，孙仲谋[1]处。舞榭歌台，风流总被，雨打风吹去。斜阳草树，寻常巷陌，人道寄奴[2]曾住。想当年[3]，金戈铁马，气吞万里如虎。　　元嘉草草[4]，封狼居胥[5]，赢得仓皇北顾。四十三年[6]，望中犹记，烽火扬州路[7]。可堪回首，佛狸[8]祠下，一片神鸦社鼓[9]。凭谁问，廉颇[10]老矣，尚能饭否？

【注释】

[1] 孙仲谋：孙权，字仲谋，三国时东吴人，后称帝，都建业，曾与蜀联合打败北方的曹操。

[2] 寄奴：南朝宋武帝刘裕的小名。曾两次北伐，收复洛阳、长安等地。

[3] 想当年：指刘裕在东晋安帝义熙五年和十二年，两次北伐，先后灭掉南燕、后秦，收复洛阳、长安。

[4] 元嘉草草：元嘉，宋文帝刘义隆的年号。元嘉二十七年，刘义隆草率北伐，结果失败。

[5] 封狼居胥：狼居胥，山名。汉武帝时，霍去病北击匈奴，在此封山（筑土为坛纪念胜利）。

[6] 四十三年：指作者南归至作者写该词时已经四十三年。

[7] 烽火扬州路：指 1161 年金军南侵，占领扬州。

[8] 佛狸：北魏太武帝拓跋焘的小名。击败宋文帝后，他在瓜步山建行宫，后成为佛狸祠。

[9] 神鸦社鼓：神鸦，祭神时吃供品的乌鸦。社鼓，祭祀时敲的鼓。这

句写沦陷区的景象。

[10] 廉颇：《史记·廉颇蔺相如列传》中载，秦兵多次围攻赵国，赵王派使者去看廉颇还能不能打仗。廉颇见到使者，一顿吃下一斗米，十斤肉，并披甲上马，表示自己还能打仗。使者早已受廉颇仇人的贿赂，对赵王说："廉将军虽老，尚善饭，然与臣坐，顷之三遗矢矣。"赵王认为廉颇已老，便不复用他了。

【解读】

此词写于宋宁宗开禧元年（1205年），辛弃疾六十六岁。当时韩侂（tuō）胄正积极筹划北伐，闲置已久的辛弃疾于前一年被起用为浙东安抚使，这年春初，又受命担任镇江知府，戍守江防要地京口。辛弃疾支持北伐抗金的决策，但是对轻敌冒进的做法又感到忧心忡忡，他认为应当做好充分准备，绝不能草率从事。他的意见没有引起南宋当权者的重视。一次他来到京口北固亭，登高眺望，怀古忆昔，心潮澎湃，感慨万千，于是写下了这首词中佳作。

词以"京口北固亭怀古"为题。京口是三国时吴大帝孙权设置的重镇，并一度为都城，也是南朝宋武帝刘裕生长的地方。面对锦绣江山，缅怀历史上的英雄人物，正是像辛弃疾这样的志士登临应有之情，题中应有之意，该词正是从这里着笔的。

上片怀古抒情。第一句中，"千古"是时代感，照应题目"怀古"；"江山"是现实感，照应题目"京口北固亭"。作者站在北固亭上瞭望眼前的一片江山，脑子里一一闪过千百年来曾经在这片土地上叱咤风云的英雄人物，他首先想到三国时吴国的皇帝孙权，他有着统一中原的雄图大略，在迁都建业以前，于建安十四年（209年）先在京口建"京城"，作为新都的屏障，并且打垮了来自北方的侵犯者曹操的军队，保卫了国家。可是如今，像孙权这样的英雄已无处寻觅了。诗人起笔便抒发其江山依旧，英雄不再、后继无人的感慨。而后的"舞榭歌台，风流总被，雨打风吹去"在上句的基础上推进一层，非但再也找不到孙权这样的英雄人物，连他当年修建的"舞榭歌台"，那些反映他光辉功业的遗物，也都被"雨打风吹去"，杳无踪迹了。下三句写眼前景，词人联想起与京口有关的第二个历史人物刘裕。写孙权，先想到他的功业再寻觅他的遗迹；写刘裕，则由他的遗迹再联想起他的功业。然后在最后三句回忆刘裕的功业。刘裕以京口为基地，削平了内乱，取代了东晋政权。他曾两度挥戈北伐，先后灭掉南燕、后秦，收复洛阳、长安，几乎可以克复中原，作者想到刘裕的功勋，非常钦佩，最后三句，表达了词人无限景仰的感情。英雄人物留给后人的印象是深刻的，可是刘裕这样的英雄，他的历史遗迹，如今也是同样找不到了，只有那“斜阳草树，寻常巷陌”。

词的上片借古意以抒今情，下片通过典故揭示历史意义和现实感慨。

“元嘉草草”等三句，用古事影射现实，尖锐地提出一个历史教训。史称南朝宋文帝刘义隆“自践位以来，有恢复河南之志”。他曾三次北伐，都没有成功，特别是元嘉二十七年（450年）最后一次，失败得更惨。用兵之前，他听取彭城太守王玄谟陈北伐之策，非常激动，说：“闻玄谟陈说，使人有封狼居胥意。”“有封狼居胥意”谓有北伐必胜的信心。当时分据在北中国的北魏，并非无隙可乘；南北军事实力的对比，北方也并不占优势。倘能妥为筹划，虑而后动，是能打胜仗、收复部分失地的。然而宋文帝急于事功，轻启兵端，结果不仅没有得到预期的胜利，反而招致北魏拓跋焘大举南侵，弄得国势一蹶不振了。这一历史事实，对当时现实所提供的历史鉴戒，是发人深省的。作者援用古事近事影射现实，尖锐地提醒南宋统治者吸取前人的和自己的历史教训。

从“四十三年，望中犹记，烽火扬州路”开始，词由怀古转入伤今，联系自己，联系当今的抗金形势，抒发感慨。作者回忆四十三年前北方人民反抗异族统治的斗争此起彼伏，如火如荼，自己也在战火弥漫的扬州以北地区参加抗金斗争。后来渡淮南归，原想凭借国力，恢复中原，不期南宋朝廷昏聩无能，使他英雄无用武之地。如今自己已成了老人，而壮志依然难酬。辛弃疾追思往事，不胜身世之感。

下三句中的“回首”应接上句，由回忆往昔转入写眼前实景。这里值得探讨的是，佛狸是北魏的皇帝，距南宋已有七八百年之久，北方的百姓把他当作神来供奉，辛弃疾看到这个情景，不忍回首当年的“烽火扬州路”。辛弃疾是用“佛狸”代指金主完颜亮。四十三年前，完颜亮发兵南侵，曾以扬州作为渡江基地，而且也曾驻扎在佛狸祠所在的瓜步山上，严督金兵抢渡长江。以古喻今，佛狸很自然地就成了完颜亮的影子。如今“佛狸祠下，一片神鸦社鼓”与“四十三年，烽火扬州路”形成鲜明的对比，当年沦陷区的人民与异族统治者进行不屈不挠的斗争，烽烟四起，但如今的中原早已风平浪静，沦陷区的人民已经安于异族的统治，甚至对异族君主顶礼膜拜，这是痛心的事。不忍回首往事，实际就是不忍目睹眼前的事实。以此正告南宋统治者，收复失土，刻不容缓，如果继续拖延，民心日去，中原就收不回了。

最后作者以廉颇自比，这个典用得很贴切，内蕴非常丰富：一是表白决心，和廉颇当年服侍赵国一样，自己对朝廷忠心耿耿，只要起用，当仁不让，奋勇争先，随时奔赴疆场，抗金杀敌；二是显示能力，自己虽然年老，但仍然和当年廉颇一样，老当益壮，勇武不减当年，可以充任北伐主帅；三是抒写忧虑。廉颇曾为赵国立下赫赫战功，可为奸人所害，落得离乡背井，虽愿为国效劳，却是报国无门，词人以廉颇自况，忧心自己有可能重蹈覆辙，朝廷弃而不用，用而不信，才能无法施展，壮志不能实现。辛弃疾的忧虑不是空穴来风，果然韩侂胄一伙人不采纳他的意见，对他疑忌不满，在北伐前夕，以“用人不当”为名免去了他的官职。辛弃疾渴盼为恢复大业出力的愿望又一次落空。

全词典故虽多，但用典自然贴切，有力地表现了词人的思想感情，使作品具有很强的艺术感染力和说服力。

陈　亮

陈亮（1143—1194），字同甫，称龙川先生，婺州永康（今浙江永康）人。一生遭际坎坷，去世前一年才举进士、授官，未等上任而卒。力主抗金，所作诗词文章多以抗敌救国、恢复中原为志。后人辑有《龙川词》。

水调歌头·送章德茂大卿使虏

不见南师久，漫说北群空[1]。当场只手，毕竟还我万夫雄。自笑堂堂汉使，得似洋洋河水，依旧只流东？且复穹庐[2]拜，会向藁街[3]逢。

尧之都，舜之壤，禹之封。于中应有，一个半个耻臣戎。万里腥膻[4]如许，千古英灵安在，磅礴[5]几时通？胡运[6]何须问，赫日自当中。

【注释】

[1] 北群空：谓无良马，喻无人才。传说伯乐善相马。典出韩愈《送石处士序》："伯乐一过冀北之野，而马群遂空……吾所谓空，非无马也，无良马也。"

[2] 穹庐：毡帐，北方游牧民族的居所。此借指金廷。

[3] 藁（gǎo）街：汉长城街名。少数民族及外国使者居住的地方。陈汤斩匈奴郅支单于，悬其头于此。

[4] 腥膻：代指金人。因金人膻肉酪浆，以充饥渴。

[5] 磅礴：这里指的是浩然的气势。

[6] 胡运：金国的命运。

【解读】

南宋与金议和以后，两国间定为叔侄关系，常例互派使节祝贺，以示和好。虽貌似对等，但金使到宋，敬若上宾；宋使在金，多受歧视。故南宋有志之士，对此极为恼火。淳熙十二年（1185年）十二月，宋孝宗命章森（字德茂）为贺万春节（金世宗完颜雍生辰）正使，陈亮作这首《水调歌头》为章德茂送行。

此词上片紧扣"出使"的题目，下片的议论站得更高，触及了整个时事。

上片开头概括了章德茂出使时的形势。"不见南师久，漫说北群空"，词一开头，就把笔锋直指金人，警告他们别错误地认为南宋军队没有能征善战之士。“漫说北群空”以骏马为喻，说明此间大有人在。从“当场只手”到上片结束，都是作者鼓励章德茂的话。“当场只手，毕竟还我万夫雄”两句，转入章森出使之事，意脉则仍承上句以骏马喻杰士，言章森身当此任，能只手举千钧，在金廷显出英雄气概。“还我”二字含有深意，暗指前人出使曾有屈于金人威慑，有辱使命之事，期望和肯定章森能恢复堂堂汉使的形象。无奈宋弱金强，这已是无可讳言的事实，使金而向彼国国主拜贺生辰，有如河水东流向海，不能甘心，故一面用“自笑”解嘲，一面又以“得似……依旧”的反诘句式表示不堪长此居于屈辱的地位。这三句句意对上文是一跌，借以转折过渡到下文“且复穹庐拜，会向藁街逢”。“会”字有将必如此之意。这两句的言外之意是：你暂且到金人宫殿里去拜见一次吧，总有一天我们会制服他们，把金贵族统治者的脑袋挂在藁街示众的。两句之中，上句是退一步，承认现实；下句是进两步，提出理想，且与开头两句相呼应。这是南宋爱国志士尽心竭力所追求的恢复故土、一统山河的伟大目标。上片以此作结，对章森出使给以精神上的鼓励与支持，是全词的“主心骨”。

下片没有直接实写章森，但处处以虚笔暗衬对他的勖勉之情。“尧之都，舜之壤，禹之封”三句，是指千百年来养育了华夏子孙的祖国大地，在这里主要是指北中国。尧、舜、禹是上古时代的帝王。都、壤、封就是国都、土地、疆域的意思。面对着大好河山，作者激愤痛心地问道：“于中应有，一个半个耻臣戎！”“万里腥膻如许”三句，谓广大的中原地区，在金人统治之下成了如此惨状。作者因此发出一连串责问，完全是针对朝廷的主和派而发，在他的心目中，这些主和派是不折不扣的千古罪人。最后两句，总领全词。词人坚信，金人的气数何须一问，它的灭亡是肯定的，宋朝的国运如烈日当空，方兴未艾。这充分表达了作者对抗金事业的信心。

全词抑扬顿挫，一波三折，抑郁悲叹中不失豪情壮志、义胆忠心。

刘　过

刘过（1154—1206），南宋文学家，字改之，号龙洲道人。吉州太和（今江西泰和县）人，长于庐陵（今江西吉安），卒于江苏昆山。四次应举不中，流落江湖间，布衣终身。曾为陆游、辛弃疾所赏，亦与陈亮、岳珂友善。词风与辛弃疾相近，抒发抗金抱负狂逸俊致，与刘克庄、刘辰翁享有“辛派三刘”之誉，又与刘仙伦合称为“庐陵二布衣”。有《龙洲集》《龙洲词》。

贺新郎

弹铗[1]西来路。记匆匆、经行十日，几番风雨。梦里寻秋秋不见，秋在平芜远树。雁信落、家山何处？万里西风吹客鬓，把菱花[2]、自笑人如许。留不住、少年去。　　男儿事业无凭据。记当年、悲歌击楫[3]，酒酣箕踞[4]。腰下光芒三尺剑，时解挑灯夜语。谁更识、此时情绪？唤起杜陵风月手[5]，写江东渭北相思句。歌此恨，慰羁旅。

【注释】

[1] 弹铗（jiá）：化用《冯谖客孟尝君》的故事（《战国策·齐策》）。冯谖未受重视，他弹着自己的剑铗而歌“长铗归来”。

[2] 菱花：镜子。

[3] 悲歌击楫：《晋书·祖逖传》载，逖统兵北伐，渡江，中流击楫而誓曰：“不能清中原而复济者，有如大江。”

[4] 酒酣箕踞：酒喝得很痛快，把膝头稍微屈起来坐，形状如箕，叫作箕踞，表示倨傲、愤世的态度。典出《世说新语·简傲》。

[5] 杜陵风月手：指杜甫。

【解读】

刘过作为一位爱国志士，平生以匡复天下、一统河山为己任。他力主北伐，曾上书宰相，痛陈恢复中原的方略，但却不被苟且偷安的当政者所采纳。他一生浪迹江湖，这首词大约为词人西游汉沔（今武汉）时所作。

开头三句直接写数日“西来”途中的情景。而这三句以至全篇的重心和题眼就在“弹铗”二字。这里借用《战国策·齐策》冯谖弹铗而歌的故事：说自己的愁苦“西来”，是由于没有受到重用，因此四处漂泊。此词的开头正是如此开门见山，直接切题。他把自己壮志难酬、怀才不遇的“意”，借冯谖弹铗的故事，明白表示出来，而且贯穿全篇起到统摄全局的作用。

“梦里寻秋”的“秋”，其意似不只是指季节，还别有所指。“梦里寻秋”，隐含着两层意思，一是“国脉微如缕”（刘克庄），隐喻国势的颓败和山河的破碎；二是寻而不得，以致成梦。但即使在梦里，也仍是“秋不见”。接着却是一句自相矛盾的话：“秋在平芜远树”。陈亮曾用“芳菲世界”比喻沦陷了的北方大好山河：“平芜远树”正与之相仿。这两句悖论的话暗示词人对国事的关怀和伤心，虽日里、夜里、梦里都在追求，结果却是可望而不可得，大有屈原“吾将上下而求索”（《离骚》）的意境。

“雁信落、家山何处？”希望鸿雁传递书信，可是音信全无，故乡何处？念国思家，在这首词中是紧密联系在一起的。国事既不堪问，家乡又音信杳然，于是引起下面的万千感慨：“万里西风吹客鬓，把菱花、自笑人如许。留不住，少年去。”异乡作客，本已可悲，何况又值万木萧疏、西风萧瑟的秋天，映现出作者无法排解的忧伤。对镜自照，两鬓如霜，人已垂垂老矣，美好的时光已经匆匆地消逝了。“自笑人如许”，大有物是人非的感慨。这几句是词人韶华已逝，而功业未建的感慨，萧瑟中暗含着悲愤，从“自笑”两字中隐隐地折射了出来。

下片“男儿事业无凭据”，从结构说和上片的首句一样，是自我抒怀的一个关键句。古云“男儿志在四方”，但功名事业皆如云烟，毫无着落，惹起词人无限伤心往事。词人只能回忆当年的放浪形骸，寻求精神上的解脱。“记当年、击筑悲歌，酒酣箕踞”，借用《史记·刺客列传》“高渐离击筑，荆轲和而歌”的故事，以坚决抗秦的悲剧英雄荆轲、高渐离比喻自己和朋友，情投意合，慷慨悲歌，豪放不羁。并用阮籍在大将军司马昭的宴会上“箕踞啸歌，酣放自若”（见《世说新语·简傲》），表示自己的不拘礼法、不可一世之概。刘过是一个好饮酒、喜谈兵、睥睨今古、傲视一世、具有诗情将略和才气超然的人。他曾想弃文就武，投笔从戎，血战沙场为国家建功立业，但却始终没有得到统治者的重用，而“不斩楼兰心不平”的壮志，也在现实中被撞得粉碎，成为无法实现的幻想。

但词人并没有就此消沉颓废，“腰下光芒三尺剑，时解挑灯夜语。”尽管一事无成，功名事业尽付东流，可是自己仍是壮志未衰，时时与朋友夜里挑灯看剑，连床夜语。

最后四句明知国运不可挽回，壮志难以实现，却仍然死不了这颗心。“唤起”两句指杜甫怀念李白的诗句。杜甫在长安城（今陕西西安市）东南的杜陵附近地区住过，自称杜陵野客、杜陵布衣。他有《寄李十二白二十韵》诗：“笔落惊风雨，诗成泣鬼神。”又《春日怀李白》诗：“渭北春天树，江东日暮云。何时一樽酒，重与细论文。”词人以李白自比，希望有杜甫那样的知己能理解自己，安慰自己。结句点出写此词以泄心中愁苦，聊作羁旅中的安慰。

这首词由首至尾，直抒胸臆，挥洒无余，倾吐出词人“西来”路上的感受。“词之言情，贵得其真”（沈祥龙语），可说正是此词的主要特色。其次，此词典故运用都能恰到好处：“弹铗西来路”，像随手拾取，却包容了丰富的意蕴，既是叙事，又是抒情。用“悲歌击楫”“酒酣箕踞”写豪情与友谊，惟妙惟肖，神态毕现。后用杜甫诗句抒发羁旅况味，也情思隽永，妥帖自然，切合此刻自身的情怀。

姜夔

姜夔（约 1155—1221），字尧章，自号白石道人，江西鄱阳（今江西省鄱阳县）人。他一生落拓失意，没有做过官，长期漫游于江湖之间，与张镃、范成大等人过往从密。他富有艺术才华，精于诗、词、书法、音乐；词的成就最高，词风清空峻拔，多自度曲，是南宋一大词家。今传《白石道人歌曲》。

扬州慢

淮左[1]名都，竹西[2]佳处，解鞍少驻初程[3]。过春风十里[4]，尽荠麦青青。自胡马[5]窥江去后，废池乔木，犹厌言兵。渐黄昏，清角吹寒，都在空城。

杜郎[6]俊赏，算而今，重到须惊。纵豆蔻[7]词工，青楼[8]梦好，难赋深情。二十四桥[9]仍在，波心荡，冷月无声。念桥边红药[10]，年年知为谁生。

【注释】

[1] 淮左：南宋的淮南东路，行政区划之一，时称“淮左”。

[2] 竹西：即竹西亭，在扬州城东。

[3] 初程：作者初次到扬州。

[4] 春风十里：即扬州道上，对比杜牧《赠别》诗句“春风十里扬州路”，写今日扬州的荒凉。

[5] 胡马：代指金军。

[6] 杜郎：指唐代诗人杜牧。

[7] 豆蔻：形容少女美艳。杜牧诗云“娉娉袅袅十三余，豆蔻梢头二月初”。

[8] 青楼：妓院，杜牧诗云“十年一觉扬州梦，赢得青楼薄幸名”。

[9] 二十四桥：扬州桥名，语本杜牧《寄扬州韩绰判官》诗：“二十四桥明月夜，玉人何处教吹箫。”

[10] 红药：芍药。

【解读】

此词作于宋孝宗淳熙三年（1176 年），时作者二十余岁。宋高宗绍兴三十一年（1161 年），金主完颜亮南侵，江淮军败，中外震骇。完颜亮不久在瓜州为其臣下所杀。根据此前小序所说，淳熙三年，姜夔因路过扬州，目睹了战争洗劫后扬州的萧条景象，抚今追昔，悲叹今日的荒凉，追忆昔日的繁华，发为吟咏，以寄托对扬州昔日繁华的怀念和对今日山河破的哀思。

全词分为上下两片。但两片的写作手法都是运用一种鲜明对比，用昔日扬州城的繁荣兴盛景象对比现时扬州城的凋残破败惨状，写出了战争带给了扬州城万劫不复的灾难。

词的上片，写出了词人亲眼看见的景象和自身心理感受，写出了扬州城在“胡马窥江去后”令人痛心不已的凋残和败坏景象。词人先从自己的行踪写起，写自己初次经过扬州城，在著名的竹西亭解鞍下马，稍作停留。走在漫长的扬州道上，词人所见到的全部是长得旺盛而齐整的荠麦。而昔日那个晚唐诗人杜牧对扬州城美景的由衷溢誉一去不复返。自金人入侵后，烧杀掳掠，扬州城所剩下的也只是“废池乔木”了。人们说起那场战争，至今还觉得心有余悸和刻骨痛恨。一个“厌”字，很恰当地写出了人民的苦难、朝廷的昏聩和胡人的罪恶。日落黄昏，凄厉的号角声又四处响起，回荡在扬州城孤寂的上空，也回荡在词人惨淡的心灵间。词人很自然地实现了由视觉到听觉的转移。

词的下片，运用典故，进一步深化了“黍离之悲”的主题。昔日扬州城繁华，诗人杜牧留下了许多关于扬州城不朽的诗作。可是，假如这位多情的诗人今日再重游故地，他也必定会为今日的扬州城感到吃惊和痛心。杜牧算是个俊才情种，他有写“豆蔻”词的微妙精当，他有赋“青楼”诗的神乎其神。可是，当他面对眼前的凋残破败景象，他必不能写出昔日的款款深情来。扬州的名胜二十四桥仍然存在，水波荡漾，冷峻的月光下，四周寂静无声。唉，试想下，尽管那桥边的芍药花年年如期盛放，也很难有人有情思去欣赏它们的艳丽。词人用带悬念的疑问作为词篇的结尾，很自然地移情入景，今昔对比，催人泪下。

纵观全词，行文的基调都笼罩在一种悲凉凄怆的氛围中。无论是词人所见到的“荠麦青青”“废池乔木”，还是在黄昏里听到的“号角”和“空城”，或是词人自身所想到的杜牧“难赋深情”和不知亡国恨的“桥边红药”，都是一种悲剧的写照。

此词属纪游性抒情作品，作者把写景、叙事、用典、抒情、议论巧妙组合起来，浑然一体，突出了扬州昔日繁华、今日荒凉的对比，而追寻毁灭扬州名都、造成当前残破景象的根源，在于当年发动侵略的金军，故词中的爱国情绪便显得饱满而深沉，作者将黍离之悲暗暗移植在景物身上，笔下景物气韵生动地展现在读者眼前，这就使词的意境含蓄而有余味，给读者提供了欣赏再创造的广阔天地。

史达祖

史达祖（生卒年不详），字邦卿，号梅溪，汴京（今河南开封）人，早年多次应举不第，后为韩侂胄赏识，但开禧北伐受挫，因受韩株连，被流放。词风清丽俊秀，也有一些慷慨抑郁之作，擅长咏物。有《梅溪词》。

双双燕·咏燕

过春社了，度帘幕中间，去年尘冷。差池[1]欲住，试入旧巢相并。还相雕梁藻井[2]，又软语商量不定。飘然快拂花梢，翠尾分开红影。

芳径，芹泥[3]雨润，爱贴地争飞，竞夸轻俊[4]。红楼归晚，看足柳暗花暝。应自栖香[5]正稳，便忘了天涯芳信[6]。愁损翠黛双蛾，日日画栏独凭。

【注释】

[1] 差（chā）池：毛羽不齐。

[2] 相（xiàng）：仔细看。藻井：饰有彩绘的天花板。

[3] 芹泥：长有芹草的泥地。

[4] 轻俊：轻盈、俊俏。

[5] 栖香：睡得很香甜。

[6] 天涯芳信：《开元天宝遗事》中有燕子为思妇传信的故事。

【解读】

这首词对燕子的描写极为精彩，为古典诗词中全篇咏燕的妙词。通篇不出“燕”字，而句句写燕，极妍尽态，神形毕肖，而又不觉繁复。

“过春社了”，“春社”在春分前后，正是春暖花开的季节，相传燕子这时候由南方北归，词人只点明节候，让读者自然联想到燕子归来了。“度帘幕中间”，进一步暗示燕子的回归。“去年尘冷”暗示出是旧燕重归及新变化。在大自然一派美好春光里，北归的燕子飞入旧家帘幕，红楼华屋、雕梁藻井依旧，所不同的是，空屋无人，满目尘封，不免使燕子感到冷落凄清。

从“差池欲住”往后四句，写双燕欲住而又犹豫的情景。由于燕子离开旧巢有些日子了，“去年尘冷”，好像有些变化，所以要先在帘幕之间“穿”来“度”去，仔细看一看似曾相识的环境。燕子毕竟恋旧巢，于是“差池欲住，试入旧巢相并”。因“欲住”而“试入”，犹豫不决，所以还把“雕梁藻井”仔细相视一番，又“软语商量不定”。小小情事，写得细腻而曲折，像一对小两口居家度日，颇有情趣。其妙处在于这四个虚字一层又一层地把双燕的心理感情变化栩栩如生地传达出来。

“软语商量不定”，形容燕语呢喃，传神入妙。“商量不定”，写出了双燕你一句、我一句，亲昵商量的情状。“软语”，其声音之轻细柔和、温情脉脉、形象生动，把双燕描绘得就像一对充满柔情蜜意的情侣。果然，“商量”的结果，这对燕侣决定在这里定居下来了。于是，它们“飘然快拂花梢，翠尾分开红影”，在美好的春光中开始了繁忙紧张快活的新生活。

“芳径，芹泥雨润”，紫燕常用芹泥来筑巢，正因为这里风调雨顺，芹泥也特别润湿，真是安家立业的好地方啊，燕子得其所哉，双双从天空中直冲下来，贴近地面飞着，你追我赶，好像比赛着谁飞得更轻盈漂亮。

“红楼归晚，看足柳暗花暝”，春光多美，而它们的生活又多么快乐、自由、美满。傍晚归来，双栖双息，其乐无穷。可是，这一高兴啊，“便忘了天涯芳信”。在双燕回归前，一位天涯游子曾托它们给家人捎一封书信回来，它们全给忘记了！这天外飞来的一笔，出人意料。随着这一转折，便出现了红楼思妇倚栏眺望的画面：“愁损翠黛双蛾，日日画栏独凭。”由于双燕的玩忽害得受书人愁损盼望。

这结尾两句，似乎离开了通篇所咏的燕子，转而去写红楼思妇了。看似离题，其实不然，这正是词人匠心独到之处。试想词人为什么花了那么多的笔墨，描写燕子徘徊旧巢，欲住还休。对燕子来说，是有感于“去年尘冷”的新变化，实际上这是暗示人去境清，深闺寂寥的人事变化，只是一直没有道破。到了最后，将意思推开一层，融入闺情更有余韵。

原来词人描写这双双燕，是意在言先地放在红楼清冷、思妇伤春的环境中来写的，他是用双双燕子形影不离的美满生活，暗暗与思妇“画栏独凭”的寂寞生活相对照；接着他又极写双双燕子尽情游赏大自然的美好风光，暗暗与思妇“愁损翠黛双蛾”的命运相对照。显然，作者对燕子那种自由、愉快、美满生活的描写，是隐含着某种人生的感慨与寄托的。这种写法，因多一层曲折而饶有韵味，因而能更含蓄更深沉地反映人生，煞是别出心裁。但写燕子与人的对照互喻又粘连相接，不即不离，确是咏燕词的绝境。

这首词成功地刻画了燕子双栖双宿恩爱羡人的优美形象，把燕子拟人化的同时，描写它们的动态与神情，又处处力求符合燕子的特征，达到了形神俱似的地步，真的把燕子写活了。

刘克庄

刘克庄（1187—1269），字潜夫，号后村居士，莆田（今福建）人。南宋后期重要的诗、词作家。累官秘书监、工部尚书兼侍读、中书舍人、兵部侍郎，以龙图阁直学士致仕。一生关心国事，喜直言极谏，故屡进屡退，四次入朝，任职时间都很短。著有《后村先生大全集》。

贺新郎·送陈子华赴真州

北望神州路[1]。试平章、这场公事，怎生分付？记得太行兵百万，曾入宗爷驾驭。[2]今把作、握蛇骑虎[3]。君去京东豪杰喜，想投戈、下拜真吾父[4]。谈笑里，定齐鲁。

两河[5]萧瑟惟狐兔。问当年、祖生[6]去后，有人来否？多少新亭[7]挥泪客，谁梦中原块土？算事业、须由人做。应笑书生[8]心胆怯，向车中、闭置如新妇。空目送，塞鸿去。

【注释】

[1] 神州路：指中原沦陷于金国的地区。

[2] 记得太行兵百万，曾入宗爷驾驭：用《中兴小记》《老学庵笔记》中宗泽以收复失地相号召，北方义军争相归附者百余万人的典故。

[3] 握蛇骑虎：指南宋统治者对义军的态度，既畏惧，又敌视。

[4] 真吾父：《宋史·岳飞传》载，张用在江西作乱，岳飞写信给他，张用读完叹息说："真吾父也。"就投降了。

[5] 两河：黄河南北中原失地。

[6] 祖生：东晋名将祖逖，曾统兵北伐。此处借指宗泽。

[7] 新亭：在今江苏南京市南。东晋建立后，南渡的北方士大夫多于此宴集，遥望中原失地，相互对泣而无所作为。

[8] 书生：词人自称。

【解读】

南宋理宗宝庆三年（1227 年），刘克庄知建阳县（今属福建省）事，年三十六岁。他的朋友陈子华调知真州，路过建阳。真州（今江苏省仪征市）位于长江北岸，是靠近当时宋金对峙前线的要地。作者在送别陈子华之时，写了这首词，表达了作者对当朝统治者的不满和渴望收复中原的壮志。

上片起以问句，从“北望神州路”落笔，一开始就把读者卷入异族侵逼、江山颓败、社稷倾危之际南宋朝野两派人士两种主张的矛盾之中：一方面是爱国志士引颈翘盼尽早收复中原沦陷之土，一方面却是偏安朝廷高位重臣的一味主和，这种国势与国策的相悖直令作者忧心如焚，由“这场公事，怎生分付”这一问句，抖落出一片忧虑、急切而又无奈之情。起首以设问造势，既直露了作者愿望与现实冲撞下的不平心境，又造成行文上的引弓待发之势。作者没有紧接上句设问作答，而是让思维的流程回溯到南宋初的一段史实，以对比来抒怀——当年老将宗泽率领宋军大败金人、驾驭太行的伟绩，令人感奋；今日朝廷既外困于异族，又内惧于义军的“握蛇骑虎”的窘境，更令人慨叹。这种历史与现实并合、交错的写法，使词的时空范围得以拓展，作者的忧时爱国之怀，正是在这种对历史的钦慕与对现实的感喟中见于纸笔。接着几句，写作者勉慰鼓舞朋友，表现出坚持联合北方义军共同抗侮、收复失地的希望与信念。笔墨之间，豪情横溢。

下片进一层写“悲愤”。起首联系江山残破、半壁苟安的惨痛现实，继而连设两问，连用两典，一面热切鼓励陈子华以晋“闻鸡起舞”“击楫中流”的祖逖为楷模，为中原统一建功立业；一面沉痛指责那些南渡后但得一隅安身的统治者早已不复怀思中原失地。“问当年、祖生去后，有人来否？多少新亭挥泪客，谁梦中原块土？”这两句明以发问，实则为他勉、为自况，一以叙事，一以状怀，前句以问代答，实为盼令陈子华荷重任前往真州能如祖逖当年渡江北伐，有不尽勉励寄望之意。“算事业、须由人做”，是志士对同道的希冀与勉励；“应笑书生心胆怯，向车中、闭置如新妇”，是对书生胆怯的嘲笑，要人奋厉有为，为国效命，不能像新妇那样躲在车中胆小怕事，这也是胸怀报国之志、身为一介书生的作者的自勉。词人终究痛感自己书生无用，报国无路，词末终于发出了“空目送，塞鸿去”的悲愤叹息。“塞鸿”指陈子华，是说自己只能徒然目送陈子华。这首词用事化典很多，尤其是下片，几乎句句用事，然而不显堆垛，用得圆熟，用得贴切。作者化典用事，加深了词的悲愤苍凉的气氛，在语意、文气上一脉相承，使全词充满了一股梗概之气。

这首词气势磅礴，一气倾注，立意高远，大处落笔，兼有曲折跌宕的情致，是刘词的代表作。

吴文英

吴文英（约1212—约1272），字君特，号梦窗，晚号觉翁，四明（今浙江宁波）人，南宋后期大词家。一生布衣，流寓江浙间，曾于苏、杭、越三州任幕僚。作品严密简练，词风密丽。有《梦窗词》。

唐多令·惜别

何处合成愁？离人心上秋[1]。纵芭蕉不雨也飕飕[2]。都道晚凉天气好，有明月，怕登楼。　年事[3]梦中休，花空烟水流，燕辞归、客尚淹留[4]。垂柳不萦裙带住，漫长是[5]，系行舟。

【注释】

[1] 心上秋：这是用拆字法把愁字析为心、秋二字。

[2] 纵芭蕉不雨也飕飕：古人常用芭蕉雨暗寓凄凉心境。此则谓纵使不下雨，芭蕉叶飕飕作响，也会使人生出凄凉之感。

[3] 年事：年岁，年华。

[4] 淹留：久留。

[5] 漫长是：老是白白地。

【解读】

这首词写的是羁旅怀人。

词起笔写羁旅秋思，酿足了愁情，目的是为写别情蓄势。前两句先点“愁”字，语带双关。从词情看，这是说造成这些愁情的，是离人悲秋的缘故，秋思是平常的，说离人秋思方可称愁，单就这点说命意便有出奇制胜之处。从字面看，“愁”字是由“秋心”二字拼合而成，所以此二字又近于字谜游戏。但此处信手拈来，涉笔成趣，毫无造作之嫌，且紧扣主题秋思离愁，令人耳目一新。

“何处合成愁？离人心上秋”两句一问一答，开篇即出以唱叹，而且凿空道来，实可称倒折之笔。下句“纵芭蕉不雨也飕飕”是说，虽然没有下雨，但芭蕉也会因飕飕秋风，发出凄凉的声响。这分明想告诉读者，先时有过雨来。而起首愁生何处的问题，正由此处蕉雨惹起。所以前两句即由此倒折出来，平添千回百折之感。秋雨初停，天凉如水，明月东升，正是登楼纳凉赏月的好时候。“都道晚凉天气好”，可谓人云亦云，而“有明月，怕登楼”，才是客子真实独特的心理写照。“月是故乡明”，望月是难免会触动乡思离愁的。这三句没有直说愁，却通过客子心口不一的描写把它充分地表现了。

秋属岁末，颇容易使人联想到晚岁。过片就叹息年光过尽，往事如梦。“花空烟水流”是比喻青春岁月的流逝，又是赋写秋景，兼有二义之妙。由此可见客子是长期漂泊在外，老大未回之人。看到燕子辞巢而去，心生无限感慨。“燕辞归”与“客尚淹留”，两相对照，自可见人不如候鸟。以上蕉雨、明月、落花、流水、去燕……虽无非秋景，而又不是一般的秋景，这也是“离人心上秋”的具体形象化了。

“垂柳不萦裙带住，漫长是、系行舟”写客中孤寂的感叹。“垂柳”是眼中秋景，而又关离情别事，写来承接自然。“萦”“系”两字均由柳丝绵长思出，十分形象。“垂柳不萦裙带住”一句写的是其人已去，“裙带”两字暗示对方的身份和彼此之间的关系：“漫长是，系行舟”两句是自况，意思是自己不能随去。羁身异乡，又成孤零，本就有双重悲愁，何况离自己而去者又是一位情侣呢。由此方见篇首“离人”两字具有更多一重含意，是离乡又逢离别的人啊，其愁也就更难堪了。伊人已去而自己既留，必有不得已的理由，却不明说（也无须说），只是埋怨柳丝或系或不系，无赖至极，却又耐人寻味。“燕辞归、客尚淹留”句与此三句，又形成比兴关系，情景相映成趣。

全词构思新颖别致，写得细腻入微。语言通俗浅近，颇似民歌小调。

蒋　捷

蒋捷(约1245—约1305),宋末元初词人,阳羡(今江苏宜兴)人,咸淳十年(1274年)进士。南宋亡,深怀亡国之痛,隐居不仕,人称“竹山先生”“樱桃进士”,其气节为时人所重。长于词,与周密、王沂孙、张炎并称“宋末四大家”。其词多抒发故国之思、山河之恸,风格多样,而以悲凉清俊、萧寥疏爽为主。有《竹山词》。

一剪梅·舟过吴江

一片春愁待酒浇[1]。江上舟摇，楼上帘招[2]。秋娘渡与泰娘桥[3]，风又飘飘，雨又萧萧。　　何日归家洗客袍？银字笙调[4]，心字香烧[5]。流光[6]容易把人抛，红了樱桃，绿了芭蕉。

【注释】

[1] 待酒浇：等待饮酒来排解愁绪。

[2] 楼上帘招：楼上的酒旗似在招引着客人。

[3] 秋娘渡与泰娘桥：都是吴江的渡口和桥。

[4] 银字笙调：银字笙是一种笙管的名称。调，演奏。

[5] 心字香烧：烧心字香。心字香是制作成“心”字形的香。

[6] 流光：迅速流失的时光。

【解读】

宋亡，作者深怀亡国之痛，隐居姑苏一带太湖之滨，漂泊不仕。此词为作者乘船经过吴江县时，见春光明艳的风景，借以反衬自己羁旅不定的生活所作的一首词。

起笔点题，指出时序，点出“春愁”的主旨。“一片春愁待酒浇”，“一片”言愁闷连绵不断。“待酒浇”，是急欲要排解愁绪，表现了他愁绪之浓。

随之以白描手法描绘了“舟过吴江”的情景：“江上舟摇，楼上帘招。秋娘渡与泰娘桥，风又飘飘，雨又萧萧”，这“江”即吴江。在这一“摇”一“招”之间，情绪是由愁而略见开颜了的。可是当江上小舟载着这薄醉之人继续行去，醉眼惺忪地看见“秋娘渡与泰娘桥”的景色时，风吹酒醒，雨滴心帘，只觉风入骨，雨寒心。转而“秋愁”复涨，而且愈涨愈高了。情绪的起伏就是如此激转湍漩。漂泊思归，偏逢上连阴天气。同时作者用“飘飘”“萧萧”

描绘了风吹雨急。“又”字含意深刻，表明他对风雨阻归的恼意。这里用当地的特色景点和凄清、伤悲气氛对愁绪进行了渲染。

“何日归家洗客袍？银字笙调，心字香烧”，首句点出“归家”的情思，“何日”道出漂泊的厌倦和归家的迫切。想象归家后的温暖生活，思归的心情更加急切。“何日归家”四字，一直管着后面的三件事：洗客袍、调笙和烧香。这里采用了反衬的手法，词人想象归家之后的情景：结束旅途的劳顿，换去客袍；享受家庭生活的温馨，娇妻调弄起镶有银字的笙，点燃熏炉里心字形的香。作者词中极想归家之后佳人陪伴之乐，思归之情由此可见。“银字”和“心字”给他所向往的家庭生活增添了美好、和谐的意味，与作者的凄苦形象对比，突出思归的心绪。

下片最后三句非常精妙。“流光容易把人抛”，指时光流逝之快。“红了樱桃，绿了芭蕉”，一“红”一“绿”，将春光渐渐消逝于初夏的来临这个过程充分表现了出来。这是时序的暗示。但细加辨味，芭蕉叶绿，樱桃果红，花落花开，回黄转绿，大自然的一切可以年年如此，衰而盛，盛而衰，可是绿肥红瘦对人来说意味着青春不再，盛世难逢。“流光容易把人抛”的全过程，怎样抛的，本极抽象，现今以“红了樱桃，绿了芭蕉”明示出来。所以，如果说暗示具体时序由春而夏，那是“实”的表现，那么将抽象的流光抛入揭示开来就是“虚”的具体化。至于色彩的自然绚丽，化抽象的时光为可感的意象，以樱桃和芭蕉这两种植物的颜色变化，具体地显示出时光的奔驰，也是渲染。词人抓住夏初樱桃成熟时颜色变红，芭蕉叶子由浅绿变为深绿，把看不见的时光流逝转化为可以捉摸的形象。春愁是剪不断、理还乱。词中借“红”“绿”颜色之转变，抒发了年华易逝、人生易老的感叹。词中，将“红”“绿”这两个形容词作动词使用，十分生动。利用色彩的变换，形象地烘托出流光易逝的意蕴。所以《四库全书提要》说“捷词炼字精深，音调谐畅”。

词人在词中逐句押韵，读起来朗朗上口，节奏铿锵，大大地加强了词的表现力。这个节奏感极强的思归曲，让人读后有“余音绕梁，三日不绝”的意味。

辽金元

辽金元是中国历史上少数民族建立的国家，统治时期曾短暂与汉文化融合，但因历史不长，文学成就不高。相对而言，元代文学成就高于辽金两朝。

元代历史短暂，从蒙古王朝灭金统一北方的1234年起到元朝灭亡的1368年，其间约一百三十四年。元代文学的一大特色是叙事文学在中国文学史上第一次取代抒情文学成为文坛主流，诗词等传统抒情文学样式衰弱。

元代词上承两宋词余绪，虽然成就难以继盛，但出现了许多词人和词作，其中不乏名篇佳句，表现出时代特点。金末元初文坛盟主元好问、元代少数民族作家萨都剌等人的作品就展现出了高超的艺术魅力，表现出自己的时代思想情绪和艺术特色。

元好问

元好问（1190—1257），字裕之，号遗山，太原秀容（今山西忻州）人，金末元初著名作家和历史学家、文坛盟主，是宋金对峙时期北方文学的主要代表，又是金元之际在文学上承前启后的桥梁，被尊为“北方文雄”“一代文宗”，其诗、文、词、曲，各体皆工。他的《论诗绝句》三十首，对魏晋以来的诗歌做了系统的总结，在文学批评史上享有很高的地位。曾写下大量优秀的现实主义诗篇，还著有《中州集》《壬辰杂编》等书。

摸鱼儿·雁丘词

问世间，情是何物，直教生死相许[1]？天南地北双飞客[2]，老翅几回寒暑。欢乐趣，离别苦，就中更有痴儿女。君应有语，渺万里层云，千山暮雪，只影向谁去？　　横汾路，寂寞当年箫鼓[3]，荒烟依旧平楚[4]。招魂楚些何嗟及，山鬼暗啼风雨[5]。天也妒，未信与，莺儿燕子俱黄土。千秋万古，为留待骚人[6]，狂歌痛饮，来访雁丘处。

【注释】

[1] 直教：竟使。许：随从。

[2] 双飞客：大雁双宿双飞，秋去春来，故云。

[3] 横汾路，寂寞当年箫鼓：这葬雁的汾水，当年汉武帝横渡时何等热闹，如今却是一番寂寞凄凉的场面。汉武帝《秋风辞》："泛楼船兮济汾河，横中流兮扬素波，箫鼓鸣兮发棹歌。"

[4] 平楚：楚指丛木。远望树梢齐平，故称平楚。

[5] 招魂楚些何嗟及，山鬼暗啼风雨：我欲为死雁招魂又有何用，雁魂也在风雨中啼哭。

[6] 骚人：指文人骚客。

【解读】

这是元好问的一首咏物抒情词，词前小序为："太和五年乙丑岁，赴试并州，道逢捕雁者，云：'今旦获一雁，杀之矣。其脱网者悲鸣不能去，竟自投于地而死。'予因买得之，葬之汾水之上，累石为识，号曰雁丘，时同行多为赋诗，予亦有《雁丘词》。旧时作无宫商，今改定之。"可见，词人为大雁殉情而死的故事深深震撼，才挥笔写下了这曲凄婉缠绵、感人至深的爱情悲歌，寄托自己对忠贞不渝的爱情伴侣的无限哀思。

词的上片开篇一句“问世间，情是何物，直教生死相许？”一个“问”字破空而来，为殉情者发问，实际也是对殉情者的赞美。“直教生死相许”则是对“情是何物”的震撼人心的回答。在“生死相许”之前加上“直教”二字，更加突出了“情”的力量。“天南地北双飞客，老翅几回寒暑”这两句写雁的感人生活情景。大雁秋天南下越冬而春天北归，双宿双飞。作者称它们为“双飞客”，赋予它们比翼双飞如世间夫妻相爱的理想色彩。“天南地北”从空间落笔，“几回寒暑”从时间着墨，用高度的艺术概括，写出了大雁的相依为命、相濡以沫的生活历程，为下文的殉情做了必要的铺垫。“君应有语，渺万里层云，千山暮雪，只影向谁去”这四句是对大雁殉情前心理活动细致入微的揣摩描写。当网罗惊破双栖梦之后，作者认为孤雁心中必然会进行生与死、殉情与偷生的矛盾斗争。但这种犹豫与抉择的过程并未影响大雁殉情的挚诚。相反，更足以表明以死殉情是大雁深入思索后的理性抉择，从而揭示了殉情的真正原因。

词的下片借助对自然景物的描绘，衬托大雁殉情后的凄苦，“横汾路，寂寞当年箫鼓，荒烟依旧平楚”三句写葬雁的地方。“雁丘”所在之处，汉代帝王曾来巡游，当时是箫鼓喧天，棹歌四起，山鸣谷应，何等热闹。而今天却是四处冷烟衰草，一派萧条冷落景象。“招魂楚些何嗟及，山鬼暗啼风雨”两句意为雁死不能复生，山鬼枉自哀啼。这里作者把写景同抒情融为一体，用凄凉的景物衬托雁的悲苦生活，表达词人对殉情大雁的哀悼与惋惜。“天也妒，未信与，莺儿燕子俱黄土”写雁的殉情将使它不像莺、燕那样死葬黄土，不为人知；它的声名会惹得上天妒忌。这是作者对殉情大雁的礼赞。“千秋万古，为留待骚人，狂歌痛饮，来访雁丘处”四句，写雁丘将永远受到词人的凭吊。

这首词名为咏物，实为抒情。作者运用比喻、拟人等艺术手法，对大雁殉情而死的故事，展开了深入细致的描绘，再加以悲剧气氛的环境描写的烘托，塑造了忠于爱情、生死相许的大雁的艺术形象，谱写了一曲爱情悲歌。全词情节并不复杂，行文却跌宕多变。围绕着开头的两句发问，层层深入地描绘铺叙，有大雁生前的欢乐，也有死后的凄苦，有对往事的追忆，也有对未来的展望，前后照应，具有很高的艺术价值。

萨都剌

萨都剌（约1272—1355），元代诗人、画家、书法家。字天锡，号直斋。回族（一说蒙古族）。其先世为西域人，出生于雁门（今山西代县），泰定四年进士。授应奉翰林文字，擢南台御史，以弹劾权贵，左迁镇江录事司达鲁花赤，累迁江南行台侍御史，左迁淮西北道经历，晚年居杭州。萨都剌善绘画，精书法，尤善楷书，人称燕门才子。作品以写自然景物见长。著有《雁门集》《西湖十景词》等。

满江红·金陵怀古

六代[1]豪华，春去也，更无消息。空怅望，山川形胜，已非畴昔。王谢堂前双燕子，乌衣巷口曾相识[2]。听夜深、寂寞打孤城，春潮急[3]。

思往事，愁如织；怀故国，空陈迹。但荒烟衰草，乱鸦斜日。玉树[4]歌残秋露冷，胭脂井[5]坏寒螀[6]泣。到如今、只有蒋山[7]青，秦淮碧[8]。

【注释】

[1] 六代：指建都在金陵（今南京）的六个朝代，即吴、东晋、宋、齐、梁、陈。

[2] 王谢堂前双燕子，乌衣巷口曾相识：化用刘禹锡《金陵五题·乌衣巷》："朱雀桥边野草花，乌衣巷口夕阳斜。旧时王谢堂前燕，飞入寻常百姓家。"乌衣巷，在今南京市东南，秦淮河畔，靠近朱雀桥，是东晋时王导、谢安等家族所居之地。

[3] 听夜深、寂寞打孤城，春潮急：化用刘禹锡《金陵五题·台城》："山围故国周遭在，潮打空城寂寞回。"

[4] 玉树：指陈后主（叔宝）创作的歌曲《玉树后庭花》，后人视为亡国之音。刘禹锡《金陵五题·台城》："万户千门成野草，只缘一曲后庭花。"

[5] 胭脂井：又名景阳井、辱井，在台城内（故址在今南京市鸡鸣山南）。隋兵攻打金陵，陈后主与妃子避入此井，终为隋兵所俘。

[6] 寒螀：寒蝉。

[7] 蒋山：即钟山、紫金山，在今南京市东，因东汉时县尉蒋子文葬于此，故名。

[8] 秦淮碧：语出刘禹锡《金陵五题·江令宅》："南朝词臣北朝客，归来唯见秦淮碧。"

【解读】

1332年（元文宗至顺三年）作者调任江南诸道行御史台掾史，移居金陵（今南京市）。该词大约作于此时。

这首词上片写暮春之景。起首两句直扣题旨：六代的繁华如同春景的消逝，一去不返。“空怅望”起三句，言金陵山川地形优越，然而繁华已非往昔，使人怅恨无限。“王谢堂前双燕子”起四句中，前两句意谓：乌衣巷口双飞的燕子，似曾相识，原来是曾在东晋豪族王、谢庭院中栖息过。后两句意谓：夜深时，听见长江的春潮拍打着孤城金陵的河岸。一个“急”字，既烘托出夜深的静谧氛围，又刻画出潮水的寂寞和不甘寂寞的情状。

下片“思往事”起四句转而思事抒怀，总写怀古伤时之情。接着又用荒烟、衰草、乱鸦和斜日四种意象构成一幅衰败啸咏图。作者运用陈后主一盛一衰时的两个典故，表现了由盛转衰的历史变化。词结尾两句，词情陡然逆转，谓历史人事一切皆变，唯有青青的蒋山、碧绿的秦淮河亘古长存。不仅承前“山川形胜”，而且更深一层地表达出历史人世变幻无常的悲哀。

艺术手法上突出的特点，是作者善于化用前人的诗句和典故，而又点化自然，不露痕迹。像“王谢堂前双燕子，乌衣巷口曾相识”，化用后并不显得生搬硬套、游离词外，而能与整首词的意境融合，浑然天成，且糅入了新意。“听夜深、寂寞打孤城，春潮急”句也是如此，在化用之中迸发真情，使作品的怀古感慨在积淀的历史中变得更加深沉和悠远。“玉树歌残秋露冷，胭脂井坏寒螀泣”两句运用陈后主一盛一衰的典故，与整首词物是人非、往事已休、抚今追昔的感慨意脉相通，用在作品中，自然贴切、意味深长。

明

明代从1368年太祖朱元璋开国到1644年思宗朱由检自缢，前后共计277年。明代文学的显著特色是小说、戏曲等俗文学发展昌盛而以诗文为代表的雅文学相对衰微。

明末，由于社会发展变革，给词的创作带来一线生机。明代末期，满族贵族集团统兵入关并建立清朝，民族矛盾上升为主要的社会矛盾。陈子龙在抗清斗争中英勇牺牲，其词托体骚辨，所指甚大，是转变风气的第一人，被公认为明代第一词人。与陈子龙同时，入清后犹有创作活动的屈大均、王夫之等人也是能词者。他们使得明末词坛焕发光彩，不仅挽救了一代词运，而且也为清词中兴开了风气。

明代除了出现若干较为出色的词作家外，在词学研究方面也取得了一定的成绩。

唐 寅

唐寅（1470—1524），明代书画家，文学家。字伯虎，又字子畏，号六如居士、桃花庵主，有“江南第一风流才子”之美称。吴县（今江苏苏州）人。16 岁时参加童生试，经县试、府试、院试，高中第一名案首。1498 年（明孝宗弘治十一年）赴南京乡试，又中第一名解元。次年进京会试，因涉嫌程敏政受贿案，贬谪往浙江为吏。耻不就官，归家后纵酒浇愁，傲世不羁，放浪形骸以终。绘画与沈石田、文徵明、仇英齐名，史称“明四家”。诗词曲赋与文徵明、祝允明、徐祯卿并称“江南四大才子”（也称“吴门四才子”），位居四才子之首。著存《唐伯虎全集》。

一剪梅

雨打梨花深闭门。忘了青春，误了青春。赏心[1]乐事共谁论？花下销魂，月下销魂[2]。　　愁聚眉峰尽日颦[3]。千点啼痕，万点啼痕。晓看天色暮看云。行也思君，坐也思君。

【注释】

[1] 赏心：心情欢畅。

[2] 销魂：黯然神伤。

[3] 颦（pín）：皱眉。“愁聚眉峰尽日颦”意为整日眉头皱蹙如黛峰耸起。

【解读】

这是一首闺怨词。

上片写少妇一春的愁怨。“雨打梨花深闭门”借用李重元《忆王孙》词中成句。词人选取梨花为背景，一则梨花本身素雅，与主人的身份、心境契合，二则梨花开在清明前后，它的盛开预示着春天即将消逝，对本词的立意起着重要作用。雨打梨花，春色将尽，此时少妇深掩重门，寂寞伤感之情已不言而喻。后面两句中的“青春”，既指自然界的春天，也指人的青春年华，语意双关。春天是个美好的季节，年轻的夫妇本该成双成对，然而现在少妇只能一人面对春花、明月，独自黯然伤神。词人在此以乐景写哀情，更显出主人公的哀怨之深。

下片写少妇一日的愁思。眉峰，形容眉毛蹙起如远山。这一句说少妇整日愁眉不展，郁郁寡欢。“千点啼痕，万点啼痕”，极言伤心欲绝，泪下难止。由于少妇心中的思念太深，以至产生了一种幻觉，认为她的丈夫随时都可能回家，她每天从早到晚都特别关心天气，为的是丈夫能顺利归来。结尾两句点明全篇主旨，原来少妇的千愁万怨，无不来自对远出丈夫的刻骨思念。

此词的最大的特点是善用叠语，如“忘了青春，误了青春”“行也思君，坐也思君”等。上、下句改换一字，便觉意味深长，缠绵动人。

陈子龙

陈子龙（1608—1647），明末官员、诗人、词人、散文家、骈文家、编辑。南直隶松江华亭（今上海市松江区）人，初名介，后改名子龙；初字人中，后改字卧子，又字懋中。

陈子龙具有多方面的艺术成就：诗歌成就较高，为云间诗派首席，被公认为明代最后一个大诗人（“明诗殿军”）；亦工词，为婉约词名家、云间词派盟主，被后代众多著名词评家誉为“明代第一词人”、清词中兴的开创者；骈文也有佳作，《明史》称其“骈体尤精妙”；奏疏与策论都有很深厚的功底，也很有成就；小品文自成一格。陈子龙也是明末著名的编辑，曾主编巨著《皇明经世文编》，删改徐光启《农政全书》并定稿，这两部巨著具有很重要的史学价值。

山花子·春恨

杨柳迷离晓雾中，杏花零落[1]五更钟[2]。寂寂景阳宫[3]外月，照残红。　　蝶化彩衣[4]金缕尽，虫衔画粉玉楼空。唯有无情双燕子，舞东风。

【注释】

[1] 杏花零落：唐温庭筠《菩萨蛮》“雨后却斜阳，杏花零落香”，宋秦观《画堂春》“雨余芳草斜阳，杏花零落燕泥香”。

[2] 五更钟：李商隐《无题》“来是空言去绝踪，月斜楼上五更钟”。

[3] 景阳宫：即景阳殿，是南朝陈的宫殿，故址在今南京市北玄武湖畔一带。

[4] 蝶化彩衣：《罗浮山志》载有葛洪成仙，遗衣化为彩蝶的故事。《罗浮山志》载：“仙蝶为仙人彩衣所化，大如盘而五色。”

【解读】

陈子龙的词婉丽风流，独具神韵，无论叙私情，还是言国事，都“以浓艳之笔，传凄婉之神”（陈延焯《白雨斋词话》）。这首《山花子》词就是一首凄丽悲婉的佳作。词题为“春恨”，但非关春情，也非关春光，而是以眼前的春色为契机，抒发悲怀故国的一腔遗恨。

上片从残春的景象入笔，自然引发一脉凄婉的伤逝情愫。

“杨柳迷离晓雾中，杏花零落五更钟”，开篇两句，呈现了四种意象——弥漫的晓雾，迷离的杨柳，零落的杏花，凄清的钟声，营造了一种残败清冷的氛围。这是残春的景象，令人恓惶惆怅。五更钟，用语本于李商隐《无题》“来是空言去绝踪，月斜楼上五更钟”。这里暗用宋朝灭亡的旧典。《宋史·五行志》载，宋初有“寒在五更头”的民谣，“五更”谐音“五庚”，预兆宋朝的国祚在第五个庚申之后终止。宋太祖立国于960年（建隆元年庚申），到1259年（理宗开庆元年）正好为五个庚申。果然，二十年后，宋朝就宣告灭亡。如今，这五更的钟声响起，不啻如一声声家破国亡的丧音，敲打着词人忧伤的心灵。下面“寂寂景阳宫外月，照残红”两句，又以冷月、旧宫、残花三种意象，进一步渲染寂寞、凄凉的景况。“景阳宫”，即景阳殿，是南朝陈的宫殿，故址在今南京市北玄武湖畔。589年（祯明三年），隋军南下过江，攻占台城（故址在今南京市北玄武湖畔一带），陈后主闻讯，即与妃子张丽华投景阳宫井藏匿，至夜，被隋军擒获。

明朝和陈朝都建都南京。这里是用象征陈朝灭亡的景阳宫旧事影射明朝的亡国。曾经照彻陈朝景阳宫殿、目睹过陈后主投井被擒一幕的明月，如今宛如深邃明睿的见证人，冷峻地观照着明朝灭亡后的惨淡景象——暮春的红花在寂寞中纷纷凋残，意味颇为深长。

下片切入人事变化，抒写凭吊故国的感伤。

“蝶化彩衣金缕尽，虫衔画粉玉楼空”，过片两句承袭上片意脉，呈现一派亡国的衰败景象。《罗浮山志》载有葛洪成仙，遗衣化为彩蝶的故事。“蝶化彩衣金缕尽”用其事，意谓明朝的皇族贵胄死后，五彩的遗衣化作了蝴蝶，连金丝缕也销蚀殆尽，早已失去帝王家的气象。昔日的皇宫、玉宇琼楼早已朽蚀一空，剥落的画粉飞飞扬扬，只留下萧瑟悲凉之景。这虫蚀楼空的意象，正是奸佞卖国的象征。“唯有无情双燕子，舞东风”，结拍两句，看似描绘燕舞东风的春景，实则以燕子的无情隐喻降清旧臣的无义，揭示出他们卖身求荣的丑恶嘴脸。他们恍如翩翩起舞的燕子春风得意，毫无亡国的悲恸。这两句含意隐曲，但透过言表，并不难感受到词人的义慨和愤懑。

清陈廷焯评此词说：“凄丽近南唐二主，词意亦哀以思矣！”（《白雨斋词话》），并以“凄丽”二字概括此词特征，指出这首词凄清婉丽的风格与南唐二主李璟、李煜相近。如果说，南唐后主李煜的“哀以思”，主要是哀悼失去的天堂，追思旧日的荣华富贵，那么，陈子龙的“哀以思”则更多的是哀痛故国的覆亡，沉思亡明的教训。一位是亡国亡家的君主，一位是图谋恢复的志士，显然，后者的作品更富思想的深度。

清沈雄谓："大樽（陈子龙号）文高两汉，诗轶三唐，苍劲之色与节义相符者，乃《湘真》一集，风流婉丽如此！"（《古今词话·词评》）凄丽的外壳包蕴着哀以思的崇高节义，如此解读这首《山花子》词，方不辜负词人的苦心孤诣。

清

明崇祯十七年（1644 年），李自成率军攻陷北京，明朝灭亡。清朝乘机攻入山海关，揭开了中国最后一个封建王朝的帷幕。到清宣统三年（1911 年）清朝灭亡，清王朝统治中国 267 年。

中国文学到清代经过数度变迁、数度形态各异的辉煌，有着丰厚而多彩的历史积累。鸦片战争以前的清代文学呈现出一种集中国古代文学之大成的景观，各种文体都再度辉煌，蔚为大观，诸多样式齐头并进，全面繁荣。元明以来已经衰弱下来屈居于陪衬地位的词，入清之后又重新振兴起来。

清代的词人、词作、词论均多于前代，被称为文学史上的“词之中兴”。以陈维崧为宗主的阳羡词派、以朱彝尊为领袖的浙西词派、以张惠言为代表的常州词派以及被称为“北宋以来，一人而已”的纳兰性德，在词创作方面都极有建树。

陈维崧

陈维崧（1625—1682），字其年，号迦陵，江苏宜兴人。清康熙十八年举博学鸿词科，授检讨，纂修《明史》。其词上承苏、辛词风，下开阳羡词派。又擅诗及骈文。有《陈迦陵文集》《湖海楼诗集》等。其词与朱彝尊词合刊，称《朱陈村词》。

点绛唇·夜宿临洺驿

晴髻离离[1]，太行山势如蝌蚪。稗[2]花盈亩，一寸霜皮厚[3]。　赵魏燕韩[4]，历历堪回首。悲风吼，临洺驿口，黄叶中原走。

【注释】

[1] 晴髻（jì）离离：晴空中的山峦如女人发髻，繁盛茂密。离离，繁盛的样子。

[2] 稗（bài）：俗称稗子。

[3] 一寸霜皮厚：指稗花堆积如凝霜。

[4] 赵魏燕韩：古国名，为战国七雄之四国，位于今河北、河南、山西一带。

【解读】

本篇作于康熙七年（1668年）十月。这年夏天，陈维崧由避祸八载的如皋冒襄家入京谋职，虽得到龚鼎孳等大僚的激赏，仍失意而归，去河南商丘探望入赘的四弟陈宗石。初冬日，途经临洺驿投宿，在苍茫夜色中俯仰今古，感慨万端，故国之痛与身世之悲一并兜上心头，因有此作。虽为短调，容量却很大，感慨兴亡的主题借阔大萧瑟之景，表现得极其浓烈，具有震撼人心的魅力。

词上片写眼中景，远望中的太行山如蝌蚪那样累累叠叠地排列在眼前；而近处的原野，枯萎的稗草，在月光下如凝霜堆积。开头便连用“晴髻”“蝌蚪”两个奇特的比喻：一是把岩峦静矗之状比作发髻，一是把山岭跃动之势比作蝌蚪。前者犹可，后者则把极大的山景看得像蝌蚪那样细小，气魄特大，眼界特高，词境顿时为之一振。“稗花”两句写近景，以盈亩的稗草暗示连年兵祸带来的荒凉冷寂，为下文吊古之幽情伏笔。其“一寸霜皮厚”质感逼真，力透纸背。

下片转入抒情，激荡的情思漩起。“赵魏燕韩”诚然是吊古，却也未尝不是明朝的符号。就在不到三十年前，此地不也是血火交映，满目疮痍？而自己心怀黍离之悲，行役天涯，日暮途穷，此时心境又怎一个“愁”字了得？于是，悲风怒叫，黄叶飙飞中，一个词人踽踽独行、苍凉悲愤的形象纤毫毕现。“悲风吼”，是所闻，更加强了所感。一个“悲”字，表现的显然是作者的主观情感：既是历史的感慨，更是现实的反映。“中原黄叶走”，便是历史与现实、象征与写实、整个人生与个人命运的交融一体，写尽从古到今历史风云变化的无常和个人在此中的无可奈何。总之，“悲风吼”三句凌厉至极，那吼声里也正包含着词人的郁勃心音。

一般说来，小令由于篇幅短狭，很难写得波澜壮阔、腾跃激扬。陈维崧则以他出众的才华和惊人的创造力在令词中描绘出一般只能寓于长调的慷慨沉雄境界。这无疑是他对词的发展做出的重要贡献。

朱彝尊

朱彝尊（1629—1709），清代诗人、词人、学者、藏书家。字锡鬯（chàng），号竹垞（chá），晚号小长芦钓鱼师，又号金风亭长。汉族，秀水（今浙江嘉兴市）人。康熙十八年（1679 年）举博学鸿词科，除检讨。二十二年（1683 年）入直南书房。曾参加纂修《明史》。博通经史，诗与王士祯称南北两大宗。作词风格清丽，为浙西词派的创始者，与陈维崧并称朱陈。精于金石文史，购藏古籍图书不遗余力，为清初著名藏书家之一。著述甚富，有《曝书亭集》等。

卖花声·雨花台

衰柳白门[1]湾，潮打城[2]还。小长干接大长干[3]。歌板酒旗零落尽，剩有渔竿。　　秋草六朝[4]寒，花雨[5]空坛。更无人处一凭阑。燕子斜阳来又去，如此江山！

【注释】

[1] 白门：本指建康（南京）台城的外门，后来用作建康的别称。此处即指南京。

[2] 城：这里指古石头城，在今南京清凉山一带。

[3] 小长干、大长干：古代里巷名，故址在今南京城南。

[4] 六朝：吴、东晋、宋、齐、梁、陈。

[5] 花雨：指雨花台。

【解读】

这首词是作者在游览雨花台时写的，是一首吊古伤今之作，描写了清初战乱之后金陵破败荒凉景象，以此来表达自己满腔的伤感之情。全词从头至尾都充斥着浓浓的悲凉与伤感，每一字每一句皆是如此。

文章第一个字便以“衰”开头，使文章立刻进入了一种衰败、空寂、凄凉的氛围中。满眼看去尽是“衰柳”的白门湾，给人一种深深的冲击，柳树本应在微风中摇曳，尽显婀娜，在阳光中闪动，尽现温柔，可如今经过战争的践踏而变得枝秃茎断，一片狼藉，令人不禁深深惋惜、伤感。而后又写了“大长干”“小长干”两条原本歌舞升平、繁华尽显的巷子，也在战争的铁蹄下变得“歌板酒旗”零落满地，满目疮痍，令读者不仅与当年莺歌燕舞、彩舟画舫的十里秦淮进行对比，更加为它此时的荒芜、悲凉感到痛惜与难过，令原本伤感的基调更深一层。

接下来“秋草六朝寒，花雨空坛”一句写了曾为六朝都城的南京，原本应该奢侈繁华，夜夜笙箫，而如今却寸草不生，只有一个空空的台子，衬托出战争带来破坏的严重。而最后一句写燕子不知道人世的变迁，不懂人类的寂寞悲伤，仍旧在夕阳下飞来飞去，与作者满腹的思绪形成对比，更加反衬出作者内心深深的哀伤与无奈。总之，全词在作者的笔下时时刻刻都透着无尽的伤感，使作者内心感情的抒发自然、朴实。

此词显示了高超的艺术技巧，烘托、用典等手法的运用，使作者感情的抒发更为强烈有力。如本词在一开头先写了满是“衰柳”的“白门湾”，又写了“歌板”“酒旗”满地零落的“大长干”和“小长干”等，渲染出一种荒凉、空寂的氛围，借此来烘托雨花台战后凄凉、衰败的景象，使读者感受得更深刻。“潮打城还”则化用了刘禹锡在《石头城》中“潮打空城寂寞回”的诗意，这样一来，就可以使读者在联系以前诗词的基础上，更快更深刻地体会出作者的感受和词的意境。

顾贞观

顾贞观（1637—1714）清代文学家。原名华文，字远平、华峰，亦作华封，号梁汾，江苏无锡人。康熙五年举人，擢秘书院典籍。曾在纳兰明珠家当家庭教师，与明珠之子纳兰性德交契，康熙二十三年致仕，读书终老。顾贞观工诗文，词名尤著，与陈维崧、朱彝尊并称明末清初“词家三绝”，同时又与纳兰性德、曹贞吉共享“京华三绝”之誉。著有《弹指词》《积书岩集》等。

金缕曲

寄吴汉槎宁古塔，以词代书，丙辰冬寓京师千佛寺，冰雪中作。

季子[1]平安否？便归来，平生万事，那堪回首！行路[2]悠悠谁慰藉，母老家贫子幼。记不起，从前杯酒。魑魅[3]搏人应见惯，总输他，覆雨翻云手[4]，冰与雪，周旋久。

泪痕莫滴牛衣[5]透，数天涯，依然骨肉，几家能够？比似红颜多命薄，更不如今还有。只绝塞，苦寒难受。廿载包胥承一诺[6]，盼乌头马角[7]终相救。置此札，君怀袖。

【注释】

[1] 季子：春秋时，吴王寿梦之子季札，有贤名，因封于延陵，遂号称“延陵季子”，后来常用“季子”称呼姓吴的人。

[2] 行路：这里指与己无关的路人。

[3] 魑魅（chī mèi）：鬼怪。

[4] 覆雨翻云手：形容反复无常。

[5] 牛衣：这里指粗劣的衣服。

[6] 廿载：自吴兆骞坐江南科场案至此，整整二十年。包胥承一诺：春秋时，伍子胥避害自楚逃吴，对申包胥说：“我必覆楚。”申包胥答：“我必存之。”后伍子胥引吴兵陷楚都郢，申包胥入秦求兵，终复楚国（参看《史记》）。

[7] 乌头马角：战国末，燕太子丹为质于秦，求归。秦王说：“乌头白，马生角，乃许耳！”太子丹仰天长叹，乌头变白，马亦生角（参看《史记》）。

【解读】

清代顺治帝年间，诗人吴兆骞（字汉槎）因在科场案中受人诬陷，被流放至冰雪绝寒之地宁古塔（今黑龙江宁安），时年二十九岁。十七年后，他的童稚之交顾贞观，入大学士纳兰明珠府中当教师，乘机为之求助于明珠之子、词人纳兰性德。但纳兰性德与吴兆骞并无交情，一时未允。1676年（康熙十五年）冬，作者离居北京千佛寺，于冰雪中感念良友的惨苦无告，为之作《金缕曲》二首（此为第一首）寄之以代书信。纳兰性德读过这字字血泪的两首词，泪下数行，道："河梁生别之诗，山阳死友之传，得此而三！"当即担保援救吴兆骞。后经纳兰父子的营救，吴兆骞终于在五年之后获赎还乡。从此，作者悉力奔走以救穷途之友的故事，便广为人所咏叹、而作为故事中心的《金缕曲》二首，更成为至今传诵不衰的友谊名篇。

词的首句先问平安，这是书信的常套，词是以词代书。故先作常套语。然而，次句"便归来"三字，看似平易而实为突兀，破空飞来。本来，此词的上片，全是为说兆骞的"平生万事，那堪回首"。这"万事"实在难以诉尽，作者姑且为举其大者：远行在外、无人慰藉，不堪回首者一；母老、家贫、子幼，从前杯酒论欢的朋友亦消散难忆，不堪回首者二；被那些魑魅魍魉般的小人诬陷了，却无从申冤、无从复仇，只能叹一声"应见惯"，哀一声"总输他"，不堪回首者三；日日与宁古塔的冰雪周旋，不堪回首者四。读者就算仅仅读到这些不堪回首之事，亦已足可感知作者对友人心思的体察之深，足可悟出作者与友人交情非比寻常。不料，作者还能在这千万重苦恨之上，更添上"便归来"三字，令读者的感知和领悟更深一层。有此三字，便足见兆骞这十七年所受之苦，也将是终身之苦——不能归来自是终身之苦，便能归来，也是终身之苦，因为将终身留下挥之不去的阴影。同时，有此三字，亦给了绝塞良朋以"归来"的希望，哪怕只是极模糊的假定也罢。所以，凭着这笼盖上片的"便归来"三字，作者与吴兆骞的相知和相交到了何等的程度，已是尽在不言中；将此三字置于篇首，足见作者巧于构思。

下片首句"泪痕莫滴牛衣透"，"透"字乃是精于措辞的典例。在上片中，作者说到友人的极痛处，令他不能不放声一恸，泪滴牛衣。但是，倒尽满怀苦水，乃是为了重振精神，故牛衣不可无泪，亦不可浸透泪水——消沉绝望。哭过了，也该退一步、回头思量一番。吴兆骞有毅然出塞相伴的爱妻、有生于北地的儿女，如此能够骨肉完聚之家，已算万幸。当年科场案发，有多少红颜少年为之丧生，下场更不如如今还活着的兆骞，此又足可庆幸。当然，绝塞之地是苦寒难当的，但有了这些自慰和庆幸，又如何不该顽强地生存下去呢？更何况，前头还有希望，还有立下“终相救”誓言的当今“申包胥”在奔走。所以，作者劝说友人，虽然泪透牛衣，但仍可把这“以词代书”的书札藏入牛衣的环袖、耐心静候佳音。

全词以书信体的语气借用词的形式来表达自己对朋友的思念。在艺术手法上，如话家常，宛转反复，心迹如见。一字一句，真挚感人。虽普通而又稳重，平凡而又感人。

纳兰性德

纳兰性德（1655—1685），清词人。原名成德，后改名性德，字容若，号楞伽山人，满洲正黄旗人，大学士纳兰明珠长子。他博学多才，尤好填词。康熙十五年（1676 年）进士。康熙二十四年患急病去世，年仅三十一岁。词以小令见长，也能诗。有《通志堂集》。词集名《纳兰词》。又与徐乾学编刻唐以来说经诸书为《通志堂经解》。

长相思

山一程，水一程。身向榆关那畔行[1]，夜深千帐灯。　　风一更，雪一更。聒碎[2]乡心梦不成，故园[3]无此声。

【注释】

[1] 身向榆关那畔行：榆关，即山海关，因位于当时的临榆县，故称，今属河北秦皇岛市。那畔，那边。意思是军队正向关外行进。

[2] 聒（guō）碎：吵闹的声音将思乡的梦境搅碎。

[3] 故园：故乡，这里指纳兰性德在京城的家。

【解读】

清康熙二十一年二月十五日，康熙因云南平定，出关东巡，祭告奉天祖陵。纳兰随从康熙帝诣永陵、福陵、昭陵告祭，二十三日出山海关。塞上风雪凄迷，苦寒的天气引发了纳兰性德对京师中家的思念，写下了这首词。

上片起句“山一程，水一程”，写出旅程的艰难曲折，遥远漫长。词人翻山越岭，登舟涉水，一程又一程，愈走离家乡愈远。这两句运用反复的修辞方法，将“一程”二字重复使用，突出了路途的漫漫修远。“身向榆关那畔行”，点明了行旅的方向。词人在这里强调的是“身”向榆关，那也就暗示出“心”向京师，它使我们想到词人留恋家园，频频回首、步履蹒跚的情况。“那畔”一词颇含疏远的感情色彩，表现了词人这次奉命出行“榆关”是无可奈何的。

这里借描述周围的情况而写心情，实际是表达他对故乡的深深依恋和怀念。二十几岁的年轻人，风华正茂，出身于书香豪门世家，又有皇帝贴身侍卫的优越地位，本应春风得意，却恰好也是因为这重身份，以及本身心思慎微，导致纳兰性德并不能够安稳享受那种男儿征战似的生活，他往往思及家人，眷恋故土。经过日间长途跋涉，到了夜晚人们在旷野上搭起帐篷准备就寝。然而夜深了，“千帐”内却灯光熠熠，为什么羁旅劳顿之后深夜不寐呢？“夜深千帐灯”是壮丽的，但千帐灯下照着无眠的万颗乡心，又是怎样情味？一暖一寒，两相对照，写尽了自己厌于扈从的情怀。“夜深千帐灯”既是上片感情酝酿的高潮，也是上下片之间的自然转换，起到承前启后的作用。

下片开头“风一更，雪一更”描写荒寒的塞外，暴风雪彻夜不停。紧承上片，交代了“夜深千帐灯”、深夜不寐的原因。“山一程，水一程”与“风一更，雪一更”的两相映照，又暗示出词人对风雨兼程人生路的深深厌倦的心态。首先山长水阔，路途本就漫长而艰辛，再加上塞上恶劣的天气，就算在阳春三月也是风雪交加，凄寒苦楚，这样的天气，这样的境遇，让纳兰对这表面华丽招摇的生涯生出了悠长的慨叹之意和深沉的倦旅疲惫之心。“更”是旧时夜间计时单位，一夜分为五更。“一更”两字反复出现，突出了塞外席地狂风、铺天暴雪杂错交替扑打着帐篷的情况。这怎不使词人发出凄婉的怨言：“聒碎乡心梦不成，故园无此声。”夜深人静的时候，是想家的时候，更何况还是这塞上“风一更，雪一更”的苦寒天气。风雪交加夜，一家人在一起什么都不怕。可远在塞外宿营，夜深人静，风雪弥漫，心情就大不相同。路途遥远，衷肠难诉，辗转反侧，卧不成眠。“聒碎乡心梦不成”与上片“夜深千帐灯”相呼应，直接回答了深夜不寐的原因。结句的“聒”字用得很灵脱，写出了风狂雪骤的气势，表现了词人对狂风暴雪极为厌恶的情感。

从“夜深千帐灯”壮美意境到“故园无此声”的委婉心地，既是词人亲身生活经历的生动再现，也是他善于从生活中发现美，并以景入心的表现，满怀心事悄悄跃然纸上。天涯羁旅最易引起共鸣的是那“山一程，水一程”的身泊异乡、梦回家园的意境，信手拈来不显雕琢。

这首词以白描手法、朴素自然的语言，表现出真切的情感，是很为前人称道的。词人在写景中寄寓了思乡的情怀。格调清淡朴素，自然雅致，直抒胸臆，毫无雕琢痕迹。

金缕曲·赠梁汾[1]

德也狂生耳[2]！偶然间、淄尘京国，乌衣门第[3]。有酒唯浇赵州土[4]，谁会成生此意[5]？不信道、遂成知己[6]。青眼高歌俱未老[7]，向尊前、拭尽英雄泪[8]。君不见，月如水。　共君此夜须沉醉。且由他、娥眉谣诼，古今同忌[9]。身世悠悠何足问[10]，冷笑置之而已！寻思起、从头翻悔[11]。一日心期千劫在[12]，后身缘、恐结他生里[13]。然诺重，君须记[14]！

【注释】

[1] 梁汾：顾贞观（1637—1714），字华峰，号梁汾。江苏无锡人，纳兰性德的朋友。清康熙五年（1666 年）顺天举人。著有《积书岩集》及《弹指词》。清康熙十五年（1676 年）与纳兰性德相识，从此交契，直至纳兰性德病殁。

[2] 德也狂生耳：我本是个狂放不羁的人。德，作者自称。

[3] 偶然间、淄尘京国，乌衣门第：我在京城混迹于官场，又出身于高贵门第，这只是命运的偶然安排。淄尘京国，表居北京之无奈。淄尘，黑尘，喻污垢。此处作动词用，指混迹。淄，通“缁”，黑色。京国，京城。乌衣门第：东晋王、谢大族多居金陵乌衣巷，后世遂以该巷名指称世家大族。

[4] 有酒唯浇赵州土：用李贺《浩歌》“买丝绣作平原君，有酒唯浇赵州土”句意，是说希望有战国时赵国平原君那样招贤纳士的人来善待天下贤德才士。浇，浇酒祭祀。赵州土，平原君墓土。

[5] 谁会成生此意：谁会理解我的这片心意。会，理解。成生，作者自称。作者原名成德，后避太子讳改性德。

[6] 不信道、遂成知己：万万没有想到，今天竟然遇到了知己。

[7] 青眼高歌俱未老：趁我们青壮盛年，纵酒高歌。青眼，器重之眼光，此指青春年少。

[8] 向尊前、拭尽英雄泪：姑且面对酒杯，擦去英雄才有的眼泪。此为二人均不得志而感伤。尊，同“樽”。

[9] 且由他、娥眉谣诼，古今同忌：姑且由他去吧，才干出众、品行端正的人容易受到谣言中伤，这是古今常有的事。娥眉，亦作“蛾眉”，喻才能。谣诼，造谣毁谤。忌，语助词，无实义。

[10] 身世悠悠何足问：人生岁月悠悠，遭受挫折苦恼，不必去追究。悠悠，遥远而不定貌。

[11] 寻思起、从头翻悔：若对挫折耿耿于怀，反复寻思，那么从人生一开始就错了。

[12] 一日心期千劫在：一日以心相许成为知己，即使经历千万劫难，我们二人的友情也将依然长存。心期，以心相许，情投意合。

[13] 后身缘、恐结他生里：来世他生，我们的情缘还将保持。后身缘，来生情缘。

[14] 然诺重，君须记：朋友间信用为重，您要切记。然诺重，指守信誉，不食言。

【解读】

康熙十五年，纳兰性德的父亲明珠仰慕顾贞观的才名，聘请他为纳兰性德授课。而在此之前，顾贞观因受同僚排挤，在康熙十年的时候落职归里。也许因为纳兰性德也是词人，顾贞观接受了明珠的邀请，入住明珠府，与纳兰性德相识。没想到两人一见如故，遂成忘年之交。据顾贞观说，吴兆骞被诬流放，纳兰性德看了顾贞观给吴兆骞的两首《金缕曲》（本书收录顾贞观《金缕曲》为其中之一，可对照阅读），异常感动，决心参与营救吴兆骞的活动，并且给顾贞观写了这首披肝沥胆的诗篇。

“德也狂生耳”，起句奇兀，使人陡然一惊；因为纳兰性德的父亲明珠，是当时权倾朝野的宰辅。纳兰性德风华正茂，文武双全，在他面前正铺设着一条荣华富贵的坦途。然而，他竟一上来就自称“狂生”，而且还带着颇为不屑的语气，这一下就抓住了读者的心，使人不得不注意品味。“偶然间、淄尘京国，乌衣门第”化用谢朓“谁能久京洛，缁尘染素衣”的诗意，说自己生长在京师的富贵人家，蒙受尘世的污浊。“偶然间”三字，表明他并不稀罕金粉世家繁华喧嚣的生活。以上几句，是他坦率地把自己鄙薄富贵家庭的心境，告诉给顾贞观，是希望出身寒素的朋友们理解他，不要把他看成是一般的贵介公子。

“有酒唯浇赵州土”原是唐代诗人李贺的诗句：“买丝绣作平原君，有酒唯浇赵州土。”平原君即战国时代赵国的公子赵胜，此人平生喜欢结纳宾客。李贺写这两句诗，是对那些能够赏识贤士的人表示怀念。他举起酒杯，浇向赵州，觉得茫茫宇内，唯独平原君值得景仰。纳兰性德用李诗入词，同样是表示对爱惜人才者的敬佩。当然，他和李贺的心情不尽相同。李贺怀才不遇，攀附无门；纳兰性德生长于名门，青云有路。但是，他从顾贞观、吴兆骞等人的遭遇里，深深感到社会的不平，感到人才总是无法逃脱遭受排挤的厄运，因而忧思重重，满怀悲愤。“谁会成生此意”，透露出孤独落寞的悲哀。他的失望、彷徨、牢骚之情，统统包含在这里面。“不信道、遂成知己”，表达了得友的狂喜。

“青眼高歌俱未老，向尊前、拭尽英雄泪。”青眼是高兴的眼色，不过，在举杯痛饮之余，又不禁涕泪滂沱。英雄失路，惺惺相惜，得友的喜悦、落拓的悲哀，一齐涌上心头。这几句，诗人把歌哭笑啼交错在一起。“君不见，月如水”以此景作结。月儿皎洁，凉丝丝的，似是映衬着他们悲凉的情怀，又似是他们纯洁友谊的见证。即景即情，尽在不言中。

“共君此夜须沉醉”这里的“须”字很值得玩味。它表明，诗人要有意识地使自己神经麻木。“沉醉”是指醉得不省人事。为什么必须烂醉如泥？下面跟着作答：“且由他、娥眉谣诼，古今同忌。”屈原说过：“众女嫉余之蛾眉兮，谣诼谓余以善淫。”在纳兰性德看来，古往今来，有才识之士被排斥不用者多如牛毛，顾贞观等受到不公的待遇也自不可避免。不合理的现实既已无法改变，他便劝慰好友，大家懒得去管，一醉了事。这种一醉解千愁的做法，固然是逃避现实的表现，但诗人冷峭的情绪，乃是愤怒与消极的混合物。

“身世悠悠何足问，冷笑置之而已。”从顾贞观等今古才人的遭遇中，诗人想到自己。在污浊的社会中，过去的生涯，毫无意趣，将来的命运，也不值一提，因而他发出了“寻思起、从头翻悔”的感叹。在词的开头，诗人已透露出他对门阀出身的不屑，这里再一次申明，是强调他和顾贞观有着同样的烦恼，对现实有着同样的认识，他和顾贞观一起承受着不合理社会给予的压力。在这里，通过诗人对朋友安慰体贴相濡以沫的态度，我们也看到了他对现实生活的不满和激愤。

“一日心期千劫在，后生缘、恐结他生里。”在激动之余，纳兰性德把笔锋拉回，用沉着坚定的调子抒写他对友情的珍惜。他郑重表示，一旦倾心相许，友谊便地久天长，可以经历千年万载。同时，彼此相见恨晚，只好期望来世补足今生错过的时间。用不着剖析，这番誓言，灼热如火。结句“然诺重，君须记”，再三叮咛，强烈地表达与顾贞观永世为友的愿望。

这首词风格凄切、酣畅、深沉又慷慨淋漓，耐人寻味。尤其是真情实感，是这首词得以生命长青、久盛不衰之所在。

参考文献

［1］ 萧涤非等著 . 唐诗鉴赏辞典 . 上海：上海辞书出版社，1983 年 12 月第 1 版

［2］ 王步高主编 . 唐诗鉴赏 . 南京：南京大学出版社，2006 年 7 月第 1 版

［3］ 王步高主编 . 唐宋词鉴赏 . 南京：南京大学出版社，2006 年 7 月第 1 版

［4］ 袁世硕，张可礼主编 . 中国文学史（上下）. 北京：中国人民大学出版社，2006 年 11 月第 1 版

［5］ 姜亮夫等撰 . 先秦诗鉴赏辞典 . 上海：上海辞书出版社，1998 年 12 月第 1 版

［6］ 吴小如等编著 . 汉魏六朝诗鉴赏辞典 . 上海：上海辞书出版社，1992 年 9 月第 1 版

［7］ 缪钺等撰 . 宋诗鉴赏辞典 . 上海：上海辞书出版社，1987 年 12 月第 1 版

［8］ 周汝昌等著 . 唐宋词鉴赏辞典（唐、五代、北宋）. 上海：上海辞书出版社，2011 年 3 月第 2 版

［9］ 周汝昌等著 . 唐宋词鉴赏辞典（南宋、辽、金）. 上海：上海辞书出版社，2011 年 3 月第 2 版

［10］ 钱仲联等撰 . 元明清词鉴赏辞典 . 上海：上海辞书出版社，2002 年 12 月第 1 版

［11］ 陈振鹏，章培恒主编 . 古文鉴赏辞典（先秦、两汉、魏晋南北朝、隋唐五代）. 上海：上海辞书出版社，1997 年 7 月第 1 版